最是那一回眸

吴 玲 著

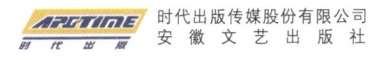

时代出版传媒股份有限公司
安徽文艺出版社

图书在版编目（CIP）数据

最是那一回眸/吴玲著.--合肥：安徽文艺出版社,2022.1
ISBN 978-7-5396-7315-8

Ⅰ. ①最… Ⅱ. ①吴… Ⅲ. ①散文集－中国－当代 Ⅳ. ①I267

中国版本图书馆 CIP 数据核字(2021)第 205625 号

出 版 人：姚　巍
责任编辑：张　磊　　王婧婧　　装帧设计：褚　琦

出版发行：时代出版传媒股份有限公司　www.press-mart.com
　　　　　安徽文艺出版社　　www.awpub.com
地　　址：合肥市翡翠路 1118 号　　邮政编码：230071
营 销 部：(0551)63533889
印　　制：安徽新航向印刷有限公司　　(0551)65661327

开本：700×1000　1/16　印张：18.75　字数：250 千字　插页：7
版次：2022 年 1 月第 1 版
印次：2022 年 1 月第 1 次印刷
定价：48.00 元

(如发现印装质量问题，影响阅读，请与出版社联系调换)

版权所有，侵权必究

有意思的写作

继 2014 年出版首部散文集《缓慢的雪》之后,2019 年下半年,吴玲又推出第二部《比梨花白》。这部集子余声未了,两年后的"十一"前,我拿到她第三本散文集《最是那一回眸》的二审稿样。记得稿样送到我家时已是下午四点,吴玲说,出版社前几天通知她这本书已排上出版日程了,而且已过二审……这个速度有点让她吃惊。

书还没序呢,编辑让发过去。

此前几本书,已有很多名家写过序。而这一本,她让我来写。

其实序对书的意义未必增色。但理论上说,序是必须增色的,否则要序何必呢?

我用几天时间很认真地看了所有的文章。看过后,还是有点小小吃惊。

是吃惊她出书的速度吗?是,但又不是。短短六七年时间内推出三本散文集,在我们这个非职业写作群里,的确不太多见。但也不仅仅是因为这个。

吴玲是老朋友,她的文风我很熟悉,也给她《缓慢的雪》写过题签(好像还画过画,只是后来没用上),这之前因常出入她家茶室,还写过一篇好玩的文字。而近年来,我们的一个微刊《绿潮》,也推过她好几篇文章。至于她家(无论旧家新家),也是朋友中我最熟悉的一个——她那个家已成为合肥一个活跃的私家文化沙龙之所在,无非她家客厅并没举办过读书会品诗会,不办主题活动,不像早年朱光潜在北大时的那个客厅,是每月定期举办读书会的(这比林徽因那个客厅还要著名)。但如果抛却这些,那吴玲家的客厅还是比较风雅的,来往多骚客,往来无白丁。吴家人都好客,主妇如此,先生亦如此。

  吴玲是诗人出身,早年写诗,中年写散文,虽然出了好几本书,但在文化圈内,还是她先生更有名。

  吴家客厅的男主角丁以寿教授是研究茶文化的,在业界颇享盛名。私底下,我最羡慕的就是他这样的学者,常常访问名山大川甚至游走海外,做评委,当嘉宾。在茶文化这一行,他的名气是很响亮的。有一年在杭州一茶室,我说我是丁教授的朋友便颇受店家高看。这样的事情我似乎试过不止一次,颇有点当年说"我是胡适之朋友"一样荣光。

  丁以寿先生人品端方,是个典型的书痴。他是他所在学校里第一个走上北大讲坛的学者。吴玲也因此跟着夫君去了不少名山大川,这极大地开拓了她的写作空间。当然,丁先生的几万卷藏书更滋养了她。吴玲既坐拥书山又不断地访问名山大川,即便在退出职场后的今天,她仍能不断地推出新作,也是有原因的。何况这几年她又开始了写字画画,使得她的写作触角又大大地往前拓宽了一步。

  我和吴玲、丁以寿先生都是老朋友。2019年,我主持的一档文化访谈《徽派》便曾做过丁先生一期。至于介绍朋友进吴府探秘也绝不止一次两次。后来这些朋友也都成了吴家的朋友。所以说起来,我的朋友圈中,和吴玲、丁以寿夫妇有不少是重叠的。如果友谊也可以区分的话,那么深究起来,我和他们夫妇的友谊质地是有着多重属性的。可是,尽管这样,我在读完这部二十余万字的书稿后,仍有点小小吃惊。吃惊的一个原因是,尽管我和吴玲貌似十分熟悉,但对她的早年岁月还是不够了解。尽管她送了我几本书,但我都没有全部看完。这只能怪我也是坐拥书山,家里的书成群结队都在抢占我的阅读时间,也因此,朋友送的书很可能只翻一翻就搁下了。

这是书痴们的一个坏毛病,被书惯出来的。

话说我在读完书稿后的半天时间内,给吴玲打了两个电话,希望她推迟这本书的出版。读者看到这里估计要蒙了——我好好的序不急着去写,为什么要建议作者推迟出版呢?

我们居住的城市合肥,不久前,刚被宣布进入新一类城市。这让很多合肥人为之欢呼。而在不久前的不久前,合肥宣布迈入"万亿元俱乐部"。这样的成绩,更让合肥人骄傲。我是新合肥人,三十二年前落户于此,住在包公祠的对面安徽剧院的边上。我第一眼便喜欢上了这个虽然有些土但很质朴的城市,但当时,我对它的前世今生了解得很够呛,直到多年后,有编辑约我写包拯,我才开始仔细研究这座城市的历史,这才发现这座古老的城市实在不得了。这几年,我因为做《徽派》的缘故,认识的文化人物越来越多。走进我们节目的嘉宾中,就有好几位是研究合肥的。比如著名的戴健先生,他是研究合肥文史的,被喻为"合肥通";而做合肥规划的老规划师夏有才先生,则对合肥城的五十年变迁了如指掌;而立志专写合肥的刘政屏君(他是我们《徽派》的合作搭档),已写过多本书了,他最近的三本书,我还是审读者,并且还为其中一本写了序。微友中还有一个研究合肥方言的老教授白丁先生,而研究合肥文史的民间学者中,则有一位名叫萧寒的年轻人。合肥这么大的一个城市,正行进在快速发展通道上,当然需要有人去写它,而吴玲的写作,恰也和合肥脱不了钩。

吴玲出版的几本书中,没有一本自我标榜是写合肥的,但她的写作母体,恰恰也是合肥。

吴玲是在合肥的城中村长大的。她的那个村庄就在南二环外、滨湖内、包河区这个位置。这个村庄目前已无村民居住,正以别的面目呈现。这又是很有意思的——出生在乡村,却又是在城市里(当然是现在);城市变大了,村庄也即将消失。作为写作者,能有这样经历的,在合肥写作群体中,除了吴玲,我实在找不到第二个。那么吴玲的写作意义就凸显出来了——她擅长的也正是她的乡村写作。她可以把旧时生活、旧时风俗写得栩栩如生。

我这个新闻人,文学感觉也许很一般,但新闻感觉却还是很敏锐的,所以我急急电话吴玲,能否为合肥乡村做一本不一样的书呢?就像萧红写她的呼兰河一样,就写她记忆中的乡村吧?

吴玲写几十年前的乡村往事,写得很细腻很深情也很温暖。我同样也是乡村里的农民子弟,无非我那个村庄还存在,并且看样子,短时期内还是不会消亡的。因为那是远离城市的一个山村。我们俩的村庄如此不一样,但我们早年的乡村生活也颇有相像处。毕竟所处的大时代是一个样的。但我写不了乡村生活,虽然也为我们村做了一些调查,写过几万字的东西压箱底放着,可写法,与吴玲是完全两样的。我忘掉了小时候的很多事。反观吴玲,她小时候的各样事情如在眼前,呼啦啦就能写一篇,而且写得那么好——这不光是记忆力,更是一种写作能力。吴玲的笔似乎天生就是为写乡村而生的。吴玲的写作也因此显得弥足珍贵。

近些年的出版物,对乡村生活都开始了重新审视和关注。那么,大合肥都快成千万人口城市了,是不是该把这些文字留下来呢?

有意思的是,吴玲的那个村庄几年前村民整体搬迁后,地方政府还举办过征文,我还幸运地做了这次征文的评委——那个村庄,我或许还去过。如今这个村庄算是人去楼空,村民们搬走了,村庄也就不存在了。吴玲十三岁那一年到城里上学,而后读了师范留在城里做教师,做幼儿园园长(她那个幼儿园是范曾题的名,现在都办成集团了),直至后来做区教育局的督导。几十年间吴玲不管做什么都做得很好。她做幼儿园老师时就开始自学,听了丁以寿一堂讲课后为他的博学而倾倒,选了他做先生。他们俩也许有很多的不同点,但又有不少相同点:都嗜书,也都酷爱写作。一个做学问写学术著作,一个写诗写童谣写散文。夫妇俩出的书加起来,恐怕也有桌子高了。

吴玲写作,并不像前面几位专以写合肥为己任,她似乎是四面开花,什么都写,但整体看来,她写乡村的文字实在已很成规模,如果稍加整理,重新打包出版,那是会让人惊艳的。

细究起来,吴玲的写作生涯可以追溯到少年时期她为家人写的那些家书中。

十三岁时,吴玲被父亲送到外婆家去读书,也好陪伴一下孤独的老人。外婆早年丧偶,当时外婆家唯一的男丁小舅正在浙江舟山当海军。老人想和小儿子交流,便让吴玲每月两次代写家书。这段代笔经历持续了近三年,直至外婆猝然离世。这段家书写作,是少年吴玲最好的文字操练。此外,她还代母亲给父亲写过家书。她父亲是远近闻名的乡村秀才,后来办起工厂要经常在外跑,吴玲代母给父亲写家书,又是不一样的感受。家书写作是很有意思的写作训练。而同一时期在浙江中部长大的我,也放羊也割猪草,当然也砍柴也做草鞋,可我在上大学前,从未有过写家书的经历。这是很遗憾的。

一个敏感的孩子,在家里又是老大,吴玲少年时期做过的农活,似乎比我多得多,所以她的乡村感受也比我丰富得多。此外,吴玲还有一位颇有见识的祖母。祖母曾在大上海工作过,是位有故事、有经历的老太太。她嫁给了一个国民党军官。她未生育,收养了吴玲的父亲。当吴玲出生时,他们一家已看不到多少旧时生活的影子了,但祖母的做派,却深深影响了吴玲。现在我们眼中的吴玲,像极了民国女子——她的家是典雅的。丁家藏书之多在合肥也是排上号的。除藏书外,他们家还有大量的字画。这归功于几十年间夫妇的收藏和朋友们的馈赠。当然了,他们公子也是学艺术的,是雕塑专业的研究生。他们家还有合肥个人居室中极少见的茶室设置,这自然和丁以寿先生研究茶有关。丁先生的往来朋友都是先锋艺术家这一类,有好几位也都是我们《徽派》的访谈嘉宾。在这个城市,他们是引领时尚的文化人。吴玲长得很温婉,着装也艺术,这股腔调也在文字里弥漫着,连她的那些书名也都有民国风。

写到这里,这个序可以结束了。序其实是一本书的领读者、导航员。读者诸君很快可以进入文本中,但千万别像我以前那样翻一翻而已。这本书值得你读完。

马丽春

目录 MU LU

有意思的写作（马丽春）／001

辑一　村里有口井

开一束紫云英／003

指甲花／006

故乡的雨／010

夏天的雷雨／014

六月天／017

榖这种树／021

村里有口井／024

陌上花开／030

我们的村庄／036

旧时年味／041

腊月食事／048

炸圆子／052

103号房的"漫"时光／056

茶人老丁／061

无为婆婆 / 070

辑二　聊赠一枝春

掼蛋与《红楼》/ 091

我与《新安晚报》/ 096

葫芦事 / 099

散步 / 102

吃面 / 105

跨年 / 108

栗子 / 111

清欢有味 / 115

猴村问茶 / 118

聊赠一枝春 / 123

草色遥看 / 126

谢岗村的秋天 / 131

通向远方的田野 / 135

辑三　瓦盆风弄晚

瓦盆风弄晚 / 141

肥西荷田田 / 145

苍苍临淮关 / 149

映日莲花 / 153

一个人　一座城 / 157

淮北的湖 / 162

长丰，长丰 / 165

义城老街 / 169

吃山南 / 173

涂山小记 / 178

到撮镇去 / 181

闲说米公祠 / 184

定远漫记 / 187

沈福美境　天上人间 / 194

凤阳三题 / 205

宁国路上的那些事儿 / 209

潜山漫笔 / 218

话说青藤书屋 / 226

欲把西湖比西子 / 231

诗话平山堂 / 235

辑四　碧草自春色

"庵"说 / 241

他将大自然变为不朽的艺术

——读《渴望生活:梵高传》/ 245

映阶碧草白春色

——尹玲玲散文随笔集《其实很爱你》序言 / 249

给ST同学的一封信 / 254

附录

诗意的情怀　城市的乡愁(许辉) / 261
岁月的醉红(苗秀侠) / 263
眺望远方的村庄(刘政屏) / 267
梨花白后果实丰(张建春) / 271
吴玲之玲(程耀恺) / 274
诗人吴玲(马丽春) / 278
伊甸园里的回眸　生命在这里歌唱(梁小斌) / 282
一位诗人园丁的飘逸诗思(何素平) / 285

辑一 村里有口井

種蘭幽谷底
辛丑秋月吳玲寫

开一束紫云英

记忆里的花花草草有一款一定是紫云英。紫云英纤弱、繁密、不起眼,花开时却一片锦绣,因为绵延成片,自成一种风景。吾乡人一律称其为红花草,及至长大我才晓得它的学名。

小时候和同伴喜欢将牛牵到紫云英丰美的地方,丢下缰绳去摘红花,一把一把地采来,与柳枝、老鼠花一起编结成花环。牛起先吃路旁的杂草,慢慢就伸长脖子去够紫云英,牛舌撩到哪里,哪里的花草就留下一片凹槽。这是不允许的,因队里要用它来沤肥料。花环玩腻后,我们就将它挂到牛角上,或者拴在牛尾巴上。戴着花环的牛昂着头望着远方,尾巴一甩一甩的,样子十分滑稽。红花草只留一点做种,大多不等到它结籽,就被犁耙翻到地下去了。

阳春德泽,万物生辉。抽薹后的油菜见风长,一畦畦高大茂密,很快遍野花香,蜂飞蝶舞。我读书的村小叫席井小学,建在离家一里多路的一个高岗上。坡上坡下一片金黄,还没有抽条长个子的小学生们,走在花丛中,只露出一个个晃动着的圆脑袋。乡下一年四季活跃着各种小动物,都是小孩们乐此不疲的玩物。我们捉小蝌蚪、花大姐、逮犂牯牛、蚂蚱、蛐蛐。男孩子胆大,挑鼻涕虫、逗屎壳郎滚粪球,甚至去捅马蜂窝。油菜花开时,蜜蜂大受伤害,被捉住装进玻璃瓶中,或被剪去翅膀糟蹋至死。有一天,为了捉弄一下新来的算术老师,几个促狭鬼男生故意弄翻了瓶子,蜜蜂满教室乱飞乱撞。底下躲的、追的、跳的、笑的,闹成一锅粥。意外的是,算术老师并没有因为蜜蜂事件责罚学生,这倒让几个捣蛋鬼觉得很没意思。

当陂田由金黄渐渐转为沉甸甸的青绿的时候,窄窄的田埂皆被遮住,做农活或者过路的人欲寻方便,非得找一处豁口才钻得进去。

油菜花开时,麦子亦开始分蘖、扬花、孕穗、结实。放学路上,肚子早唱空城计了,我们找出饱满的穗子,掰开,一粒粒丢进口中。灌浆的麦粒含有一丝淡淡的清甜,唇齿间时而还会发出"扑哧""扑哧"的声响,我们只觉得十分好玩。我们还吃过烧麦籽。麦芒泛黄了,穗子愈加苗壮,几人一合计,捡来树枝草秸,揪几把麦穗,架火炙烤,待穗壳微煳,趁热搓去麦皮,便是一粒粒青润如玉的烧麦籽,黏韧里带有一种特别的焦香味儿,直到兴尽而归。回到家,因为一个个小脸变得黑漆麻乌,差不多都会遭到父母亲的一顿训斥。其实烧麦籽并不宜多吃,吃多了"潮心"。

吾乡人习惯将蚕豆点种在麦地、油菜地的田埂两侧,一者不占耕地,再者春夏之交,清贫的餐桌多了一道应季的菜肴。蚕豆是头年秋天点下的,我母亲说"点蚕豆",而不说"种蚕豆",乡人大抵如此。铁锹扎下七八公分,锹把顺势往前一倾,三两粒种豆便从锹背滑进泥缝,脚尖再踢上一撮碎土,冬天施一次基肥,便任其生长。蚕豆实在是好东西,我至今犹爱,可以白蒸,炒雪里蕻或鸡蛋,做豆泥。彼时我祖母常做蚕豆米蛋汤,撒盐起锅后,筷子蘸一丁点猪油,蚕豆米和蛋花载沉载浮,清清亮亮。没有其他菜蔬时,我们姊妹就吃蚕豆米汤泡饭,蚕豆米碧青、嫩,入口即化,一碗饭扒拉扒拉就下肚了。

小满过后,豆衣紧实,不若以前易剥,变得黄硬薄脆。祖母给我们煮盐水豆、五香豆，或去掉豆荚连壳煮粥，满锅的粥变成豆沙色，开锅，浓香扑鼻。蚕豆米吃起来面面的，很糯。祖母有时在饭头上撒一把蚕豆，蒸熟后我们用针线穿起来做项链玩，饿了时再一颗一颗吃了它。

蚕豆在有的地方叫罗汉豆，可以生吃。它在吾乡实在是司空见惯，只管毫不羞惭地去吃好了，甭管是谁家的。在日日路过的地方，小孩子们忽一日看到蚕豆长成了，胡乱捋几粒打打牙祭，实在算不上偷。不知为何，我嫌生蚕豆有一种草腥气，并不爱吃。但我爱蚕豆花儿，它像京戏中旦角的眉眼。

芒种前后，麦子、油菜成熟了，乡人磨刀霍霍。这时最可怖的是刮风下雨，如若连绵阴雨，麦子、油菜倒伏于田野，变霉、生斑、发芽，农家一年的希望就将化为泡影。所以乡人会虔诚地祈祷老天开眼，最好晴个十天八天，再不济也得三五日，都巴巴指望着它们过日子呢。

蚕豆老了，起了晒干，留着冬日炒食。菜籽榨了油，新麦磨了粉，五色新丝缠角粽，碧艾香蒲处处忙——端午到了。

关于紫云英、油菜、麦子与蚕豆，当然还有许多其他植物，看似远远的过去，却一直存封在童年的记忆里。

指甲花

指甲花开在旧家屋后。

当是梅雨季节,一种湿漉漉、热烘烘的气息四处弥散。稻子已扬花吐穗,树木碧叶如盖,竹篱笆上爬满了各种藤蔓植物。燕子秋去春回,不忘旧巢,飞进飞出地去觅食。乳燕才孵出,叽叽喳喳地叫。从堂屋里穿过,额头上忽然落上一滴凉凉的东西。水缸是满的,缸盖滑腻,它近旁的碗橱滋生了一层毛乎乎的霉渍。扒开雪菜坛子,得屏住呼吸,浊汤里浮动着星星点点的虫豸,手指触到它们,浑身立刻一激灵。走到园子里,满是猪粪、牛粪和着草木灰发酵的味道。

旧家后园极大,母亲栽种了一畦一畦的菜蔬,初夏时节正值开花挂果。高埂下蓄了一方水池,建了几楹猪舍。猪舍低矮简陋,四壁灌风,下雪时,母猪带着猪崽挤作一团,蜷缩在墙角抱团取暖。祖母用麦秸草编了帘子,蒙了薄膜,将舍门严严地遮住。有一年,一头小猪不晓得得了什么病,皮肤一层层溃烂,血肉模糊。邻居疑为怪物,劝我父亲将它丢了,但我祖母舍不得。祖母退休前在上海五洲制药厂工作,粗通一点药理常识,买来药膏,煨了草药,每天给猪崽抹药喂食,果然疮口渐愈。小猪渐渐拉长了骨架,祖母将它身上厚厚的血痂一点点修剪去。脱痂后的小猪长出粉白的新皮肤,却是光光的不长鬃毛,因为毛囊坏死了。北风呼啸时,为给小猪御寒,祖母将我们姊弟的旧衣拆了,缝上棉絮给小猪保暖。第二年秋天,"怪物"长成了一头体魄健壮的肥猪,有三四百斤重。磅猪的那天,这头牲畜像有预感,怎么赶都不肯出栏,发疯似的对着几个拿着扁担、绳子的屠夫哀号。祖母不忍,难过得流泪。

猪舍多盖了一间,用以堆放粮食以及杂物。其实并没有多少粮食可以储存,青黄不接之时,母亲向隔壁邻居借过米、面,甚至油盐。这在乡下不足为奇。这个储物间放过一具棺材,黑色的,用稻草虚虚地披着,就那么黑乎乎地悬吊在那儿,一搁就是七八年。白天似乎没什么,一到晚上,就令人害怕,尤其是夏天,要在后园里洗澡,即使星月满天,蛙鸣如潮,但风吹篷窗,哐啷有声,阵阵蛙鸣更增添了夜的幽寂,于是胡乱冲抹几下,忙不迭地爬出澡盆。往往这时猪舍里的猪不失时机地哼唧几声,倒给我们姊妹壮了胆。棺材里放过黄豆、芝麻、稻种、麦粒,墙角码着喂猪的饲料草,堆着稻箩、木锨、板车、粪桶等劳动工具。

这具棺材属临时借寄,是为我父亲的一个远房婶子后事所备。城里实行火化,婶娘不愿。她到乡下看了几回,说那块祖坟地地势高,朝东,风水好,离村又近,希望长眠于此。我见过那个婶娘,很健康地活着,面白,矮,胖,嗓门洪亮,两条罗圈腿走起路来一扭一扭的。胖婶娘嘴里时常抿着一支香烟。

我家的茅厕在后园顶西头,连棚顶也没有,下雨天如厕只得撑伞。指甲花也是开在后园的,菜地里、墙角下、甬路边都有,唯茅厕内外绵延成片。初夏阳光充足,雨水丰沛,加上猪粪、鸡粪、人粪的滋养,因而一棵棵指甲花又肥又壮。指甲花长到了墙头上,我踮起脚也没有它高。

夏天的早晨,空气很凉爽,昨夜的露珠还挂在枝叶上,指甲花开了,水红、月白、浅朱、粉紫,一朵朵若拢着翅子的蛱蝶,合着许多含苞的花蕾,水灵好看。祖母要给我们姊妹染指甲了。我和妹妹跑到后园,各自挑出鲜艳的花朵,很快摘了一兜,用手帕包着,手小捧不住,指甲花飘飘洒洒落了一地。祖母将花集在白瓷碗里,加明矾捣碎,覆于我和妹妹的指甲上,再一个个包起来。当手指甲变得粉艳亮丽时,姊妹俩高兴极了,也诧异极了,只管神气活现地向同伴们炫耀。

　　大暑节气到了,日头明晃晃的,天气越发炎热,赤脚走在路上,烫脚心,得将脚背弓着。猫狗鸡鸭都懒洋洋地在树荫下打盹。姊妹俩蹑手蹑脚地走到后园,只听见蜜蜂在花丛间嗡嗡嘤嘤,三五成群的小鸡小鸭在追啄地上的花瓣。染过指甲以后,我们好像就将它忘了。指甲花越开越多,五颜六色一大片。父母从早到晚在田地里忙碌,更是连多看它一眼的时间都没有。指甲花就那样热闹又寂寞地开着。

　　成熟后的指甲花籽粒很好玩,一碰就炸裂开,一窝种子砰地一下就弹到远处去了。纺锤形的果皮分裂成丝状,有的向内卷缩,有的向外伸展,像一个个淡黄色的小花卷,我们拿它做耳坠子玩。祖母将采集的花籽送给邻居的小媳妇,还让我带了一些到学校。父亲的战友带着他的太太来乡下做客,那位太太像画中人,与祖母极为投缘。二人临走,祖母剪裁了两幅上海曾流行的旗袍款样,装了小半瓶指甲花籽送给了她。

　　我母亲称指甲花为"包手花"。母亲只会出蛮力干活,犁田耙地,扬场脱粒,一点不输男劳力。有一年,指甲花开得正盛时,母亲挑粪,嫌那些枝枝蔓蔓碍事,用一把铁锹将后园的指甲花悉数铲除。她不晓得此花亦是美的。祖母叹息。我和妹妹号啕一场才算完事。

　　我家后园似乎没有种过别的什么花。树是有一些的。杏树、柿树各在东西屋角,柳树、构树和一蓬蒲草长在水池旁。柳树很老了,树心里有个大孔洞,藏了鸟蛋,原来喜鹊在这里做窝。构树比汤碗粗,旁侧又长出许多小构树。祖母教我用构树叶擦洗茶渍,果然有效,无论是玻璃茶杯还是搪瓷茶杯。我在小畦沟里扦插过月季花,每天看几回,越看越瘦,叶子蔫了,干巴了,终于只剩下光秃秃的枝秆。我还掐过一截栀子花,压在水池旁的湿地里,竟活了,长出了新芽。这个池子本是做浇园洗涮等杂用的,日久天长漂满了浮萍,莲子草也牵藤扯蔓地缠绕到池中央了。我母亲在清除杂草时,将那棵不起眼的栀子花连根拔了去。

及至以后,晓得指甲花就是凤仙花,别称"急性子"。有回在《本草纲目》里看到过"菊婢"这个名字,一时怔了。那时正重读《红楼梦》,大观园里的丫鬟晴雯,那两根葱管似的长指甲,有被金凤花染得通红的印迹,我便没来由地认为,晴雯染甲的金凤花并非南方乔木洋金凤,一定是凤仙花。果不其然,李时珍说过"女人采其花及叶包染指甲"。《燕京岁时记》记载得愈加详细:"凤仙花即透骨草,又名指甲草。五月花开之候,闺阁儿女取而捣之,以染指甲,鲜红透骨,经年乃消。"

"菊残犹有傲霜枝",红楼众丫鬟中,晴雯的个性实在与菊有几分相似。

后园里的指甲花次第开完,夏天就过去了。

故乡的雨

初夏的故乡,草木葱翠,新禾苗壮,满眼浓浓浅浅的绿。这时秧苗才分蘖,淅淅沥沥的雨中,村妇们结伴去薅秧。薅秧是女人的活计,并不需要特殊的劳动工具,全凭一双手拔去秧苗间的杂草。一天下来,母亲浸泡在水里的十指肿胀泛白,指甲缝里塞满淤泥。

长日落雨,没了家务,又不用上学,突然变得百无聊赖,咬着笔头看雨从屋檐下滴落。青草伏倒在墙根下,打碗花伏倒在墙根下。芦花公鸡用力抖动身上的雨水,花猫宝石一样的眼睛睁一只闭一只。院子里有水缸,屋檐下放了脸盆、澡盆和水桶,叮叮咚咚地响着。父母上田埂总是打赤脚,盆盆罐罐里的水,正好用来冲洗腿脚上的泥垢。

雨继续下,田野腾起了青烟。有人在窗外喊我呢,伙伴们手里捧着一大坨黄泥,对我扮鬼脸。我草草收了作业簿,一溜烟跑出家门。我们比赛着捏小娃娃、鸡猫狗,还有男孩子喜欢的手枪坦克大炮。嬉闹中又将创作的"作品"和成一团,一人掰一块掼响炮,黄泥炮在砰啪声中被使劲地摔在地上,"碗底"炸出大洞,泥巴飞溅,崩得脸上身上到处都是。

掌灯时分,各自归家,夜晚在蛙鸣声中睡得香甜。早晨一睁眼,场院下白花花一片,田水上涨。母亲说声"去田埂上望望",抓起一把铁锹,转身冲进雨里去了。

树绕村庄,水满陂塘。大米塘、小米塘、陈大塘突然长高好些,雨水哗啦啦滚到了村里的隰田,再沿着田埂一级级漫向下一层,田野挂起一幅幅青绿色的帐幔。

虾兵蟹将活蹦乱跳,小孩子们抱着脸盆、鱼篓、竹篮一窝蜂拥向隰田埂。鲫鱼翻着白肚皮,青混子伏在秧苗间,泥鳅田蟹四处钻爬,田螺闭着壳一动不动。眼疾手快的逮着了老鳖和乌龟,小不点们望"鱼"兴叹,只好捡点毛草鱼、鳘鲦、麻虾之类,可个个兴高采烈,过节似的。捡着抢着闹着,就有人踩水花打水仗,互相泼水,笑骂。疯够了闹够了,脸盆、篮子、篓子又变得空空如也。回家时一个个像落汤鸡,泥猴似的脸上,两只大眼睛清亮得要汪出水来。

一下雨,麻雀们就不大出窝。那时人们认为麻雀是害鸟,吃农作物和谷子,是村里小孩的攻击对象,去打,去捉,去偷袭。打,用弹弓。捉,多在晚上,打着手电筒,一瞅一个准。彼时的我们只是逞强,并不懂得对小生命的怜惜。等麻雀飞出去觅食,鸟蛋很快被洗劫一空。有时幼雀才出生,便惨遭厄运。我们从墙缝里掏过小麻雀,光溜溜的,眼睛还没睁开,托在手心里,那么弱小那么柔软的一小团粉肉,心里一紧,掉在了地上。

雨天天牛多,趴在楮树上专心地吮吸树汁。我们这叫它犟牯牛,抓了后用棉线拴住它的角,它生气不过,呜呜呜呜地舞着翅膀转圆圈。布谷鸟也飞来了,在树上跳来跳去。在布谷鸟凄厉的叫唤声中,我家门口的广玉兰开花了。广玉兰花肥白而美,盛开时有小碗那么大,并不怎么能闻得见它的香气,或许是树太高的缘故。有一回呆看一朵半拢着的花,领首侧向一边,花瓣因久雨而微黄。咦,它多像荷花啊!

凡花,我多爱白色,爱它安静地开在一隅,万绿丛中的那一点青涩与寂寞。村里种花的人家并不多,无非是月季、蜀葵、指甲花、鸡冠花、美人蕉之类,并不名贵,但它们花团锦簇的样子与鸡鸣狗吠的乡下很是相宜。金银花、野蔷薇、栀子花,我似乎多喜爱一点。

我家没有栀子树,但我婶婶家有。她家后园的两棵栀子树大极了。栀子树开花时,像落了碎碎散散的雪。这样多的花,婶婶并不舍得送人,她是要去集镇上卖的。她养了九个小孩。翠表姐上学时就偷偷给我带过一包。花搁在桌肚里,好像整个教室都有了栀子花的香味。回家,用碗养着,再拿几朵放枕头旁,夜晚的梦也变得有香气了。不过三五天,栀子花不再鲜灵,慢慢萎黄,带了锈渍,花心里生出肉眼看不清的黑飞虫。再过一两天,花就完全萎靡了。

翠表姐说,插花要摘带枝子的,这样能养得久,于是约我去她家后园偷花。天黑黑的,蛙鸣声震耳,走过一条田埂后,凉鞋的襻子扭断了,只得脱下来拎着。壮胆绕过几家邻居,看见一灯如豆,正要跨进院门,昏暗中一条大狗向我蹿来。"哪个呀?"是我婶婶的声音,她刚巧出来倒刷锅水。

"偷花"不得,脑洞一开,去买呀。捏着祖母给的毛票子,到了义兴集镇。人来人往中,我看见了婶婶,穿一件黄褐色雨衣,坐在一家店铺前的青石门槛上。婶婶面前一大簸箕的栀子花,水淋淋的,白中隐青,花苞则用草秸扎成一束一束的,摆放得整整齐齐。在我的忸怩中,婶婶明白了我的心思,站起身一把夺去我手里的篮子,装了满满一篮花。那一瞬,眼前的婶婶熟悉又陌生。抱着花篮走了几步,我转过头,一眼瞥见婶婶的发髻旁斜插着一朵栀子花。

婶婶八十七岁时无疾而终。

稍长,读唐人王建的《雨过山村》:"雨里鸡鸣一两家,竹溪村路板桥斜。妇姑相唤浴蚕去,闲着中庭栀子花。"在纸上一遍遍地写,直至眼睛酸涩。

"村里一枝花"的翠表姐,十八岁时,一根麻绳将自己悬挂于屋梁下。那是一个栀子花盛开的夏日。多年后我晓得栀子花的花语是一生守候。

雨浥栀子冉冉香。一切都远去了。

夏天的雷雨

早稻成熟时,乡下差不多到了一年中最忙最热的时候。庄稼人披星戴月地抢收抢种,小孩子们却玩兴正浓,捕蝴蝶,捉蚱蜢,抓知了,掏蟋蟀,每一样都乐此不疲。昆虫家族种类繁杂,形态各异,蜻蜓无疑是其中极美的一种。现在的城里小孩不大见得到蜻蜓了。即便跑到郊外,也难寻觅到蜻蜓的倩影了。

旧时夏天,草虫随处可见,小孩子不费什么心思就能逮住它们,一玩半天。蜻蜓更是多得惊人,天气湿热时,池塘上空,成百上千或者更多,集结在一起盘旋飞舞,实在壮观。这样的蜻蜓多半通体橙红色,我们叫它"红辣椒"。还有"水蚊子""大佬冠",顶好看的要数"蓝精灵",连翅翼也蓝莹莹的,极少,故而珍贵。捉蜻蜓并不难。中午日头最毒时,蜻蜓呆头呆脑的,草棵、篱笆、草垛、树梢,到处停落,一捏一个准。雷雨前蜻蜓飞得低,用扫帚拍,一扫帚能拍好几只。捉到的蜻蜓揪去半截翅膀,放进蚊帐中吃蚊子,夜晚迷迷糊糊中还能听到噗噗声。第二天早晨,枕头旁躺着几只被压扁了的蜻蜓。男孩子促狭,逗蜻蜓咬架,或将狗尾草插进蜻蜓尾巴,再放飞它们,高兴地叫着闹着。

自然界的许多生灵对天气变化尤为敏感,会提早发出信号。"红辣椒"聚集低飞也是一种预告。过不多久,亮汪汪的天暗淡下来,驼峰似的云朵坍塌了,隐隐一个闷雷从远方隆隆滚出,跟着一道闪电撕裂长空,天际乌云翻滚,树枝摇晃着发出沙沙的声响,大雨倾盆而下。

"双抢"时节,最可怕的是说来就来的暴风雨,但庄稼人晓得看天行事。日落胭脂红,蚂蚁搬家蛇过道,麻雀洗澡蛤蟆叫,鱼儿出水老鼠逃,这些皆是雷雨将临的征兆,是劳动者从生活中总结出的经验。他们赶紧收拾好手中的活计,三步并作两步,从劳作的田地间往家奔去。扛着锄头的人跑得是比较快的;爬出秧田赤着脚的人,跑得也是比较快的;而挑着一担沉甸甸稻把子的人,是怎么也不能健步如飞的,他们心疼的不是身上淋了雨,即使感冒了,扛一扛也挺得过去,令他们心焦的是稻子潮了发霉,眼睁睁看着一季的收成付诸东流,那才叫人心痛。

赶在雷雨之前到家的人恨不能多长出一双手。摇篮里的婴儿哭得正凶;绳子上晾着一溜洗净的衣服;霉好的豆瓣摊在簸箕中;早晚就粥的泡菜坛子也得搬回家,渗进生水会长蛆虫;最要紧的是场基上晒着昨天才打下的稻子,黄灿灿的一大片,雨水泡了,那还了得?

小孩子们不会想这么多,清贫单调的日子日复一日,内心甚至期待这样的一场暴风骤雨。他们在风中昂着头转着圈,呵呵地笑着,狂风将他们肥大的单衫吹得鼓鼓囊囊,能塞进一个皮球了。如果风再剧烈一些,简直能将人推着向前走了。

雷雨将临对于家里人口多劳力壮的,不算件难事,生活早练就他们如何默契配合,快速将稻子收归仓廪;对于家里少劳力的,不只是担忧恐惧,简直算得上一场灾难。我家隔壁有个孀居的女人,带着四个小儿女过活,遇到这种情况,一家子就忙乱得炸开了锅。铲的铲,抬的抬,搬的搬,稻箩、麻袋、木锨、耙子、扫帚,全派上了用场。连七八岁的丫丫也晓得拿只脸盆,一声不吭地帮着母亲。女人孱弱,手头本不出活,孩子们又小,她脸上花花的,看不出是汗水还是泪水,只像是越发没了力气。

我祖母怜惜这家母子,总想着照应他们,替女人照管孩子,下雨前会替他们收好屋外晒着的衣物,有了好吃的,也会省下一碗送过去给他们母子尝个鲜。我母亲这时总会带着家里的农具,第一个冲过去帮忙。左邻右舍家里拾掇得差不多了,也陆续赶过来。那最后两箩稻子,紧收慢收,还是淋着了几滴雨,不过总算无大碍。众人站在屋檐下,看着漫天的雨帘如瀑布一般垂下来,擦着满头大汗,方舒了口气。女人并不客套什么,转到灶间烧茶,擦了几根火柴,稻草都没有燃着,呛得她直咳嗽。她揉揉眼,听见从屋顶漏下的雨砸在锅盖上,发出滴答滴答的声响。等她烧开一锅水,门外是更大的噼里啪啦声,众人早散去了。

六月天

　　树上的知了一叫,天气就逐渐热起来了。天气一热,家家户户就把纳凉的物件找了出来。

　　席子。席子有两种:一种是竹篾做的,叫篾席;一种是灯芯草做的,叫灯草席。席子头年秋凉时捆成一卷,悬在屋梁上,现在得爬梯子够,或用长叉将它们挑下来。将篾席拿到水塘里漂洗,席子浸了水,浮浮沉沉,一窝小鲦鱼蜂拥来去,栖了一两条到席子上。鲦鱼细长,黑眼青脊白肚。

　　塘埂很宽,草长树茂,洗净的篾席就地晾晒,太阳落山时收回家。

　　父母睡的席子半旧,用毛蓝士林布缝了一圈宽边,原先青黄的竹篾泛起了褐红的光泽,摸上去滑滑的、凉凉的。有一年,这床席子破了一个洞,被老鼠咬噬的,篾匠师傅走村时补好了,不过,修补的地方篾片颜色浅,一眼就能看出。

　　祖母只睡灯草席,草席子用温水擦拭两遍,树荫下筛几缕阳光就够了。灯芯草是空心的,草席子经水就软了。

　　有一年我们村办了一个蔺草厂,织出的席子细密雅致,边角用墨绿色丝线绣着梅、兰、竹、菊等图案,还能折叠,像艺术品。这种蔺草席全部出口,效益极高,于是村村户户开荒种蔺草。我家也引来草种,种了几亩地。

厂里只收干蔺草,分级论价。蔺草长壮、色泽深绿,一风即干者为优等品,价钱不菲,余者为次。

割蔺草正是六月心。露水还没退去,我们就挎着镰刀出门了。蚊叮虫咬不算,蔺草太高了,稍不留意就戳到人的脸,一会儿工夫,脸上臂上腿上被划出许多道血痕子,衣衫湿了干干了湿,结了一层盐霜。气温高,鲜草一焐就烂,须赶早挑回家筛选,黄、短、细、软的要剔除。浆蔺草,这活只能父亲干。石灰窖子已起好,石灰浆呛人,得戴着帽子、口罩。蔺草完全浸透后方可捞起暴晒,骄阳下一天翻四五次。干透了,捆好,成批后即售。蔺草回潮是卖不出去的。

那个夏天,我们姊妹得到了一床绣着兰花的蔺草席。

扇子。蒲葵扇子乡人一律称之为芭蕉扇,有大小之别,一毛钱一把。芭蕉扇不仅能取风纳凉,也能驱赶蚊虫,走在烈日底下,扇子举过头顶,还可遮阳,所以家家户户几乎人手一把。村里放露天电影,姑娘媳妇老人更是扇子不离左右。

新买的葵扇色泽微绿,有股淡淡的清香。扇边的篾丝会脱线,祖母便找出色布绲一圈花边。祖母针线活极好,使得这个寻常物什精细了许多。婶婶家八九个小孩,争扇子时就鼓嘴憋气,小家伙们在扇面上歪歪扭扭写上自己的名字,抑或画一片树叶贴几个小人。我祖母细致,说新扇把会硌疼我们姊妹的手,都给它削光磨平。

葵扇结实,爱惜点可用两三夏,即使旧得不堪,乡人也不轻易丢弃,锅灶间、生炉子可以用来助火。隔壁芳姨病恹恹的,一把破扇常年放在煤炉旁,炉子上坐着吊罐,用来煨草药。

胡四爷与众人不同。胡家住在村西头,家里自幼抱养一个小丫头,长大后给四爷做了媳妇。那媳妇白净、俊俏、爽利,农活做得不输男人。胡四爷极高大,在省城的一家大饭店做厨子。三伏天,庄稼汉歇凉时大都光着膀子,胡四爷周周正正穿一身香云纱衫裤,手里摇一柄折扇,折扇上的画是课本中看到的万里长城,而且万里长城是画在金纸上的!胡四爷往往擦黑时分从村西头走往村东头。这时,多半人家已收工,搬了竹床,家人围坐吃粥纳凉。远远看见一个挺胸腆腹迈着八字步的人不紧不慢地走着,人们就晓得,胡四爷到他的胞弟家串门子来了。风一吹,他的轻薄的香云纱衫就拂动起来。风若再大一点,他顾不上摇扇子,反复抚他梳得溜光的头发。胡四爷身上是有香味的,促狭鬼们只要嗅到胡四爷身上一股冲鼻子的香气,就偷偷扭脖伸舌头:大人还抹花露水?

胡四爷是个有意思的人。

小时候还有一种蒲草扇,桃形,略精细,柔软不耐造,乡人多不用。

帐子。没有蚊帐的夏天是不行的,因为蚊蝇蠓虫太多了,有时能形成个小旋涡。有一种黑身白纹的花蚊子,叮到哪里,哪里就会拱起一块红疙瘩。我祖母总在日落前擦净席子,驱走蚊虫,掖好蚊帐。晚上睡觉,忽听到嗡嘤之声,又钻进来几只。我们一骨碌爬起来,端来煤油灯,灯罩口对准蚊子,扑哧!轻轻一声,蚊子在空中蹬几下腿,掉进灯罩里了,扑哧再掉一个。

天气晴好时,我们央求祖母将帐子绑到凉床上,夜晚睡在外边多有意思。夜阑人静,繁星如水,村庄睡着了,大牯牛睡着了,猫儿狗儿都睡着了。四周黑魆魆的,只有萤火虫一闪一闪,昆虫们不知疲倦地演奏一曲曲田园交响乐。

"从前有座山,山上有座庙……"祖母摇着芭蕉扇,我们却慢慢睡着了。第二天早晨,凉床边缘落了一层露水,帐子也被夜露打湿了。

帐子难洗。乡下有谚语:"七月半,蚊子金刚钻。八月半,蚊子死一半。"梧桐叶落,大雁南飞时,母亲开始拆洗蚊帐。木盆里放些肥皂粉,帐子浸泡后穿上胶鞋踩,我们兴高采烈地赤脚踩泡泡,将污渍灰尘踩净,才拿到池塘里过水。帐子经水后太沉了,只好揉成一团搁在石头墩子上用棒槌捶。晾干后的帐子随风飘舞,像鼓起的白色风帆,是躲猫猫的好地方,大人看到,小孩子们免不了挨上几巴掌,抑或遭一顿申饬。

  绿树荫浓夏日长。席子、扇子、帐子,伴随着人们度过漫长的农耕时代,逐渐湮灭在岁月的尘埃里。

榖这种树

菜市巷内有两棵榖树,像双生子,看得出是筑路工人特意保留的。榖树在城里不大招人待见,不若银杏、香樟、槭树,甚至梧桐、白杨、石楠,公园和小区如今都难以寻觅到它们的踪影。倒是我无意中于南二环以北的城中村,发现不少棵榖树。乔木粗茂苗壮,灌木丛丛簇簇。我有些意外,也有些高兴。

我熟悉榖树。旧时乡下,田间地头、篱笆院落、坎坎凹凹处都有榖树的身影。春天,榖树开花了,一条条垂在树枝上,像倒挂的毛毛虫。村里的老人小孩便去打榖树花。祖母将花洗净,拌上面粉、鸡蛋,用香油炸,酥脆可口。春雨过后,花草树木湿漉漉的,犟牯牛(天牛)不晓得从哪里飞来了,趴在榖树枝上一动不动,专心地吸食树汁。有时,在榖树上还能捉到几只花大姐(瓢虫),红壳、七星的那种。

榖树连片生,常常将通往田间的羊肠小道遮蔽得严严实实,只得用镰刀劈出一条路来。榖树斫断处,慢慢流出白色的乳液,黏黏的,像牛奶,所以小时候我们叫它麻奶子树。劈下的榖树枝抱回家,将叶子捋下,切碎,拌上面糠豆腐渣喂猪。暑假到野外割草,偏偏那个地方被老牛啃得光秃秃的,机灵的同伴便将沟渠低洼处新发的榖树一砍而光,混在草堆里充数。乡下小孩爬高上低是能事,手脚蹭破了皮,伤口红肿了,家里大人并不吃惊,用榖树液抹一抹,几天后即可痊愈。

旧家后院的半亩方塘旁长着一棵大榖树,盛夏时节枝杈交叠、繁荫匝地,是我们姊弟钓鲦鱼、虾子的好地方。暑热天,家人喝的多是粗茶,一天下来,茶杯便结满一层茶垢。祖母嘱我摘来榖树叶子,沿着杯壁用力旋转几圈,茶渍污垢没有了,茶杯洁净如新。

夏天,这棵榖树结满肉嘟嘟的红果子,杨梅大小,阳光下透亮好看,入口,腥甜中带点土涩。我们更喜欢的是大地上野生的灯笼果,剥开薄如蝉翼的外层包衣,小金果柔软香甜。熟透的榖树果子会自动落下,不过大多等不到坠落,早被馋嘴的雀鸟虫豸与小孩子们争食得所剩无几。

榖树其貌不扬,不择地势,泼泼洒洒,恣肆生长,吾乡人以为它非栋梁之木,多随它自生自灭。"榖树扁担压煞人",要说贡献,不过做条扁担,或成为灶间一堆劈柴。

多年后,我晓得麻奶子树即是构树,别称榖树、楮树等。《水浒传》中武松的兄长武大,清河县人给他取了个诨号"三寸丁榖树皮",可怜的武大只会默默承受。而早在两千多年前的《诗经》中就不止一次出现榖树的身影:"鹤鸣于九皋,声闻于天。鱼在于渚,或潜在渊。乐彼之园,爰有树檀,其下维榖。他山之石,可以攻玉。""黄鸟黄鸟,无集于榖,无啄我粟……无集于桑……无集于栩。"榖树原是很古老、很中国的"名"树啊!明人李时珍在《本草纲目》中列其叶之药效达六种之多。

苏轼《宥老楮》一诗写得有意思。彼年,东坡的园子里也有一棵榖树,树高叶茂,荫翳铺地,可东坡想起恶木之名,便欲斫其当柴烧。或许那天东坡小酌了两杯,心情大好,转而念及它的益处,于是,略一思索,挥笔写下"肤为蔡侯纸,子入桐君录。黄缯练成素,黝面颒作玉。灌洒烝生菌,腐余光吐烛"。抛下斧子凝望榖树的那一刻,东坡内心一定是柔软且愉悦的吧。

同为宋代豪放派诗人的刘克庄也有写榖树的诗:"楮树婆娑覆小斋,更无日影午窗开。一端能败幽人意,夜夜墙西碍月来。"读罢,窗前仿佛摇曳着婆娑的树影——童年的榖树影子。

榖树为桑科落叶乔木,高的十至二十米。它的全裂的叶子像极了猫脸,长满细密的茸毛。我所见菜市巷内的榖树皮质粗糙黝黑,密布斑纹麻点。我晓得就是这种不起眼的树皮,柔韧性极好,可以制作上等的桑皮纸,为榖树赢得"沙纸树"之佳名。榖树枝丫熬汤可医治水肿、癣疾。它的根、皮、茎、叶及种子皆可入药。古人用榖汁粘贴经书,牢于胶漆。榖树果学名楮实子或者楮桃,《本草纲目》里说它"益气充饥明目。久服,不饥不老,轻身"。据说近年来,我国西部地区榖树的产业化做得相当好,许多地方将其列为精准扶贫项目。

有人对城市二十多种树木的单位叶面积滞尘量做了检测,排名前五位的分别是榖树、紫荆、木槿、白蜡和法桐,而榖树的滞尘量比苦楝、五角枫要强五倍以上。

《花经》中写榖树:"多系野生,枝叶扶疏,绿荫稠密,可招禽鸟之来集,啁啾作清歌。故庭院中栽之一二,大有声色之娱也。"

大学问家朱熹将榖树斥为恶木,实在是冤枉了它。

村里有口井

我们村有几口塘,分别叫东头塘、西头塘、新塘、陈大塘、小米塘。这些塘有大有小,有深有浅。鱼养在塘里,藕和菱种在塘里,鹅鸭嬉戏在塘里,芦苇和浮萍也随便长在塘里。牛在农忙季节,是一天到晚不能歇着的,累了一天被牵回来,路过水塘,主人心疼它,就叫它下塘里打几个滚。村里的庄稼缺水了,在塘埂上挖个大口子,引水往下流,否则庄稼就渴死了。这些塘什么时候挖的,是哪些人挖的,好像谁也说不明白。可是多少年了,我们村家家户户男女老幼吃的都是塘里的水。水挑回来,倒在一个大水缸里,砸一小团明矾,用葫芦瓢使劲搅和几下,等水不再浑浊了,就用来烧茶煮饭。

我上小学三四年级的时候,我们村挖了一口井,从此村里人告别了吃塘水的历史,开始挑井水吃。这口井打在村子东西交界处南面的庄稼地里,最近的人家只要走一条田埂远便到了。

井打好的那天,村里敲锣打鼓,还放了鞭炮,前后村子也来了许多人庆贺,大人小孩都欢天喜地围着井看热闹。

咕嘟咕嘟声此起彼伏,人人争着要尝尝井水的味道。

"好水!"刘三老爷捋着下巴上的胡子,胡须上沾着晶亮的水珠。

"好水,透心凉!"孙瞎子连连点头。

孔老五抢过一个水瓢,一仰脖子喝了个精光。"乖……乖,井……好……好……好深!"老五叔咧着大嘴,他是个结巴。

村里人多了一个聚集的去处。此后的早早晚晚,水井旁站着或蹲着一群打水涮洗的人。男人们会抽根香烟,聊几句庄稼上的事情。要是几个女人,免不了悄悄说几句体己话,再要是有碎嘴的,就免不了东家长西家短,交头接耳一阵子。

我家七口人,祖母老了,我的弟妹们年幼,父亲承包村里的一家农药厂,从早到晚地忙,所以农活家务大都落在我母亲头上。母亲锄草我便锄草;母亲点豆我便点豆;母亲挑水时,我就挎着一只小木桶,像个小尾巴似的跟在后头。小木桶的横梁上拴着一条又粗又长的麻绳,这只桶是专门用来打水的。母亲打水时,我趴在井口往下看,黑黝黝的井底晃动着一轮碎银似的月亮。

我父亲有时候也挑水。他光着膀子,肩膀上搭着一条旧毛巾,几担水挑回来,父亲脊背像被雨淋过,汗水淌到了腰际,裤腰的颜色明显变得深黑。

我家开垦的荒地种了些西瓜,当然为的是卖出去换柴米油盐和我们姊弟四人的学费。母亲下工回来偶尔摘一只,我们高兴得跟什么似的。父亲洗去瓜皮上的泥渍,将它放进水缸里冰镇。午睡起床了,祖母将西瓜搬出来,咔嚓一声脆响,再咔嚓咔嚓几声,剖成八大瓣,红瓤黑籽,入口沁凉、脆甜,连皮都要啃掉了。

夏天的饭菜不容易存放,有时多煮了一瓢稀饭,有时剩了半碗南瓜、几个红薯,祖母就把它们连碗放进脸盆,脸盆漂浮在水缸里,第二天不会吃坏肚子。

夏天是庄稼人最忙的时候,大人们起早贪黑,收麦、割稻、插秧、打场。

"双抢"忙完，一年中最热的季节便到了。学生们放暑假了。

天气一天比一天热。我与小翠、小花、小芳、小珍结伴去砍草。村子附近的野草都被砍完了，我们得跑到很远的荒野，还暗暗较着劲看谁砍得多。每次出门，我们都要砍满一担草，等着父母亲来挑回家才算完成任务。除了雨天，常常是早晨一担草，上午一担草，下午一担草。一年的猪饲料，一年的烧火草，都需在一个暑假准备好。回家时我们经过水井旁，有时是特意绕道。长时间的野外劳作早已使我们又渴又累又倦，跑到井台旁，一屁股坐下来，拿起谁家的葫芦瓢，咕噜噜、咕噜噜像小牛饮水，头也不抬。然后，再用冰凉的井水洗净被太阳晒得又红又黑的小脸、胳膊和腿上的草屑、泥巴。这时候多半天色已晚，火烧云消失在地平线下，蚊虫开始列队，直往鼻子眼睛脸上扑，我们一边扑打蚊虫，一边顶着满天星星往家走。

井水冬暖夏凉。

但是有一年，我家盛水的一只大缸被冻裂了。腊月寒天，鹅毛大雪下了几天几夜，茅草屋檐下挂着一溜溜的长冰凌，屋顶、田野、道路、草垛都被大雪覆盖着，村前的井口却冒着热气。雪后初晴，在家憋了几天的小孩子们来到野外打雪仗、堆雪人，女人们穿着胶靴，扎着花花绿绿的头巾，到井旁忙碌起来。我和母亲带着洗澡的大木盆去洗被褥，井水一点也不像塘水似的冷得刺骨，我们冻僵的手在水盆里一点点温软过来，灵活自如了。我记得那个雪天，太阳挂在亮蓝的天宇，母亲棒槌的捶击声一下一下，在空旷的雪地里传得很远很远。

我们村有个哑巴婶，有一天我早起去放牛，看见她站在水井旁，面朝着村里的人家叽里呱啦地叫嚷，那情形，小孩子也看得出，她是在骂人了。她骂一声，剁一下身旁的案板；再骂一声，再剁一下身旁的案板。原来是她家自留地里的甘蔗被人偷砍了好些。

下雪的时候,我还看见过村里的"疯二宝"怀里抱着一块木板,坐在水井旁画画。他是陆家的老二,趿着一双破棉鞋,戴一顶耷拉着两只耳朵的狗皮棉帽,倚靠着井壁,顶着风雪,很认真地画着什么。他画画时,一边嘿嘿嘿自顾自笑着,一边嘟嘟囔囔自顾自说着什么。

一年四季,"疯二宝"总是独自一个人在村里走着,说着,笑着。他拢着手,低着头,趿着鞋,身后背一块画板,再热再冷的天,他的狗皮帽子都是不取下来的。他看见一个小孩,笑嘻嘻地从身上的某个地方摸出一颗糖,叫他坐着,就要给他画像,有时小孩子挣脱了,有时小孩子就傻傻地坐着。他的父亲是个高大的人,得过小儿麻痹症,一条腿是跛的,村里人叫他"侉老爷"。他会做许多面点,油条、麻花、烧饼、糖糕,在集镇上卖。他还有个大儿子,在淮北煤矿上工作。他家的日子过得其实不坏。他的二宝为什么疯了呢?据说有一年二宝得了某种怪病,高烧不退,眼睛往上吊,胡言乱语个不停,他父母亲就把他关在屋里,不让他出门,说他中了邪。他们砍来桃树枝,天天夜里给他喊魂,喊了许多日子也不见效。二宝从此就疯了。

乡下小孩的命都轻贱得很,我们的童年和我们的父母亲一样,面朝黄土背朝天。十一二岁的我,学着去挑水。

我们村虽然不大,也有好几十户人家。我家住在村子最东头,隔壁只有一个胡姓邻居。如果从村里走,要经过陆志才家、黄德政家、陈志海家、朱守贵家、刘贤发家、宋业法家、刘庆祺家、王发潮家……刘贤德家,然后从刘家西边的小巷子里穿过去;如果不从村里过,直接走冲田,要走过四五条田埂,田埂坑坑洼洼,还有缺口。

胡家二姑娘芳大我一岁,陆家大姑娘珍大我两岁,黄家大姑娘花与我同岁。砍草时,我们结伴,挑水时,我没有忘记叫上她们几个。

几个人高高兴兴的,一点没有觉着什么,可我们很快就傻了眼,几丈深的井,那么粗的一堆麻绳,提着木桶,小腿哆嗦个不停,眼睛再不敢朝井底看,只顾使出全身力气,将木桶往上拽,手掌心磨出了血泡,钻心疼。

是珍替我们打了水,她的力气比我们大得多,因为她不但要挑水,还要挑粪桶、挑稻把,做一切大人们做的活计。珍的姊妹多,她是不能念书的,常年跟着父母一起做农活挣工分,放下镰刀又拿锄头,她的手掌长满了厚厚的茧子。

我们趔趔趄趄往家走,走了五十米,歇一会,再走三十米,歇一会,走走停停,挨到家时,桶里的水洒了一半,肩膀也痛得像火灼。即使这样,也还是要去挑水的。手上磨出的血泡慢慢平了硬了,肩膀也变得结实了,甚至可以帮助其他小伙伴了。我还学会了轮换使用两只肩膀挑东西。

有一次我与小花去挑水,她突然咕咚一声倒在井边的地上,口吐白沫,双手像鹰爪一样反蜷,抽搐不住,我吓得惊魂失魄。

十三岁那年,我到城里上中学了,不大见到我的小伙伴们了。再后来我在城里工作,更少回村里了。有一年中秋节,母亲说小花死了,她的羊角风病犯了,一头栽倒在棉花地里,没被人看见。小花死的时候只有十八岁。帮过我们打水的珍在一个寒冷的腊月里嫁人了,吹吹打打的送亲队伍抬着妆奁,十个穿红戴绿的姑娘排成行,走在白雪皑皑的原野上,大雪仍在搓绵扯絮,十个姑娘走在雪影里,像一幅流动的水墨画。珍嫁人的时候,也正是十八岁。

翠是我乡下远房堂伯的女儿,婶婶生了九个小孩,她排行第五,长得比几个姐姐都好看。翠是村子里唯一一个读完高中的女孩,但她没有考取大学,跟她的一个工头姐夫去打工了。一个夏天的晚上,我接到母亲的电话,匆匆赶回老家,只见翠表姐躺在院子里的一扇木板上,身上蒙着白被单。她悬梁自尽了。翠表姐死的这一年,也是十八岁。

再后来,我们村那个喜欢画画的"疯二宝"也失踪了,去了哪里,没有人知道。他的父亲病了一大场,腿瘸得更厉害了,不能再做点心去卖了。

我乡下的村庄叫陈宗一,我总疑心它是村里一个先人的名字。

我们村以及那口井、我童年的姐妹一直刻在我的记忆里。我记得井旁的水泥地坪上用打碎的白瓷碗片,排列了"一九七六年春宗一村"的字样。

故乡,我已经回不去了,很多人也都回不去了。而一些我自幼熟识的长者,他们像一棵棵庄稼,活过了他们卑微坚韧的一生,长眠在故乡的那片土地,包括我的父亲。

陌上花开

春天来了。斑鸠在树上"咕咕咕——咕咕咕——"地叫。我家园子里的白菜起薹了。池塘里生了一窝一窝的小蝌蚪。红花草在细雨中像紫色的雾。在我们乡下,红花草不是用来欣赏和赞美的,尽管它们紫莹莹的花吸引了众多野蜂子。红花草还在开,但是被铁犁翻到地底下了。红花草就是紫云英,那时候,我们村家家户户都吃过紫云英。

老牛带着小牛在田埂上吃草。牵牛的人有时是佝偻着背的宋家老爹,有时是一个小牧童,有时那个牧童就是我。水田里白晃晃的。老牛拉着犁耙,守贵伯赤着脚握着一杆鞭子站在犁耙上。牛站在淖泥田里不肯走,守贵伯拍拍牛背,吆喝了一声,牛还是不肯走,于是守贵伯又扬起鞭子——牛是庄稼人的命根子,守贵伯的鞭子当然没有落下来。

我母亲也是这样犁田耙地的。

稻种出芽了。男人们挑着发芽的稻种,将它们撒在波平如镜的水田里。天黑了,我跟着父亲去捆泥鳅。父亲手执一盏干电石灯,握一柄尖端焊有一排铁针的长杆,我提着竹笼紧紧跟在他身后。田野里正在上演动物音乐会,青蛙与百虫齐鸣。干电石灯一照,睡在种子间的泥鳅、螺蛳、黄鳝、小蛇都能看得清楚。一个晚上父亲能捉到几斤泥鳅,运气好的话还能叉到几条黄鳝。但是有一次,早晨将泥鳅倒出笼,哧溜游出了一条小蛇。还有一天夜里,为了抄近道回家,父亲带我穿过一个乱坟岗。我怕极了。

秧苗在春风里长得快,也就几天工夫,就有半尺多高了,可以拔苗移栽了。泥鳅、螺蛳、黄鳝、小蛇们是否还睡在秧苗间?即使灯光照着,也看不见了。

我们去割秧草。秧草不是江南人点缀餐桌的"草头"苜蓿,而是乡下用来沤肥的各种杂草。小姑娘们总是结伴,镰刀早已磨得锋利,挎着竹篮的同伴钻进油菜花海中,很快不见了人影。菜地里的野草比田埂上的要肥壮得多。阳光明亮,空气香甜,蝴蝶、花蛾在头顶飞舞,我的头发上衣衫上沾满了花粉,一只小蜜蜂钻进耳朵里了,痒得很。

麦苗开始孕穗。割大蓟和小蓟时,只能抓着它们的根,因为叶子上全是肉眼看不见的小刺。蒿子、地毯草、蒲公英、早熟禾、老鹳菜、蓼、车前草、芫花……麦垄里全有。

一个村子,两个村子,附近所有村子里的女人倾巢而动,田埂上很快光秃秃的了。几个平时合意的邻居,就悄悄结伴去城里。鸡叫头遍,她们就起床了,叫醒睡梦中的丫头。大门"吱呀"一声开了,启明星在天空挂着,外面还是黑咕隆咚的。"二月春风似剪刀"。穿着棉篓的女人们拉着板车,"哐啷哐啷"地走过还在熟睡的村庄,又"咕噜咕噜"地响在通往远方的村道上。

割秧草的板车四壁都装了厢板,可以拆卸,睡意蒙眬的小丫头们抱着篮子或筐子,坐在车厢里接着睡,但也只是迷糊着罢了,离太阳出山还早呢,吹到脸上的风冷飕飕的。从陈宗一村出发,经过义兴集、老家束、牛子凹、葛大店、客车厂、卫塘、三十二中、青年路,到卫岗、东陈岗一带,二十多里路,算是比较近的一处。这一带属城乡接合部,广种蔬菜,土壤肥沃,杂草疯长。遇到这样的"头茬草",我和母亲到傍晚能割满满一车秧草,近千斤。

104医院院落很大,树也多。院子里有土丘、林地、菜园,水洼处的杂草丛丛簇簇,又肥又壮。野豌豆、牛筋草、婆婆纳与猪殃殃,挤挤挨挨的,连片生,比赛似的要长高长大。"栀子花开六个瓣,卖油娘子水梳头。"村里的女人们这样唱。老鸦瓣的花也是六个瓣,像袖珍百合,很好看,梦一样地收拢着翅膀,在茅草丛中自顾自开着,四周安静极了,连一只蜜蜂蝴蝶也没有。我悄悄摘了几朵包在帕子里。

苍耳,也叫万把钩,但我们习惯叫它胡起赖,它总是喜欢粘在裤腿上,还戳到我们手上,痛得人要跳起来。学校里,男孩子恶作剧,就悄悄丢一两颗到女生头发里,越拽,头发粘得越多,非得剪下一绺不可。

小翠哭喊的声音传了来,她割破了手指,流了许多血。我和英子飞快地倒出篮里的草,找出刺儿菜、红莲草,她母亲摘了几片叶子,放嘴里嚼碎,替她敷到伤口上。小翠的眼里还汪着泪。

在一个大土包下,我采到一把黄花菜(萱草),橘红色的花像喇叭。我祖母会用它做黄花菜炒鸡蛋。

太阳升到中天了,我们脱掉了棉袄。小红楼飘出饭菜的浓香。我们的肚子咕噜噜地叫唤。割秧草的人,中午的伙食通常是雪里蕻、黄豆酱、白米饭,有时烙几个死面饼。米饭早已透心凉,小丫头们找到锅炉房,打了开水,坐在树荫下,泡饭。

远的去过中国人民解放军第105医院,比去104医院要多走一二十里路,还有五里墩、东陈岗两个长坡要爬。秧草水嫩实在,压在车里,太重了。一天下来,大人小孩都累得筋疲力尽。往回走时,小丫头们不但不能再睡觉,还要背一根麻绳,替母亲分担一点点重量。

秧草是交给生产队的,队里用称重或箩筐计量秧草的多少,给家里记工分。

祖母带我们去捡地踏皮(地衣)。田野里雾蒙蒙的,路上还很泥泞。我的胶鞋有点大,走起路来"啪嗒啪嗒"地响。地衣长在潮湿的茅草棵里,荒坡野岭上多得很,深褐色,有的绿得发黑,滑溜溜的,一嘟噜一嘟噜,半下午我们能捡一篮子。祖母用它炒韭菜,也做地衣蛋汤,都很好吃。我们顺便也挖野小蒜。野生的小蒜像葱也像蒜,一丛丛,纤弱,营养不良的样子。洗净,用盐略腌制,极清香,用它配白粥最相宜。

一下雨,犁牯牛(天牛)就特别多。它们趴在楮树的叶子上,六只脚碎碎怯怯地动。犁牯牛黑底白斑,壳子油亮,也有脊背带橘红色花纹的,我们都捉到过。犁牯牛不那么敏捷,有点呆,乘它不注意,手指轻轻一捏,捉住了,它就"吱扭吱扭"地叫。用棉线拴住它的脖子,"呜呜呜——呜呜呜——"看它在空中手舞足蹈,绕着圆圈飞。我用一个玻璃罐养过两只天牛,"青头"和"花斑",喂它露水吃,搁几天一看,死了。犁牯牛长长的带节的触角,让我想起京剧演员头饰上的两支"翎子"。

布谷鸟在田野里唱歌。"布谷……谷,布谷……谷……"这是在催促农人:快去栽秧,快去栽秧。其实不用布谷鸟催,"人误地一时,地误人一年",庄稼人都晓得。

秧要一趟一趟地栽,而且是倒退着行。田埂边的人先栽,栽了三五行,"趟子"起好,株距行距确定了,第二个人再下田。女人们通常是集体劳作,栽秧的队伍呈长长的斜"一"字形,她们低头、弯腰、撅腚,左手分苗,右手插秧,动作因熟稔而连贯,水田里满是"扑通扑通"有韵律的声响。女人们只能在换秧把的时候直一下腰。这些庄稼能手栽插的秧苗,像田字格,横平竖直,真是好看。

母亲替我起了"趟子",我照葫芦画瓢。栽得浅了,秧苗没站住;栽得深了,秧苗不露头;栽到脚窝里,秧苗漂了起来……而且,横不成行,纵不成列,慢慢地秧苗站住了,虽然是歪歪扭扭的。后退拔脚时被草根绊倒了,差点跌个狗趴盆。

小腿肚子忽然痒得不得了,拔出来一看,几只蚂蟥正朝肉里钻,越拽越钻,使劲拍打,掉下来一只,还有的怎么也不肯出来,就抹上一撮盐。

日头落了,该收工了。爬上田埂,一条土谷蛇昂首挺胸,吐着信子,正朝我游来,一慌张,一脚踩在牛粪堆里。

小芳也上田埂了,她的衣裳脸上腿上都是泥。

我笑她:"花脸猫。"

她笑我:"花脸猫。"

她的嘴唇乌紫,牙齿直打战。

季节不等人,春日胜黄金。即使雨天,女人们也不得歇息,还得继续劳作。我母亲仍是赤足,阴丹士林布大襟棉袄,披蓑衣,戴斗笠。其他女人也是。

宋人杨万里《插秧歌》云:

> 田夫抛秧田妇接,小儿拔秧大儿插。
> 笠是兜鍪蓑是甲,雨从头上湿到胛。

总会想到母亲和村里的女人们,在春雨飘飞的原野,戴着斗笠披着蓑衣的她们,一丝不苟地劳作着,远远看去,像会走路的蘑菇。蘑菇们长在水墨画里。

村里老人说"燕子不进苦寒门"。其实燕子年年春天都会在我家的房梁上筑巢,小翠家有,英子、小芳家也有,燕子在村里许多人家都筑了巢。

"落花人独立,微雨燕双飞。"小时候读到这两句诗,觉得春天真的是好寂寞啊!

燕子们从巢中飞进飞出。不久燕妈妈孵出了一群小燕子。

萤火虫一闪一闪。

栀子花开了。

知了叫了。

夏天到了。

我们的村庄

母亲是最后一个搬出村子的。去年腊月回乡过春节，听母亲说村庄就要拆除了，左邻右舍已有不少在城里租好了房子。元宵节一过完，果然村里一多半人家都陆续搬迁了。母亲签了字，画了押，却把老屋的钥匙紧紧攥在手里。

终于，剩下的几个老姐妹也来和母亲告辞了。村里很快停了水，断了电，不放心母亲一人留在村庄的老屋里，在我们姊妹的一再催促下，弟弟接走了母亲。

算起来，也不过十多天的日子。母亲借故搬得仓促，老屋里要带走的散碎东西还没有拾掇完，于是隔三岔五又独自回老屋，这次扛回一把锄头，下次又寻回一只瓦罐。

一直不愿意相信村庄将要被夷为平地的事实。三月的一个周末，我陪母亲一同回乡下。曾经熟悉的家园已人去屋空，村庄像被洗劫了一般，村道遍布瓦砾和残渣，门扇虚掩，被风吹得嘭嘭直响，更多的门窗被拾荒者卸走，远远望去，像一只只黑洞洞的眼睛。

所幸村庄四周还有大片的油菜花地，即使岑寂，也使得村庄远远看过去还像个村庄的样子。鸡鸭和老牛自然都没有了，连叽叽喳喳的鸟雀也杳无影踪。是被大风吹跑了吗？这些油菜花像懂得村庄将要在黄土地上消失似的，作为守护村庄的最后一季农作物，它们在天地间全力绽放满目金色的绚烂。

沿着开满油菜花和蒲公英花的小路，回家，回我童年的故乡。

那时候的春天，茅檐真是低小，梁间有飞来飞去的燕子。盘桓在田野里的斗笠蓑衣，像会走路的蘑菇。我出去割草喂猪放牛，脖子上挂一把钥匙，婆婆纳开着蓝莹莹的小碎花，蓟菜和紫云英到处都是，有时候割一整天才回来。饿的时候就拔茅针、撒刺薹填饥，也嚼鱼腥草的茎。冬天，寒风吹彻，大雪倾野，那个叫"猪三"的孩子光着脚，在雪地里奔跑。晚上，我和弟弟妹妹在豆粒般大的煤油灯下写字。祖母戴着老花眼镜，在剪裁一件"蛤蟆衣"。屋外北风呼啸。火柴冻红了鼻头。日子清贫，父母却是年华正好。

以为一生一世都会待在这里，谁知过着过着，我们都生活到了别处，只留下年迈的父母。母亲独守老屋，父亲长眠于青草覆盖下的另一座村庄。

在土地上劳作了一生的母亲，身体还算硬朗，愣是将与父亲一起耗费了毕生心血翻盖的几进大瓦屋——扫净。母亲已汗珠涔涔。我劝母亲别再打扫了，都不在这里住了，还扫它做啥呢？母亲说，我还是要回来的。住了几十年，哪能说走就走？我问母亲，花坛里那株海棠树哪里去了？二十多年的树龄，丢了太可惜。母亲说，你弟弟费了好大的力气才把它挖起来，带回山里他买的大别墅里栽去了。我点点头，算是回应了母亲。这样真是极好的，仿佛一件事情有了着落。

母亲扫完院子，取下挂在墙上的父亲的照片，仔细擦净上面的灰尘，想了想，又小心翼翼地挂回去。父亲在十年前的秋天猝不及防地离开了我们。父亲不在了，每次回老家，我都会默默地对着墙上的照片说：父亲，我回来看你了。我看着看着,觉得爽朗的大笑声马上会从他的身体里迸发出来,很快,一屋子都回荡着他爽朗的大笑声;有时候,我会觉得父亲的脚步声还像年轻时那样急促有力气,匆匆地进来又匆匆地出去。他总有忙不完的事,浑身有使不完的劲。十年里,我从未觉得父亲已不在人世,与我们阴阳两隔。或许,父亲只是在逗我,故意藏到挂在墙上的那张照片里,不要多久,他就会扛着一把铁锹,或者挑着一担麦子,悄悄地在某个夜晚,回到我们熟悉的家。

恍惚的我,此刻却不知道要做些什么。我在父母住过的房间里来来回回地走,有时停驻,有时目光转向一个角落。是的,父亲,我们回来看你了。我在母亲一只锈蚀的梳妆匣里,发现一沓发黄的打印纸稿,是父亲去世前一段时日写下的几篇文字。我已经找了它们很久了,原来竟给母亲收藏在这里,而母亲早已记不起来了。我将它们一一摊开来,坐在地上,一行行地阅读。我仿佛听见父亲在对我说话,说那些他还没有来得及告诉我们的事情。读着读着,我就眼睛模糊,鼻子也酸酸的了。

穿过老屋的北院门,有个偌大的菜园,是母亲在劳作之余开垦的,收拾得妥帖整齐。绿蔬们营养充沛,长势喜人。莴笋与药芹的叶子水淋淋的,油乌发亮。母亲蹲在菜畦里,地上已经堆了许多择干净了的生菜、芫荽、大蒜,可是母亲还在低头忙碌着。这是母亲的习惯,每次回家,车里装着的不是母亲收获的山芋、玉米、花生啥的,就是大包小包的各种时令蔬菜。

"自家地里的,城里买不到。"母亲总有我拗不过的理由。我心里当然明白,人到中年,还能吃上母亲种植的菜蔬,该是子女们多大的福气啊!

我劝母亲别再侍弄这个菜园子了,"人生七十古来稀",早到了该享福的年纪了。可是母亲怎么闲得住呢?"一天不下地,这胳膊不是胳膊,腿不是腿了。"我想以后母亲住到城里的儿女家,无法再回到田野和菜园

虞美人 歲在辛丑仲秋吉日吳玲畫於沺河之畔

蘭石小景
吳玲寫

里劳作,她会不会很快感到浑身不得劲呢?

到村庄里走走看看,或许,真是最后一次了。夕阳正一寸一寸向下挪,照着空空荡荡的屋宇。村里从没有出现过像现在这样令人不安的寂静。村口的老槐树下,孩子们追逐嬉闹的身影不见了,陆家媳妇门口每天约好了似的坐成一排晒太阳的老人不在了。该到做晚饭的时辰了,高高低低的烟囱冰冷冷地戳向天空。

这让我想起许多年前,泥土芬芳,草木清香,也是这样的黄昏,我们放学或者放牛回来,父母亲挑着稻草或扛着锄头回来,祖母已做好晚饭,有时是一锅苋菜擀面,有时是几个烙饼一大锅粥,劳累了一天的家人团团围聚在一起。晚饭后,父亲点燃一根烟,母亲默默地收拾碗筷,弟弟妹妹年幼,缠着祖母讲故事。不一会儿,村庄的上空就亮起许多星星,如果再迟些日子,池塘里的青蛙和一些叫不出名字的昆虫的叫声就会此起彼伏地响在村庄四周,像演奏一曲又一曲的田园交响乐。

紧挨着村庄的,还有许多掩映在油菜花间的坟茔,村里的人老了或病死了,和父亲一样,他们不愿意将一把白骨一小撮骨灰埋到远处。他们就长眠在这里,看熟悉的亲人的脚步走过身旁,听熟悉的鸡鸣狗吠响在耳畔。村庄的儿女们搬走了,他们还能在这里睡多久呢?

那坟前开满鲜花是你多么渴望的美啊
你看那满山遍野
你还觉得孤单吗
你听那有人在唱那首你最爱的歌谣啊
尘世间多少繁芜
从此不必再牵挂……

人的一生,能活多久呢？一个村庄的一生呢？它有多幸运,比一个人加一个人再加一个人的一生活得久吗？人死了还有一把骨灰,而养育了一代代人的村庄死了,它能剩下什么？

行走在童年的、行将消逝的故乡,我能带走什么？童年繁花似锦的原野,一家子团圆的笑声,村庄里遮天蔽日的浓荫,房前屋后的一砖一瓦一草一木,田野里稻菽与麦浪的芬芳,还是一场又一场的风雪,一个人对另一个人黑黑的、天长地久的怀念？

旧时年味

现在的冬天真是不像冬天。近些年因为全球气候变暖,我所居住的城极少落雪,"三九四九冰上走"已成为奢侈的景致。想起小时候,故乡的冬天虽不至于"雪花大如席",但是如鹅毛一样纷飞的大雪却是常见的。长长短短的冰溜子在屋檐下亮晶晶地垂着,池塘、院落、树枝、屋顶都铺着一层厚厚的积雪,天地间萧然素洁,远远看见有人在大雪飘舞的旷野里走着,身着深深浅浅的棉袄,蹒跚移动,像一幅巨大的宣纸上散落的几滴水墨。

通常这个时候,时节就到了腊月。

吾乡下有句谚语:"小孩小孩你莫馋,过了腊八就是年。"以此开始迎接新年的到来。这是孩子们一年当中最盼望的日子。

父母亲要做的事情一桩接着一桩。母亲通常会将家里一年里辛苦攒下的碎银用手绢包好,揣在蓝色士林布缝制的大襟棉袄内,带着它们开始采集年货。集镇上平时人少,但是腊月一到就变得热闹起来,卖鞭炮、烟花、春联、年画的,卖豆腐千张、猪肉禽蛋、生鸡活鸭的,卖白菜芫荽、香葱大蒜、饼干糕点的,多得数不过来。窄窄的一条巷内人来人往,人们摩肩接踵,脸上喜气洋洋,乡里乡亲互相打着招呼,互相比看着办了哪些年货。

有时我们姊妹也会跟着父母亲到镇上帮着提年货,脾气焦躁的父母亲少了往日的责骂之声,变得蔼然可亲,弟妹们亦乖巧起来,因为我们知道,腊月一到,年关将近,会有许多忌讳,小孩子亦晓得要小心翼翼,要说吉利的话。所以我家乡有句骂人的话,哪个出言不逊,冒犯了财神爷灶王爷,长辈们会说:"你个少教养的,回家拿草纸擦擦你的嘴巴。"这是说得很重的话了。

这样的赶集大人孩子都是欢喜的,父母亲买回了家庭日常生活的必需品,如柴米油盐鸡鸭鱼肉之类,还有年画、香烛、檀香、茶叶、瓷碗亦是必买的,因为成绩单上的分数为父母亲长了脸,一支和两斤猪肉价格相当的自来水钢笔也比较容易得到……还有令我和妹妹开心的是,我们各自看中了一块自己喜欢的花布,母亲也不再心疼她口袋里渐少渐薄的钞票,替我们姊妹买了回来。

父亲在这些时候会把家里的农具一一擦净摆好,猪圈牛棚打扫得干干净净,泡足喂牛的黄豆,把喂猪的草料切得细细的,和上豆腐渣。猪吃了会长膘,父亲是这么说的。后来村里养了鱼,父亲放了一天一夜的水,鱼塘才见底,鱼虾乱蹦。小孩子们冒着寒风在塘埂上来回跑,看村里的大人们捉鱼。鱼怕冷,都躲在塘底的淤泥里,父亲和捉鱼的人穿着棉衣,却是光脚光腿,他们用竹篮、网罩子抄鱼,有时就用双手在淖泥里扒,鲢鱼、青混、黑鱼、鲇胡子、汪丫,还有大王八,笑哈哈地将它们扔向塘埂,半晌工夫足足逮了几百斤。鲫鱼和鲢鱼居多,草鱼、汪丫、鲇胡子、翘嘴鲌也不少,田螺和蚌也摸了一堆。鱼们在塘埂上活蹦乱跳,小孩子跟着兴高采烈,然后把它们分门别类装到箩筐里。这是童年一幕鲜活的记忆。

腊月二十三,我们乡下说是"过小年"。依照旧风俗这一天要"扫尘",家里庭前屋后旮旮旯旯都要打扫得清洁明净,然后祭祀灶王爷。诸神与人的精神世界相应,民以食为天。《释名》说"灶,造也,创食物也",

沿袭为祭灶神。

紧接着,年的脚步越来越近。富裕的人家开始杀猪,杀而分之,割三五斤送至亲好友,猪头、猪血、猪心肺、猪肝、猪骨头拿来熬汤,请左邻右舍,举箸齐啜之。再不济的人家,也会杀鸡宰鸭,集镇上称几斤猪肉。《今生今世》里,胡兰成说胡村人过年会"春年糕裹粽子",江南一带多竹,裹粽子大约也是这一带风俗,时至今日,老字号"三珍斋""五芳斋"的粽子还远销五湖四海。而我家乡却不裹粽子,即使是端午,但是挂挂面、磨豆腐,可能与村里人流传的手工技艺有关。因为我们村里有个会挂挂面的四瞎子。四瞎子姓孙,排行老四,一双眼睛在抗美援朝战争中被美军的炸弹炸伤,几近失明。四瞎子和他的兄弟有一手挂挂面的绝活,是他的祖上传下来的手艺。天气晴好,孙家屋旁的面挂子一片银白,面香袭人,乡里乡亲会拿自家的稻子、豆子、面粉去换他家的挂面。因为挂面好,邻村亦有上门买的换的。孙氏兄弟相继去世以后,村里就没有人再会挂挂面了。

接下来说说磨豆腐的事。

乡下一年歇到头的石磨终于派上用场了,因为家家户户要磨豆腐、压千张、炸豆腐果子。我们村东头只有一台石磨,是我大爷家的。我大爷好客又勤勉,他家从腊月开始就热闹得像除夕,磨盘支在堂屋正中,梁上拴着偌大的支架和过滤豆浆的纱网,两口大铁锅从早到晚热气腾腾,盛豆子的、装豆腐的盆盆罐罐顺着屋檐一溜儿排着。我大爷很辛苦,因为豆腐制作"点卤"很关键,别人掌控不好石膏的分量,全倚仗他,所以只要村里人在他家磨豆腐他都歇息不得。这时小孩子们放寒假了,亦无农活可做,调皮的就跟着胡乱鼓捣,推磨、烧火,往磨眼里舀黄豆,抢豆腐皮,捡刚出锅的豆腐果子吃。

家乡过年家家户户还必备一样年货——元宵面。

母亲将泡好的糯米拿到有石臼的人家,因为没有机器加工,只能用蛮力,先磕碎,再用筛子筛,再磕,再筛,单调而劳累。三九天,母亲却脱了棉衣,头发还湿漉漉紧贴额头。我小时候试过,榔头举不准,捶偏了,结果把自己的手磕破了,痛得钻心。几十斤糯米母亲通常要花好几个钟头。糯米粉在太阳下晒干,保存一年也不会坏。糯米粉可以搓元宵,比乒乓球略小些,清水下,或者和挂面一起煮,蘸糖吃,细软糯腻。《板桥家书》里说:"天寒地冻时暮,穷亲戚朋友到门,先泡一大碗炒米送手中,最是暖老温贫之具。"我家乡不炒炒米,亲戚朋友到门,一碗热气腾腾的鸡蛋挂面元宵,算是上等的礼遇。糯米粉可以包汤圆,大年初一就吃它,我父亲生前最爱吃红糖油渣馅儿的,当然也可以包芝麻花生豆沙馅的,后来我们乡下也创新,包肉馅、菜馅、果仁馅什么的了。糯米粉还可以打年糕,做成条形或圆形,带吉祥图案,放清水里养着,水勤换,煎煮炸炒随意,也能吃它个七七四十九天。

读汪曾祺的《四方食事》,他的家乡是高邮,水乡,他写了很多故乡的食物,说炒米、鸭蛋、河豚,说斑鸠、鱼、野鸭、各色野菜等,却唯独没有说到这款美妙的食物。或许只能用"十里不同风,百里不同俗"来解释吧。

北方至今流传这么一句童谣:

　　糖瓜祭灶,
　　新年来到,
　　姑娘要花,
　　小子要炮,
　　老头儿要顶新毡帽。

我家乡也概莫能外。可以邋遢多少时日,但一年一度过大年,一身新衣亦是无比紧要的事情。家家户户的内当家会跑很远的路去请裁缝师傅,因为一近腊月,境况好的人家,会早早请裁缝师傅,把全家老老少少的新衣服一个不落地早早做好备齐,只等大年初一,全家人皆焕然一新。而普通人家,大都要到小年以后,先把孩子的衣料买着,再陆续添置长辈的,最后再置办辛苦当家人的。我的父母亲便是如此。请裁缝师傅来是件大事,全家为此做了多久的准备啊,备衣料,排日子,请师傅,买酒买肉,好茶好烟,当然还要付些工钱。小孩子好奇,什么都觉新鲜,请裁缝师傅来,家里多热闹啊,香案上点了香,八仙桌让了出来,茶杯洁净明亮,祖母围着锅台忙前忙后,灶膛里的火红通通的,像是过年的序曲了。

一清早大裁缝师傅带着一两个年纪轻点的小徒弟,挑着担子来了。父母笑脸相迎,打蛋下面,师徒几个吃得暖暖和和的好赶紧做活。母亲早已把各色布料棉絮夹衣叠放得整整齐齐,我们姊弟四个挨着站好,大师傅分别给我们量尺寸,量好就用粉画笔写在相应的衣料上。我喜欢听剪刀在棉布上行走的声音,"咯吱咯吱",看得眼睛都舍不得眨一下,一块花布顷刻间有了衣服的雏形。徒弟们一件件取出去加工,"哒哒哒,哒哒哒",棉裤、棉袄、背心、罩褂、裤子等等,忙得连讲话的机会都没有。中午祖母做出几样家里平时舍不得吃的菜,如红烧猪肉、鱼汤豆腐,还杀了一只鸡,再劝师傅喝几杯老酒驱寒,也以此表示热情和谢忱。

一大家子的衣服一天做完是很难的。冬天天黑得早,太阳很快落山,晚饭后师傅们会在有些黯淡的煤油灯下做些细节性的活儿,锁扣子眼儿,把裤子熨烫整齐,给祖母与母亲的大襟棉衣盘扣子,再细细钉好。有一年,我的一件蓝白相间的细格子呢外罩,我请师傅镶了高高的立领,盘了四颗古典的枇杷扣,成了那年我最得意的新年礼物,羡煞了班上的同学和村里的伙伴。

新衣制成,元宵面舂好,豆腐养了半水桶,香喷喷的糯米圆子炸了几脸盆,鸡鸭鱼肉也洗净挂在厨房的屋檐下,糖果、欢团和步步糕也都备了许多,乡下风俗是要给那些大年初一来拜年的小孩子和新媳妇的,取的是吉祥和祝福的寓意。春联也早早写好了。年三十的前一两个晚上,父母亲会取出花生和葵花籽,在大锅灶里分别炒熟,装进铁皮桶,弟弟妹妹们想吃,可以随时自己拿,平时,瓜子花生也是稀罕物。

我的家乡是皖中腹地,有人戏谑说是"不南不北不东不西",言语里颇有些不恭与无奈,不若说起"我的故乡是苏州"或者"我的故乡是杭州"坦荡与豪迈。浮华人世烟雨江南,自古才子云集名家辈出,自然可以拥有比出生在别处的人更多一点骄傲的资本。但是,在经历了人生的诸多况味之后,方体味富贵荣华亦不过是过眼烟云,眷恋于心的依然是家乡的风土人情、一草一木。谁不说自己的家乡好呢?

"新年纳余庆,佳节号长春""爆竹声中一岁除,春风送暖入屠苏。千门万户瞳瞳日,总把新桃换旧符",终于迎来了大年的除夕,全家团圆的日子。早饭毕,各家就开始在院里挂灯笼贴春联。门楣上贴"天增岁月人增寿,春满乾坤福满门",有风雅人家贴"春风大雅能容物,秋水文章不染尘",新嫁娘的窗户上贴一对鸳鸯的窗花或双喜字,普通人家贴一个"春"字或倒贴着一个"福"字,粮仓上贴大大的一个"禄"字,猪舍牛圈上贴"六畜兴旺"或者"猪长千斤",甚至床头、农具、大树皆贴上了大红的春条、福条。如有老人故去的,贴黄色或蓝色的对联,写着"守孝难还礼,思亲免贺年""慎终三年孝,思远一片心"等字样。我乡下时兴中午吃团圆饭,小辈们吃完好再赶到娘婆二家去团圆,那一家子巴巴地等着呢!所以这天团圆饭的鞭炮就早早地响起,随后爆竹声跟着此起彼伏,空气中飘浮着浓浓的硝烟味儿,满村满户皆是张灯结彩喜气洋洋。

除夕的晚上都照例守岁,一家子人嗑着瓜子,聊天。祖母带我们玩纸牌,父母亲会在灯下包汤圆,还会包一个硬币在汤圆里,初一早晨看看谁能吃得到,吃得到的人预示着来年运程好。守岁越晚越好,小孩子们往往熬不住,父母亲在我们睡后,打扫干净家里的卫生(家乡年俗初一上午不能动扫帚),准备好招待客人的瓜子点心,把孩子们的新衣新鞋放到床头。这样忙着忙着,子夜就到了,父亲会放三枚辞旧迎新的爆竹,才关门就寝。

除夕夜零点过后,新年的礼炮就振聋发聩地响个不停,这一天都会不时听到爆竹的声响。父母亲在中堂下方的案几上点燃香烛,摆好祭供之品。我们穿着新衣新鞋,父母亲早已把新年的汤圆挂面鸡蛋盛好,放到了桌上,全家老少围着八仙桌,抬头一看,祖母和父母、兄弟姊妹全是大师傅缝制的一点没有皱褶的新衣服。外面也许正飘着纷飞的瑞雪,大门却是敞开的,有点点清寒之气,我们也不觉得冷,哈着冻得通红的手,挨家挨户给长辈和邻居拜年。村里的年轻人亦是一拨一拨地来。父母亲满脸含笑,茶杯是明净的,茶叶是上等的,烟亦是专门买来招待邻里街坊的。我母亲则在果盘里装满糖果瓜子,还端出一篮子欢喜团和步步糕,迎接小辈们的到来。我父母那时年轻,我清晰地记得他们步履矫健、笑容满面的样子。

仿佛,只不过是过了一些日子而已,孰料,时光已然过去了三十几个春秋。

腊月食事

曩街小友晖寄来一包快递,是煮腊八粥的莲豆枣粟,一份份装在拦腰印花的小布袋里。晚上取出一袋,在陶瓷瓦罐里浸泡,熬粥。第二天是腊八,晨起,恰遇朔风凛冽,雪花飘舞,用自制的糖醋白萝卜佐以黏稠软糯的豆粥。又到一年岁末时。

装豆米的粗棉布袋有种令人怀旧的妥帖。周末晴好,女友故作神秘:下乡打年糕吧?传统手艺日渐荒疏的时代,真想体验一回年糕是如何"打"的。于是一行人兴冲冲驰往百里开外的舒城某农家。门前一畦碧绿的菜地,雾气氤氲的厂棚里有几件看起来并不复杂的机械。几个挥舞木锨大铲的操作工人,将粳米与糯米的比例搭配好,淘净沥干后,碾粉,搅拌,蒸煮,定型,在机器的轰鸣声中,白中隐青的条状食物瞬间铺满一张张竹篱笆。满院子里熟稔的米香,馥郁得令人沉醉。

年糕在过往属节令食品。中国古代有"四时七十二候"之说,即所谓岁时节令,它是农耕文化最为直接的反映,万物春生、夏长、秋收、冬藏,与季节相对应的皆有含蕴丰富的各色饮食。当然饮馔习惯,与地域风俗乃至信仰亦关系甚密。

旧年里乡下的腊月常常天寒地冻,却是一年中最忙碌最欢欣的日子。

家家户户都在忙着缝新衣、扫尘埃、祭灶王、剪窗花、杀年猪、备年货。岁时饮馔，清嘉与奢华并存。皖中腹地，乡下并无奢华，多是清俭的饮食。江浙一带有酿酒遗风，光听那些酒的名字就会勾起善饮者热切的欲望吧：秋露白、靠壁清、天香、竹叶青等等。年在酒的醇醪中徐徐拉开帷幕。

老话说"十里不同风，百里不同俗"，吾乡亲邻未见有大酒量的，我曾一度疑心是四方八里都不曾酿酒的缘故。但是腌腊肉、咸鱼和炸圆子的习俗却是延续到今。这门生活的技艺耳濡目染久了，终是镌在心里难忘。人到中年诸事可休，唯一日三餐乃大事。随园老人有言"凡事不可苟且，而于饮食尤甚"，耐人寻味。如此，竟也乐得试它一两回。立冬后，除了腌几块咸肉灌几根香肠渍一坛雪菜，还会去菜场挑选猪的半身精五花，切条，豆瓣酱稀释后撒些许姜、糖、花椒，煮半盆汤汁，泡满盆酱肉。寒冬腊月露重霜浓，手倦抛书懒怠出门，便是几片酱肉、一碟乌菜，免去厨房锅碗瓢盆叮当响的许多工夫。瑞雪兆丰年。冬天的色彩总是偏素，不妨在舌尖上增加一味，仿佛生活亦多了一款味道。只是，留一二条换味而已，余者分送亲友，倒也收获了半筐子美言。

记忆中的年糕纯粹是母亲手工制作，一年只吃新年前后的一段日子。彼时没有机器，糯米泡酥后，只能在石臼里用榔头磕，复用筛子筛，直至将制年糕汤圆的几十斤糯米全部碾碎。磕米粉是件单调繁重的力气活，但腊月里家家户户却都是女人在做，并且一年年地循环往复。小小的我陪伴在母亲身边，为不能替母亲分担些许劳累而暗自羞愧。

后来村里有了台石磨，人们便日夜排队等候，母亲曾三更半夜起床。省去了抡榔头的辛苦，变成长毛驴儿推磨——兜圈子，但到底省了好些力气。磨好的米浆盛在木盆里，用棉布严严实实地罩着，倒上干净的草木灰汲干水分，一半留下包汤圆，另一半放锅灶里蒸熟，压成扁条状，或团成婴儿拳头大小的疙瘩，晾干后放水桶里养着。年糕切片，可煎，可炸，可炒，可煮,吃它个七七四十九天也不坏。小孩子们顽皮,会将年糕放到火炉旁炙烤,很快弥漫一屋子的焦香。二月二龙抬头了,年糕亦不存了。唐诗有云"微雨众卉新,一雷惊蛰始",河畔柳絮吐蕊,田野里的动物们睡眼惺忪,人们开始又一年的春播劳作。

但是也有例外,能再吃得一两回。村里的女儿嫁出去,添了外孙子,择个良辰佳日,媳妇回娘家,外婆会给孩子担回两箩筐年糕,用来馈赠亲友和邻居。年糕用碗盛着,八只或者六只,也有给十只的。那年糕皆是圆形,手掌心大小,有浅浅的花边,中间印着一朵牡丹或者一个"福"字,圆心处,还点了一颗小小的五瓣红梅芯。收到年糕的长辈会回赠孩子压岁钱或"步步糕"。"糕""高"谐音,同样取吉祥祝福之意。

去冬我逛绍兴老街,不经意间瞥见一家卖木质模具的老店,有镂刻成鱼、葫芦、寿桃等形状的模具,屋檐下挂得密密麻麻,将一爿小店皆遮住。老时光里的物件,总是给人几分缄默几分欢喜。选一款棒槌大小的柚木花卉模具,前些日子用它做了桂花夹心年糕,桂花酱是秋天木樨花开时效仿林清玄《茉莉香片》里的文字如法炮制的。

记得读师范时,春季开学,家住安庆的同学除了带回一腔浓郁的黄梅方言,还从家里带来大罐炒米,学友们分享,独乐乐变成众乐乐,那嘎嘣嘎嘣的脆响至今犹可回味。合肥有几家名"柏兆记"的店面,安庆人开的,也卖炒米,我买过一两回,用滚热的鸡汤浇注,吃出另一种风味。而小时候吾乡家里最隆重的待客之道是鸡蛋挂面元宵。记得儿时每去给姨父姨娘拜年,才问了安叩了头,大姨就赶紧"下茶",热气腾腾的一大碗,挂面元宵外还会扯上一只鸡腿外加三只白煮蛋。

大姨已近米寿,依然端庄美丽。中学最后一年我曾寄居大姨家读书,那年冬天,搓棉扯絮般的大雪没完没了地下,我曾于书桌前目送过一个少年,一次次走过白雪皑皑的原野。就在这一年,我如鲤鱼跳龙门,合了父母的意,家里少了一个吃闲饭的丫头。这一年亦从此改变了我的生命轨迹。如今该我来孝敬她了。糯米粉已成家常必备之物,馅料亦已备足,熬了玫瑰豆沙,拌了油渣芝麻红糖,亦剁了荠菜肉糜。母亲在电话那头说,明天,嗯,明天。她们老姊妹已经准备好,我要亲自驾着宝马接来她们,那时,厨房将变得神圣,我们将在这样的腊月里辞旧迎新。哦,红糖油渣馅的汤圆是父亲的最爱,如今,他去了遥远的天国,我要记得把这碗汤圆献给他。

此外,我还自告奋勇炸了半竹篮圆子,包了一屉饺子。其实自立门户二十余年来,我炸圆子的经历屈指可数。但我窃喜有炸圆子的"秘诀"与"天分":糯米不出饭,注水很关键;米饭和肉馅得有适当的比例;盐乃百肴之将,一点儿不能走偏;生抽提味;葱姜蒜末断不会遗忘。彼时,出锅的糯米圆子鲜圆饱满,遍体金黄,味厚而不油腻。

腊月多"闲",唯在食上忙。这时蜡梅和水仙次第开了,远人也归来了,从此处到彼处尽是看见的看不见的繁华和热闹。腊月最后一天,曰"除夕",南北各地皆有守岁习俗,小儿女终夕博戏不寐,直至爆竹惊春,竞喧阗。又是新的一年。

炸圆子

蜡梅开在冰雪中。腊八到了，天麻麻亮，母亲就起身了，我们姊弟几个还在睡眼惺忪时，母亲已经煮好了一大锅香喷喷的腊八粥。

腊八拉开了过大年的序幕。腊八一过，乡下的年味就一天比一天浓郁。天气还是很寒冷的，人在户外走了一会儿，眉毛、头发甚至眼睫毛都像挂了层霜。池塘里的冰怕是有几寸厚，小孩子们就把它当作溜冰场来玩。屋檐下的冰溜子当然也挂得很长，晶亮亮的，馋嘴的就折断一截放在嘴里，小孩子的牙齿都好得很，嚼得嘎嘣嘎嘣脆响。雪停了，太阳出来了，寂寞了一个冬天的村庄热闹起来了。

腊月二十三送过灶神后，村子里常常是这家屋顶的炊烟刚刚散去，那家屋顶的炊烟又袅袅升起。我家和村里别的人家一样，磨了豆腐，蒸了年糕，杀了鸡，宰了鸭，一家七八口过年的新衣裳也缝好了，炒熟的瓜子、花生装了几个铁皮桶。

转眼是腊月二十八九，村里每户人家都在忙着一件顶重要的事情——炸圆子。

我家炸圆子值得一记。吃完早饭，父亲就用箩筐开始备米，母亲总是要将糯米用筛子复筛一遍，以剔除哪怕再细微的秕子或杂物，虽然糯米是自家田地里收种的,留下储存的亦总是好的。

淘米不是件易事,因为一年大抵只这一次,要煮几十斤糯米,炸几十斤圆子。淘米要穿过堂屋,到场院下头的池塘里去淘。池塘边有个大石头墩子,村东头的人家平常都在那里洗洗涮涮。时常会有几个大婶子小媳妇在那里排队,母亲只得等着。北风呼呼地叫,或者天上还在飘着鹅毛大雪,女人们尽管都扎了头巾,但还是冷,她们在塘埂上跺着脚搓着手,再抬头看看远处雾蒙蒙的天空,偶尔拉几句呱,说的什么话也都叫寒风给吹跑了。

炸圆子的这天中午,家里一般是不另做午饭的,将就着吃糍粑饭。讲究点的人家,会剁几块腊肉或咸鸭子与糯米同煮,那饭也是很香很好吃的,但大人们舍不得多吃,小孩子们则眼巴巴等着新炸的圆子吃。

饭自然是要煮几大锅的,都盛在家里平时不大用的一只二号木盆里。父亲已将筛子、簸箕、麦面、剁碎的葱姜蒜准备好了,肉或许有,或许没有,或许多一点,或许少一点,八仙桌上摆了满满的一堆东西。我只比桌子略高一点,帮不了大人们什么,就端只碗,站在桌前的矮凳子上,母亲搓好的圆子,我就把它们拿进装有面粉的碗里滚一滚,圆子果然不再粘黏在簸箕上。父母亲认为这样还不够完美,不足以表达他们的用心与虔诚,临下锅时还得再团一遍。炸圆子时小孩子们不能随便乱说话,譬如"碎了""散了",这些字眼都是忌讳的,至于为什么不能说,小孩子们还是懵懵懂懂的。如果它们一不小心从嘴巴里溜出,那就等着大人的责罚吧,轻者不免听到一声呵斥:"还不出去拿草纸擦擦你的嘴。"重者后脑勺或屁股上则会遭遇几个猝不及防的巴掌。

一大锅的菜籽油烧滚后,母亲下圆子,我就在灶膛口添柴喂草,火苗一会儿蔫了,吐出许多烟雾,我被熏出了眼泪,一会儿又喷出一个大火舌,将我的小脸烤得又红又烫,额前的一绺刘海亦给烧焦了。这已经不是第一次了,所以我并不怎样害怕。圆子起锅时金黄诱人,满屋子弥漫的都是一种特别的焦香味儿。我就丢下火钳,抓了圆子去喊在屋外放花炮的弟弟妹妹,小孩子没有不贪吃贪玩的,狼吞虎咽地噎了几个又跑出去,一个下午,就这样跑出跑进,吃吃玩玩,直到肚子再也撑不下为止。圆子起锅后,在母亲的叮嘱声中,我拿了一只窑碗装满圆子,送完东家,又送西家。

"给五奶奶送一碗。"于是,我捧着圆子向五奶奶家走去。

"给侉子爷爷送一碗。"于是,我又捧着圆子向侉子爷爷的那座茅屋走去。

隔壁的伯伯婶婶会还礼,有时是一碗糖糕,有时是一碗油炸的锅巴。

家里每年做了多少筛子多少簸箕的圆子,我都记不得了,只记得每年的年夜饭桌上,祖母念叨着:"吃了圆子一家人就会团团圆圆的了。"

三天年过去了,初四送年了,余下的圆子用坛子码着,要吃一个正月甚至更久。二月的乡下常常是荒寒的,祖母从坛子里摸出几个圆子,饭锅上蒸了算是一道菜。亲戚来了,没什么可招待的,白水煮蛋下几个圆子。

过年炸圆子是皖地一带的风俗,老家约定俗成还有一项规矩:但凡吾乡人家的红白喜席,席终时主人一定会亲自端上一盘圆子,必定会说"今天慢待各位"诸如此类的客气话,以示主人对宾客的礼遇与尊重。

曾问过嫁到北方的一个闺密,过春节他们家炸圆子不?她很干脆地回答:只包饺子。

我一直吃了几十年母亲做的圆子,直到她老了,做不动了,也是到如今才明白,一个称职的家庭主妇须得学会做这道年节菜肴,不仅考量手艺,亦是一种欢喜,一种对生活的态度。

时隔经年,吃圆子早已不是一件难事了,酒店饭馆可随点随吃,但于我,炸圆子像是一种纪念,更像是一种仪式。我的一个远房伯伯,喜欢厨事又善于创新,用猪腿骨、老母鸡熬出来的汤汁煮饭,可想炸出的圆子味

故園秋色凌風霜
辛丑夏月
吳玲畫

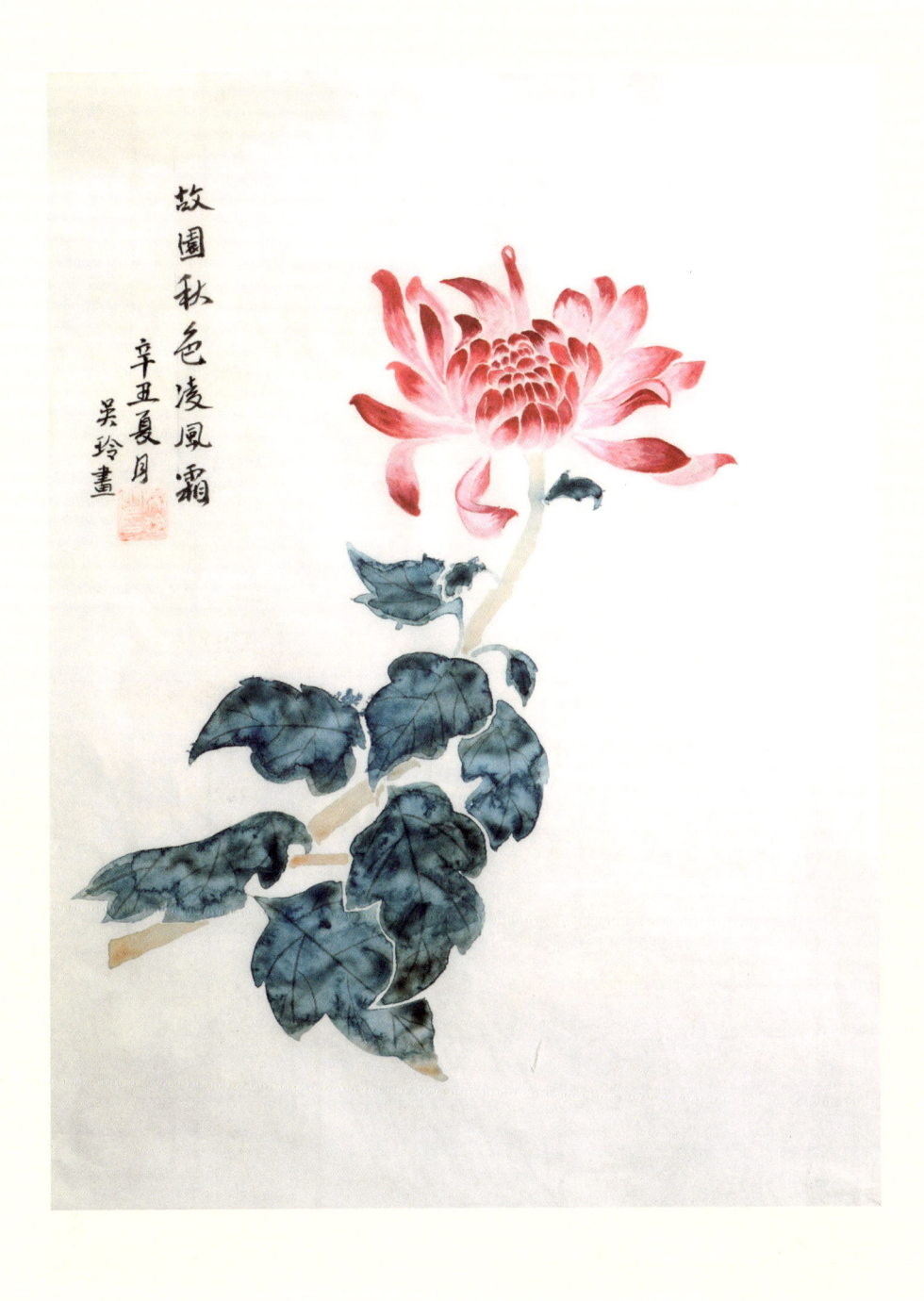

素花多蒙別艷欺此花真合在
瑤池無情有恨何人覺月曉風
清欲墮時

辛丑秋月 吳玲畫

道有多鲜美,而且一个个黄灿灿的溜圆饱满,看着即是一种喜悦。

合肥老城隍庙一带有很多早点铺子,油条、烧饼、糍糕、春卷、油香、粽子,亦有糯米圆子,吃过一回,这里炸的圆子里竟放了辣椒,真是没有见过糯米圆子里还放辣椒的。

离开故乡几十年了,直至如今,形形色色的圆子中,最喜欢的还是糯米圆子。我的孩子亦是喜欢,只是他再不像我们小时候那样贪恋,只是浅尝辄止而已。但是一年中我还是会炸几次圆子,比如难得的一次朋友聚会,比如遇到了高兴事,尽管宴席上的美味佳肴目不暇接。过年炸圆子,吃圆子,让我们想到曾经的父母双全的远方的家。圆子其实是一种家的味道,团圆的味道,吉祥美好的味道。

103号房的"漫"时光

当年苏青《结婚十年》出版后,张爱玲十分欣赏,苏青如果再写结婚二十年、三十年,不知道又是一种什么情景。"执子之手,与子偕老"毕竟不是一件易事。

我嫁给老丁时,是二十世纪九十年代初,他二十八九岁年纪,毕业留校有几年了。从初相识到领取红本本不过百日的光景,用现在的话来说,纯属"闪婚"。各自的兄弟姊妹多且不说,父母亲又都在乡下,对城里的儿女们爱莫能助。速成的催化剂缘于一场报告会。那是文学能使人疯狂的年代,偌大的阶梯教室,乌压压的人,连窗子外也挤满了人,他就那样讲啊讲,有两三小时之久吧,一直站着,没有讲稿,也没有喝一口水。我想,一个满腹经纶的读书人总不会坏到哪里去。于是,他娶,我嫁。

安农大老校园的东边,有两幢灰砖楼,青瓦,坡字屋顶,只有两层高,木地板上的油漆都脱尽了,像是民国时期的建筑,南面住人,北边是公共区域,中间阔阔的一溜过道。"文革"时期,安农大被迫下迁,十二军军部进驻,这里是团职干部携家属的住房。"文革"结束后,军队撤离,将军楼、干部楼悉数交与安农大。这两栋楼房改建为女生宿舍。老丁毕业那年,东一楼改为男教工宿舍,东二楼则成为学校研究生集体宿舍。

我们住东一楼103号房。新房是自己粉刷布置的,很小(十三四平方米),但很温馨。后来这里的集体宿舍基本都成了婚房。家家门口侧壁或对面摆一张旧课桌,铺一张塑料台布,放锅碗杂什和一些洗漱用品。关起门来,读书写文章搞研究做学问,互不干扰。一到中午和傍晚,"滋溜溜""哗啦啦",锅碗瓢盆交响曲响彻一片。男人掌勺成了楼道里的一道风景。从走廊这头走到走廊那头,各家的食单厨艺就一目了然了。

我们"赶"走了一匹"黑马王子"——大名叫王宏国(一个智商很高又很多情的人),他回屯溪老家完婚去了,再后来,去了深圳。王宏国是个诗人,个子高又挺拔,皮肤是那种健康的褐亮,冬天总喜欢围一条格子围巾,除写诗外,还懂音律,善涂鸦,吹得一口好口哨,女学生便堂而皇之以各种理由登门请教。"黑马王子"是笔名,他和老丁都是学校"白玉兰文学社"的核心成员。

小楼北面是一大片开阔地,长树木也长草,草比树木还茂盛,还有一大片白杨林。几场春雨一下,蒲公英和荠菜都长得清丽肥美。杂花生树,蜂蝶翩跹。

渐渐地,就与邻居们熟稔了。101室主叫冯庆水,俊眉朗目,潜山人,家中长子,父母很宠他,一到节假日,常能看到他父母妹子来看他,背着一袋袋的家乡土产,父母做饭,妹子洗衣,洒扫庭除。101号房是最东头的一间,比其他房间多出一个走廊的面积,极是难得。他借过我的几个歌集,曲谱全是我手抄的,恐有几百首歌(经年积累而成),不愿意还还是借故,我总疑心,但冯老师说丢了,我无可奈何,又不能索赔。这件事让我很懊恼,像心爱的宝物失而不可复得,至今耿耿于怀,后来再不抄歌了。冯庆水弹得一手好吉他,嗓子也不错。

东隔壁住着大眼睛、清瘦精干的张克永,学农学的,老家在郊区大圩乡,与我的故乡相距不远。他与女友拍拖了一些年。他女友是一名小学教师，一心想考研，就请长假复习，几乎不出门。我撞见她几次，都只在走廊内，低着头，彼此匆匆地擦肩而过。她方圆脸，个子不高，我们几乎没有交流过。他女友后来果真考上了，毕业后分配在省党史办工作。如今我们青春不再，几十年几乎没有交集，现在更想象不出一个鬓发衔霜搞马列主义研究的小个子芳邻笑起来是什么样子了。

104号房的张俊武农经管理系毕业，住我们西隔壁，大家都喊他"老武"。老武是肥东人，总喜欢说"我家小王"。他的娇妻也是肥东人，比我早一年搬过来，省立医院的一名护士。他俩属青梅竹马的那种。孩子小时候容易发烧腹泻咳嗽，"我家小王"成了我们楼里年轻妈妈们的顾问。他们有一个女儿，叫张妮，比博文早一年多出生。夏天的晚上，老武抱着张妮到院子里看星星，教女儿说"牛郎星""织女星""北斗星"，张妮那时不到两岁，大脑门，头发黄黄的，很乖巧很聪明。老武还教女儿背古诗："一望二三里，烟村四五家。门前六七树，八九十枝花。"张妮小，口齿还不清，就高兴地舞着小手咿咿呀呀地学。老武极有耐心，一遍遍地念。

小邹叫邹能峰，105号房主，是年轻女孩们喜欢的那种帅哥。小邹一讲话就笑，露出雪白的两颗虎牙，像个大男孩。他未婚妻在另一个城市的高校读书，叫吴菊。吴菊的名字是隔壁小王告诉我的。一到寒暑假，就能看见她高挑又勤快的身影，忙这忙那的。吴菊长得美，柳眉杏眼，乌发及腰，鼻翼两侧有几颗微微的雀斑。小邹和吴菊同是徽州老乡，亦是这栋楼最般配的一对才子佳人。张志伟似乎亦住过105号房，常见他骑着一辆阔气的摩托，"呜呜"地来，"呜呜"地走，戴着闪亮的头盔，在青年教师中，显得很酷。他是城里人，父母都有不错的工作，家境优裕。

最西头住过老刘一家，楼里算他年纪稍大。我对老刘印象不大深，与他太太倒讲过一些私房话。他入校早，毕业后，考取四川农大读研，与其学妹——一个漂亮的川妹子海誓山盟鱼雁传书。老刘是有几分清傲的，分配到安农大后,川妹子追随而至,他们孩子都生了又考研、考博,成了我们东一楼仅有的一对高学历的邻居。她叫吴慧萍,秀外慧中,娇俏可人,从昆虫学硕士读到茶学博士,擅长植物分类。我的一位大咖文友,曾向她请教过如何分辨某些长相近似的花花草草,那真是个美好的下午。萍,一个爱茶爱植物的雅致女子。

邻居还有小李、小秦、老高、老汪……茶学专业留校的只有老丁一个。老丁,大名丁以寿,大学四年一直担任班级团支部书记,高中毕业后当了几年乡下代课教师,因多读了几本孔夫子的书,又不苟言笑,就显得老成,不仅邻居们叫他"老丁",亲近的学生们也都这么喊。老丁留校当辅导员、班主任,班上的学生"老丁"长、"老丁"短,也这么叫。

东一楼毗邻长丰路。平时各忙各的,周末除了读书买书,我们常去的地方是茶学大楼,不进楼里,只在陆羽路(那时校内还没有路名)附近走走、看看。这里有曲池假山,琅琅书声,还有雪松、水杉、香樟、广玉兰、桂花、紫荆、丁香、白玉兰、绣球、银杏、曲柳、喷雪等林木嘉卉。我们常于此"无事此静坐"。初春,白玉兰的叶子还没萌发,花便吐蕊,是落影空阶,香生别院。"白玉兰文学社"成立时,正是"绰约新妆玉有辉,素娥千队雪成围"之时,故取名。老丁与"黑马王子"邀请过严阵、陈登科、鲁彦周、刘祖慈等文学前辈传授经验,至今保存有老作家的函件。茶学大楼的西南面地势往上抬高了许多,是座新建的图书馆,要跨过许多级台阶方能抵达。东南亦是个大斜坡,全部植梅,绿萼梅,以山石点缀,总让人想起巴老《家》中的梅园。学生们常常捧着书本漫步在绿树花荫间,亦有窃窃私语、卿卿我我的。

还常去的一处,是第一教学楼,楼前的干道通往长江西路的主大门。"安徽农业大学"的校名是舒同题写的。毛泽东称舒同是"马背上的书法家"。行道两侧古树朴茂,荫翳蔽日。校园里的园艺精华大都集中于此。

第一教学楼是苏联专家设计的,取苏派建筑与徽派建筑之优长,全砖木结构,庄重典雅,仅三层,水磨花石地面光润可鉴,花格木窗至今完好如初。夏天,烈日炎炎,往楼道一站,凉风习习,立马暑气全消。第一教学楼后改名"勤政楼",总觉得缺了某种意韵。大楼前方有株垂丝海棠,年月久矣,此花纤妍,飘逸无俗姿,三月蓓蕾初绽,观者如织。

"木香花湿雨沉沉"。园里有木香花吗?或者有,但我不记得了。

儿子在103号房出生,我们于此总共住了三年多时间。

茶人老丁

一

先生姓丁,五果堂丁,名以寿,籍贯安徽无为,壬寅虎年末生于开城乡下的一个小村子。他有一枚刻有"中庸庐"仨字的藏书印章,一用多年。现在,他的博客与微博名统称"无为茶人"。老丁在家族中排行老二,因长兄自幼夭折,他的几个兄弟就叫他"大哥"。

无为在二十世纪是个很大很穷的县,以"保姆之乡"而闻名。他父亲的家庭成分高,母亲又接连养了七个儿子(只存活四个),一家子所过的日子可想而知。我思忖他母亲肯定想要生一个女孩儿,可是没能。他父亲曾给我写过一两封信,大意是家里清贫,希望我多理解云云。快三十年了,模糊记得的只有这一点。后来得知,老丁在大学教书时,生了一场大病,休假半年,差点丢了性命。

老丁父亲在二十世纪九十年代末去世,好像是在秋天。接到电话,我带着刚上一年级的小孩,从学校直奔开城老家,一晃,也近二十年了。后来就没去过。那个小镇,有点古昧,有点陈旧,还有点淳朴的民风。我至今怀念。

二

业内人一般都称呼老丁为"丁教授",也有例外的,喊他"大寿"。他们有个"大"字辈茶人圈,志趣相投,爱茶事茶论茶品茶,在中国茶文化界颇有些声望,十几个人,每年一会。那年在宜兴,大明兄做东,我凑趣,因为这里的东坡祠堂,时大彬、顾景舟的壶,在别处是难以见到的。当然,我如愿管窥了"大"字辈茶人的风采。

比尔·波特是个老外,汉学家,中国通,灰白头发,一把浓密的大胡子。他实地考察和探访了长时间隐居在终南山的现代隐士,写出一部隐逸文化的畅销书《深谷幽兰》,之后,《禅的行囊》《黄河之旅》等行走笔记同样走俏。出版商将其命名为"中国文化之旅"系列丛书。波特排行老大,他们叫他"大特"。

长安马嘉善君,字守仁,号南山如荠、如济居士,取谐音,谓"大吉"。大吉兄光头,竹布长衫,一管长箫常年斜负身后。敝舍中挂有一轴素心兰,即为此君所作,画上只一花一钵几片撇折叶,就境界全出矣。大吉盘膝坐在一块大石头上,吹箫、抚琴或煎茶,那是深秋,群山苍莽,流水一脉。这是我抓拍到的一幅图,萧疏旷远,很有禅境。楼宇烈与止庵联袂推荐过他的《岭上多白云》。

"大寿"即老丁,丁以寿是"茶修"概念的首倡者,按年齿列序第三。老丁与茶的渊源要上溯到青少年时代。六店中学坐落于县西的一座山丘,是处理想的读书地,丘陵冈阜,物华天宝,草长莺飞时四野郁郁葱葱,全县的茶区大都集中于此,所产"都督翠芽"在当地小有名气。学校拥有几亩茶园,校园里连绿化带里亦栽种茶树。谷雨前后,学校放忙假,组织师生采茶。老丁以为此是最早的茶缘。

读高中时有几件事情可圈可点。老师大多都是乡镇中学刚毕业的，十分年轻，课堂上时常将知识点讲错，他就举手站起来指出老师的错误，儿子和我曾打趣他，问纠正了哪些错误，还记得不记得？他成绩好，数理化几乎次次年级前三。高一时曾制作一架简易天文望远镜，能看见月宫里的环形山，还制作一台气象湿度仪，成了学校里的新闻人物。

1979年夏天，老丁应届考大学，被南京军区某炮兵学院录取。他是在水稻田里接到消息的。懵懵懂懂，哪里晓得考上了还会名落孙山？那天他在田里放牛，大队书记骑着一辆自行车，匆匆送来一封电报，是体检通知。那时，无为乡下到省城没有直达车，他说，父亲陪他天没亮就出发，步行，乘三轮车，搭火车，再坐汽车，半夜时分才到合肥。孰知等啊等，解放军105医院一纸报告，以该生"平足"为由，十七岁青年的大学梦轻而易举宣告破灭。于是，与那位志向远大却常讲错课的老师成了同事。终是不甘，在当了三年乡村代课教师后考进安徽农业大学。

三

老丁坦言，大学填报茶学专业是考虑到"学茶叶不需要花太多的精力，以便省出更多的时间来读书创作"（可谓是揣着文学梦来学茶的）。在乡下代课时，老丁浓厚的理科兴趣忽而转向文学，这或许与当时的文学气候有关系。二十世纪八十年代可谓"文学的时代"，各种文艺思潮蓬勃兴起，书店里亦开始大量涌现西方现代派文学作品，本来菲薄的代课费几乎都送到那里了。有了一些文学书籍果腹，老丁果真成了大学里的文学骨干，除兼任学校"白玉兰文学社"副主编及秘书长职务，还连续四年担任班级团支部书记。大学学业不重，就尝试写小说，模仿川端康成、穆时英用主观化的语言来写唯美的小说。小说《借书》、文学评论《漫谈西方现代派文学》《西方意识流小说》与《文学呼唤读者——西方现代文学批评回顾》《马里奥·巴尔加斯·略萨小说印象》相继出炉,让社友们眼花缭乱。同时期有《夜色阑珊》(小说)发表于《安徽青年报》,一个整版。那是 1985 年的事。多年后同学会,"白玉兰"同人清晰记得老丁那时痴迷文学的癫狂状态。

"课余,如饥似渴地阅读文学、哲学书籍。文学作品以小说读得为多,兼及诗歌、戏剧,尤其醉心于西方现代派文学作品。后来从现代派文学,又进入存在主义、精神分析学说等西方哲学、美学、心理学领域。再后来,兴趣从文学创作逐渐转向文学理论与批评。到图书馆借书,到阅览室翻阅各种文学期刊,是我大学生活的主旋律。"当然,这些都是后来得知的,具体来说,因为写这篇文字,百度"白玉兰",随即弹出了老丁的博客,首页正好就是五年前他写的一篇文章——为《白玉兰》创刊三十周年约稿而写的,叫《我与白玉兰文学社》。有些细节,才真相大白。

"1988 年夏秋,我大病一场。躺在病床上,开始思索生命、生死,终于有所悟。我的兴趣也从文学逐渐转到哲学,从西方回归东方。"

1990 年初,去他的集体宿舍,"两脚踏东西文化,一心述先圣道学",他将林语堂的一副对联做了修改,挂在墙上。那场大病之后,老丁的志趣已由西学转到中国传统文化方面。1991 年底,他为《白玉兰》写了最后的一篇文章《通往〈边城〉之〈桥〉》,谈废名对沈从文的影响。此后,与文学社便疏于联络,亦与文学批评渐行渐远。2017 年 8 月,他的微信圈忽又转发博客里的一篇文章——《〈围城〉——中国现代主义文学的东方奇葩》(对于文学,终是时过境迁,而情怀未改),让许多作家朋友惊愕不已。——这老丁,还会玩文学啊,还玩得这么深沉这么专业!

在二十世纪八九十年代,安农大茶学专业已在全国声名显赫,陈椽、王泽农皆是我国著名茶学家、茶业教育家、农大茶学学科奠基人,在国内外享有盛名,被誉为"当代茶圣"。

"实在意想不到!"多年后,老丁感叹。国宝级专家传道授业,若说茶缘,又是一次无心插柳。毕业留校,教育与管理的又是茶专业的学生,还常带领学生去茶区考察走访实习,一去数日,对茶的感情亦会与日俱增的吧?

四

熟悉老丁的人都知道他爱书如命。平生最大的嗜好是读书、买书、著书、藏书。清人张潮说"人若无癖则面目可憎",但人若有癖,却也让你伤透脑筋。他的书柜,明眼人一看就知道那功夫,书脊向外,刀斩斧劈一般的整齐,而里面竟然是空的(外齐里不齐),抽一本,左右的书就晃动,再想插进去变成一模一样的,在我,几乎是不可能。但是老丁能。所以,谁动了书柜里的哪本书,他一眼就会发现,书房里的书哪本放在哪里,他清楚得很。有时他出差或应酬,我找书,就打电话,他说某本书在某柜子的某一层,甚至排列第几。一看,果然不差。

老丁读书极有仪式感,净手焚香正襟危坐,读过的书一点折痕不见,更不允许有任何污渍,很多年过去,再看,书还是新的一样。他看不惯我和孩子读书乱放乱画。瞅我们不在家,就偷偷整理,归放得清清爽爽,然后,你就找不到你要看的书了。

自从有了互联网,买书就便捷了。买书于他,可以不计成本。一年里,家里的敲门声不是别的,总是快递公司的,干甚?送书来了。他的薪水里一年最大支出的,就是书。他的书房,四周全部是书,高到屋顶,飘窗上也是书架,这两年,写明清茶史,要钻故纸堆,越发不够放了,地下也堆得到处是了。而他的衣服,一件穿十年二十年可以不扔,旧了损了照旧穿。买衣服？没有那个习惯。结婚时做了件大衣（那年月都是师傅量身定制的），人字呢料，一次没穿过。二十多年后的现在，下放给儿子了。

我多次买重复的书，他就一副愤愤然的样子："买书也不问我！"

许多年来，盥洗后，老丁清晨要做的第一件事，就是拿水壶浇花，从这盆浇到那盆，从那盆浇到这盆。一段时间过后，花就蔫了，阳台上就剩一个个空盆子，再换一批，再过阵子，又是一个个空盆子。我对女友们说："我负责买花，他总是负责把花养死。"

老丁爱茶，但喝茶并不是特别讲究，他是每款茶都喝得极其认真。他说"那是茶人的一片心"。吃饭更简单，我出差在外，他为省时便捷一个人在家常吃开水小菜泡饭。做饭？那多浪费时间！圈中人都晓得他朋友多，一掷千金是常事，问及此事，他嘿嘿一笑："那是另一回事。"

家里有间小房子，本是想再做间书房的，结果没有拗过他，就做了间茶室。为了让电脑有块立足之地，我就"预谋"，瞅他出差，在飘窗台上支块木板，摆台电脑，插了瓶花，算是书桌了。他回来后，顿足道："破坏茶室氛围了。"

这间茶室，在合肥赚了不少名声，首先缘于马孔多的文章《那些风雅的人家》（发在《新安晚报》上），真有人按图索骥找来了。她几次鼓动我，写写家里的那间茶室吧。我于是就附庸了一篇《也说"风雅茶室"》。老丁给这间小茶室取名"听松寮"，合肥有头脸的文化人大都光临过，不经意间倒成了幽人韵士的雅聚之地。前几年，合肥首评"十佳读书家庭"，敝宅有幸忝列，颁奖台上，呵呵，大半都是"听松寮"出现过的面孔。

每年春节，除了聚会吃顿年夜饭，他几乎足不出户，不是看书就是码字。仅有的几次远行，在飞机或火车上，我们也是各抱一本书。2010 年 4 月，他发了篇长文《人生境界论纲》，我没有读。我只略知王国维有个治学三境界论。

有年初夏,他去北大,因有个报告。我去访儿时伙伴。一个叫武萍的学生送我们去"798艺术区",老丁在树荫下看书看行李,我就四处溜达。我们搭乘的是下午六时许首都飞合肥的航班,预留了足够的时间(晓得堵车没商量),约的车该来了,五分钟过了,车没到;半小时过去了,车子还不到,地图显示车子距离我们的位置极近,可就是一动不动,眼前却一辆辆空车大摇大摆呼啸而去。我说取消"滴滴"改乘的士,老丁说不行。再催,他批评说,要守信。再催,不说话了。

"真赶不上了。"

"别着急。"

"肯定赶不上了。"

"那就明天再走。"

"……"

那一刻,只想扔下行李扔下他,独自跳上车一走了之,转又气恼他不早点叫车。

"你第一次来798,让你多看一会。"

天!这就是老丁,顶真,执着,还有些……迂腐。林语堂说过:"那些有能力的人、聪明的人、有野心的人、傲慢的人,同时,也就是最懦弱而糊涂的人。"

五

目下,老丁正为主编《中国大百科全书》茶文化专题卷而不遗余力。老丁是安农大主动辞去(处级)行政职务的第一人,也是安农大站在北大、复旦讲堂上的第一人。老丁说他辞职是为了一心一意从事茶文化的研究与教学。这话——确实没人不相信。这边甫一辞职,那边便牵头申办茶艺高职专业,这是中国高校第一个高等教育茶艺专业。2011年,在茶艺专业的基础上,又创办茶学(茶文化与贸易)本科专业。十多年来,老丁的研究生人数年年增加,所研究的就是"茶文化",他不光有国内的研究生,还有外国留学生。

台湾东吴大学教授、著名茶人范增平先生编著的《中华茶人采访录》,其中收录《谈茶文化与儒道释的关系——丁以寿》,对老丁如何走上茶文化研究之路,范先生做过详细的访谈。在老丁看来,有的人具备茶学专业知识,但不精通中国传统文化;有的人满腹书卷,却对茶学专业一知半解。而自己是茶学科班出身,又对文史哲下过一番功夫,二者结合则是自身的优势。2000年,安徽农业大学成立中华茶文化研究所,老丁成为负责人之一,他的去行政职务,就是要把自己的后半生与茶文化融为一体。

这些年老丁不遗余力地推广茶文化,先后赴韩国、日本、德国做宣传,应邀在国内外多所高校做茶文化专题报告,先后发表《中国茶道义解》《中国饮茶法源流考》《中国茶道发展史纲要》《工夫茶考》《中华茶艺概论诠释》《日本茶道草创与中日禅宗流派关系》等学术论文,主编《中华茶道》《中华茶艺》《中国茶文化概论》等多部高校教材,独著、合著和参编《黄山毛峰》《中华茶文化》《中国茶文化》《中华茶史》《茶席·茶会》《茶艺与茶道》《茶文化学》《茶艺》等多部著作。在论著中,他对茶艺、茶道、茶文化概念做了界定。他一二十年前论文中的某些观点,至今仍常被学界引用。

老丁说,茶文化在本质上就是饮茶文化,主要包括饮茶的历史、饮茶的发展与传播,茶俗、茶艺和茶道,茶文学与艺术,茶具、茶馆、茶书,茶与宗教、哲学、历史、美学、社会学等。茶文化的基础是茶俗、茶艺,核心是茶道,主体是茶的文学与艺术。

人生是选择,是各种偶然的集合,就像我嫁给他,就像他选择茶。他说过,无论顺逆穷达,当以平常心待之。人生的目的在于进德修业,极高明而道中庸,或穷理尽性,或全真葆性,或明心见性。

唔,还得补充一点,老丁平素不苟言笑,惜字如金,如果……如果……多灌他几盅酒,那时他便会滔滔不绝,口若悬河,那时的老丁,约略还算是可爱的。

先生老丁,大约便是这样的一个人。

无为婆婆

一

我对无为所知不多。在我成为丁家媳妇之前,只晓得那是个大县,穷县,出产板鸭,因为电影《黄山来的姑娘》,无为保姆在京城出了名。

结婚前我没有见过公婆。约莫记得公公写给儿子的信中有一段话是捎带给我的,大意是家中清贫,以寿身体不大结实云云。多年后老丁二表姐说,以寿前面的一个胞哥出娘胎便没了气,他是吃了二表姐的奶才活下来。因为自幼体质孱弱,母亲宁愿使唤几个小儿子却舍不得作为长兄的他下地做农活。大学临近毕业,老丁(那时还是小丁)的健康还是出了状况,染上绿脓杆菌,得了严重的肺结核病,同室病友没有躲过死神的召唤,父母亲哭得撕心裂肺。上天护佑,他慢慢好了。

我与老丁成婚于二十世纪九十年代初,没钱宴请挚爱亲朋,只是喝了杯清茶便散去了。几个月后,老丁四弟背了一大麻袋礼物来给哥嫂贺新婚。打开,是两床新棉絮,带着泥土与阳光的香味。

二

"十全十美"微信群由我们五个师范同学五对夫妇组成,十人中有国家公务员、企业家、期货达人,更多的是人民教师,幼儿园、小学、中学、大学,学段位齐全,且多是掌门人。有人戏谑退职后联合办所学校是不费吹灰之力了。此群原为聚会所建,先生们惜字如金,太太们却细针密缕,时而抛些励志图文,时而来点养生八卦,而后凡五家中值得分享的事便广而告之。

2020年10月23日,这天是一月前约好的"十全十美"集体出游皖南的日子。第一站是太平湖。琼夫妇在此置业两套度假公寓,一临湖,一面山,不时小住,湖光山色中俩人相依相惜,活脱脱老大不小的一对情侣。临行,我却犯难,老丁宜昌会议才结束,双休日又逢省级茶艺大赛在合肥举办,他原是担任总裁判长的,这将如何取舍?公事不得耽误,"十全十美"同游亦属不易,怎样两头兼顾?我建议周五同行,晚上太平湖共进鱼宴晚餐,次日晨塔川、合肥,两厢自便,亦不拂琼夫妇之美意。对于我的自作聪明,老丁未置可否。

老丁委实疲惫了。上半年新冠疫情暴发,省内外拟举办的茶事活动相继延期,九十月份天朗气清,会议、赛事接踵而至。难得在家时,亦是电话不断,几部专著交稿日期已到,书稿却迟迟未完结,只能连天继日见缝插针。还有,母亲的病。我婆婆七月突然脑中风,已卧床三月。

老丁决计不与众人同游。尘埃落定,我松了口气,想他连日劳累后至少可以在家睡个安稳觉。不曾料到,不去是因为周五早晨,老丁接到开城老家打来一通电话。但他没有告诉我。

皖南"十全十美"之行变成了"十全九美"。知他是不去的了,但他希望我践约。

"亲们好！外孙女米娜公主于2020年10月23日上午10点37分在芝加哥顺利降生，体重3公斤，母女平安健康。感谢医护人员贴心照顾，多谢各位亲朋好友关心。"天将午，车队整装待发，忽然瞥见琼在群里发出这条喜讯，跟着贴出几张照片，一个粉嘟嘟的婴儿，双眼皮，长眼睑，眼仁黑亮。琼的女儿去国多年，三十出头才觅得如意郎君，最终嫁了个美籍伊朗夫婿，举家欢喜。记得婚礼答谢宴上，壮壮实实的博士牙医拥着新娘跳舞，幸福得手舞足蹈，小花童们乐翻了天。

车轮呼呼于合铜黄高速，倏忽群里又冒出一则消息："女儿蔓菁昨夜从纽约起飞，转道日本于今天下午五时到达国内福州。贝贝终于回到祖国的怀抱。今天真是好日子。"吉普车风驰电掣。不难想象情感细腻丰富的凤夫妇两人此刻的心情。他们与在美国的女儿四年没有见面了。

是的，今天真是好日子。

琼的外孙女是个急性子，小家伙迫不及待想探寻大千世界，比预产期足足超前二十天出生。

蔓菁回国可用扣人心弦来形容。全球新冠肺炎病例居高不下，美国疫情尚在持续恶化，国外华人想要回国谈何容易？不谈小姑娘是如何与公司签署协议、辗转从"黄牛"手中拿到高价机票，在她退了纽约租赁房，将所有物品打包封存，距离飞机起飞已不到二十四小时。在办理归国手续时，却被安检部门告知核酸检测报告不合标准，不能登机。怎么办？住房退了，随身行李已寄出，工作交接了，公司准假了，费了半年多时间才等来的这张归国机票……蔓菁蒙了。小蔓菁高中时便只身来纽约，十年时间里锻炼了她独自解决各种棘手问题的能力。她搜寻一家家医疗机构，十分沉着地选择了一家，加急重做核酸检测。一般的加急报告最早亦要一天后才能取到。那晚，她一宿没睡，守着电脑屏幕。谢天谢地，在登机前六小时,蔓菁拿到了核酸检测合格的证明报告。登上飞机舷梯的一刹那,蔓菁姑娘哭了。

晚上八时左右,我听到老丁电话,嗓音喑哑。半晌,他说母亲走了,他已回开城老家。

这天是周末,二十四节气中的霜降日,一个平常又不平常的日子。这个日子出行,却是我不经意间选定的。网络流行过一句冷幽默"世间唯有生死,余者皆是小事"。孰料这天,我们都遇到了。

我的婆婆故去了,从此见不可及,思不可望。

三

五果堂丁氏在无为是个大姓,丁氏先祖于宋朝末年自苏州播迁无为,此为一世祖满一公,后生二世祖荣一公,后生三世祖华一公、华二公、华四公、华五公、华六公(即五果堂之始)。老丁父亲即我的公公丁祖强为老大房华一公一支,按字辈排行"应一时光国,宏汝效守常,云仍祖以绍,宗同世必昌……""祖"字辈在开城算是比较高的辈分。我们回乡,有称我们叔祖爷爷奶奶的小辈人高马大、胡髭浓黑了。追根溯源,老丁的曾祖父母那时光景还算了得,有宽宅土地长工庄园,儿子们个个像翩翩公子,可惜好景不长,辛亥革命吹响了反封建的号角,从此家道中落。虽内囊已空,祖父母一辈遵从祖训,勤谨持家,小心行事,日子尚且无忧,他们的儿子祖德、祖强自幼还能请得起先生。若干年后,祖父母一条白绫,双双悬梁。从此兄弟俩天各一方,自顾不暇,丁祖德远逃东北吉林,只在弟弟临终时见上一面。丁祖强没能随兄长一起远走,落户姚棚村。在亲友张罗下,二十岁上娶了邻村比他大四岁的赵家姑娘凤英为妻。凤英是长女,下有弟妹各一。赵凤英即是老丁母亲、我的婆婆,一位美丽贤淑、为这个穷家操持了一生的女人。

俗语说:"十里不同风,百里不同俗。"合肥乡下喊自己的母亲、婆母"妈姨",无为这地方喊自己的母亲、婆母"阿妈",姑娘小媳妇的声音拖得长长的,比叫"妈姨"动听多了。再之后,跟着孩子们喊"阿奶……"声音亦是柔柔的、软软的,二表姐说我公公不谙农事,身子又单弱,"像个白面书生,不会做事,都是阿妈做"。令人高兴的是,二表姐身体十分硬朗。

"挑百把十斤稻子能一气走几里路,不歇肩。"她对我很亲,拉着我的手,说我"懂事",不嫌他们是乡里人。

"你阿妈累坏了,连着生了六七个儿子,一口奶水都没,大阿哥(指老丁)和三个兄弟全靠喂米汤长大。"我晓得老丁小时候吃过她的奶。

"真是长姐如母。"二表姐比老丁整整大二十岁。

老丁父亲我没有见过几次面。老家香案前摆放一张放大了的他的相片,四十多岁的样子,眉目清朗。公公在村里是个记账先生。二表姐说:"你阿爸替村里人家写信,好远的人家都找来。"八十年代中期,在合肥城中央的四牌楼邮局门口,我还见到过代写书信的,都是些上了年纪的人,搬个小板凳蹲坐在角落里,戴着老花眼镜,拢着袖子,膝前一张招揽生意的硬纸片,上面用毛笔写着几个大字。

姚棚村的老人们没有几个读过书,公公是这一带受人尊敬的"文化人"。

姚棚村原名"窑棚村",令人想到《天仙配》中董永的一句唱词"寒窑虽破能避风雨"。不错,姚棚村以前就是窑棚村,比周围的董大村、太平庵村、山垱村、赵公村都要穷。因为穷,九十年代我与老丁领了证,他才带我回家认门。

公公患哮喘多年,到冬天就犯病,他喜欢抱着一把茶壶,坐在褪了色的旧八仙桌前,喝茶取暖。寒风凛冽,门框又不严实,灌了风就"咣当咣当"直响,冷得人直发抖。桌上摆着茶叶蛋、粽子、酥糖、豆腐干子,是婆婆特意为我这个新媳妇准备的。那是我第一次回家拜见公婆。婆婆鬓角已有白发,只是忙,自己吃得极少,菜只拣好的往我碗里夹。

公公不住地咳嗽,咳出了眼泪,喉咙里"呼哧呼哧"发出风鸣声,半天直不起腰来。

婆婆肯定和二婶商量了,晚上,将二叔家里一张最好最暖和的大床让给了我。

公公没有等到新世纪来临。那天上午十点钟左右,我接回刚上小学的儿子,将工作交代停妥,带儿子直奔明光路合肥长途汽车站。车达无为县城,转乘一辆蹦蹦车。这条石子路颠簸得很,车子驶过,黄尘扬天,人在车里一路摇晃。开城镇到了,蹦蹦车"突突突"停了下来。抬头,四野萧寒,寒鸦阵阵,一条羊肠小道曲曲弯弯通向村里,到家,已暮色四合。

公公辞世虚临花甲,那是一九九九年冬。

二十年过去,无为已通高铁,合肥过去只消三十分钟。208省道从县城往姚棚村,是一条黝黑笔直的柏油马路,与城市无异。这条路叫"无六路",路旁植有桂花、白杨、香樟、垂柳。乡间四月,水田漠漠,阡陌纵横,杂花生树。尤其是栾树,秋风一吹,枝头晃动着一簇簇洋红色冠果,煞是好看。车子开到这里,免不了下来兜兜转转,庄稼,天空,葱茏大野,一栋栋建造精美的乡间民居,静静流淌着的永安河,都令人心情愉悦。

"无六路"从无城镇起始,"六"指哪里?有回我问老丁。

"六店乡。"

"为什么不上开城中学,去读六店中学?"家门口穿过两条田埂便是开城中学,为什么舍近求远呢?

"黑五类学生,开城中学不收。"

一九七九年,十七岁的应届高中毕业生丁以寿考取南京军区某院校。

大队书记骑了一辆老"永久"兴冲冲来报喜，小丁同学正在水稻田里。那年全乡仅他一人考上大学，却因为"平足"没能跨进大学校门。亦曾聊起这段往事，如果当年进了部队院校，中国不是多了一个部队将官，少了一名大学教授？

古话说，福祸相依。"黑五类分子"的丁以寿同学几十年后成了中国茶文化专家，是否要感谢六店中学曾经收留了他？

四

史料记载，无为县建制于隋朝，名取"思天下安于无事，无为而治"之意。此地处安徽省中南部，长江北岸，北倚巢湖，南与芜湖、铜陵隔江相望，宋代曾与临安、扬州、寿春并称"全国四大名城"，是传统的鱼米之乡。在这块"山环西北，水聚东南"的风水宝地，我的婆婆一生亦没能享几天清福。婆婆年轻时面目姣好，婚嫁之龄媒妁不断，舅妈妈说婆婆相中公公因公公是一个念过书的人，人又实诚，心善，故而嫁。虽夫家家徒四壁，且孤家寡人一个，她亦是情愿。公公不像其他村夫那般健硕，婆婆疼惜年龄比她小几岁的丈夫，凡田畈屋里活计尽是起早摸黑地做。家底是没有的，孩子接二连三地出生，日子自然越发艰难。婆婆一心是想要添个"小棉袄"的，不料生了六个儿子亦难见闺女的踪影。丁家男丁旺，祖孙四代中只生有一个女娃娃。

婆婆与我们一起生活过两三年。我们的孩子出生以后，婆婆第一次走出开城镇，来到合肥，算是她平生走得最远的地方，这年婆婆已近六旬。姚棚村到安徽农业大学牧场区宿舍，得转乘四五趟车，那年月，无为县城至合肥，大巴车就要走好几个钟头。婆婆晕车，每次到家，像生一场病。这样，她还要背一堆土产，母鸡、鸡蛋她皆是舍不得吃的，霉干菜、干瓠条、腌萝卜亦是一包一包地预备好,篮子装不下,就驮着,抱着。

大约人到中年,才晓得带孩子是一件多么辛累的事。那时候,我却不能体谅婆婆的劳碌,只是饭来张口衣来伸手。上班,孩子自然交给婆婆;下班,婆婆又不声不响去厨房忙,家务一点不让我插手,地板、窗户、衣服、屎尿片,等孩子睡觉,一切都已料理得清清爽爽的。"是我们的阿妈嘛,一家人还用客气?"一任婆婆去忙这忙那。而那时我竟不晓得带孩子比上班要辛苦得多。

婆婆溺爱孙子,含在嘴口怕化了,捧在手心怕摔了。儿子小时候是个小胖墩,又爱动,婆婆成天抱着为什么一点没有觉得累?

婆婆吃饭总是在一家人后头,几乎茹素,只吃一点汤汤水水的泡饭。"牙不好吃得慢,你们忙你们的去。"吃完,把锅碗又洗刷了。婆婆是旧式农村妇女,自己的名字还写不周全,却晓得让儿子和媳妇不做事还心安理得。

给她买了花衣服和裙子,她舍不得穿,乡下老太太一辈子没穿过裙子,多难为情,但看得出她的爱惜和欢喜,叠得好好的放柜子里了。我给她拍了相片,说多好看。她于是笑着点头。

二婶说过,阿妈一生都清丝丝的,不讲一句错话,从来不麻烦人。做了她二十多年的媳妇,没有听到过她高声讲话,从不要求子女们有任何回报。

婆婆带儿子念童谣:

> 小板凳歪歪,菊花开开。
> 新娘子,站起来,
> 我有胭脂水粉擦;
> 擦白脸,走娘家,

娘家远,走田埂,
田埂烂,抬扁担……

她用开城方言念给儿子听,唱歌一样好听。

月亮月亮头头,
里面有个龙头;
龙头龙头摆摆,
里面有个奶奶;
奶奶出来烧香,
里面有个姑娘;
姑娘出来梳头,
里面一个黄牛;
黄牛出来喝水,
里面有个小鬼;
小鬼出来点灯,
烧了鼻子眼睛。

两三岁的儿子记住了,亦用无为方言念,摇头晃脑,甚是可爱。
"楝树开紫花,燕子飞我家。""家"儿子至今念"ga"。
我们住在五楼,出了院子有池塘、农田、桑林。这片原是农大牧场区,只有三四栋农大教工宿舍楼,寒来暑往,四季分明,幽寂而又有野趣。
有一天,桌上一个大玻璃瓶子里的小蝌蚪在游啊游。
又一天,阳台上一篮马齿苋。小人儿指着说,我们吃"马其罕"。
婆婆带儿子到田野里找蜂子,捉天牛,认麦子、稻子、稗子、灯笼草、面条菜、蒲公英。孙子的回报是每年回乡,将储蓄罐里积攒的压岁钱悄悄塞给奶奶。

婆婆有四子长大成人,四个兄弟年龄相差十多岁,个子一个比一个高。她忙完这家忙那家,没有歇时。

大约五年前,婆婆身体忽有不适,我们接她来省城治疗。

"只是子宫脱落,身体其他地方没有毛病。"医生说。

我托了朋友,请最好的大夫给她手术。她心疼得什么似的,说我"又花许多钱"。

耄耋之年后,婆婆坚持回乡下生活,还在门前种几畦菜蔬,喂几只鸡鸭。儿子们接她去城里,她皆以"住不惯"为由拒绝。我晓得婆婆的深意,是觉得自己老了,怕给儿孙们添麻烦。婆婆唯一的喜好是与几个邻居老人玩一种老式纸牌,以消遣时光。庚子夏天的一个早晨,婆婆只是轻轻地歪倒了一下,一半身子就失去知觉,再也没能站起来。

二婶辞了工作,三个多月从未离开过病床,日夜守护,端汤奉药。

老丁和我回家探望,婆婆用仅能抬动的那只胳膊一再扬手:"你们忙,不要两头跑。"

三叔三婶定居石家庄,孩子上学,生意亦忙,三婶没有随三叔回来看望婆婆。临别,婆婆说"想小红"。三叔安慰婆婆说:"下次带沅春、家徽、小红一块儿回来看阿妈。"婆婆微微地摇摇头:"下回不得见了。"果然生不再见。

有次婆婆说肚子不舒服,我们说赶紧请医生。四婶将我们打发出门,戴上手套替婆婆掏大便。婆婆说:"称坦(舒服)了。"

四婶与四叔皆二婚,素不睦。四婶回上海,婆婆拉着她的手,久久不放,眼角流下两行清泪。

有一天,她叫二婶将她的耳环、戒指、手镯等首饰全部取来,交代她

"都是你大嫂买的,全都还给她"。

去世前一周,婆婆对二婶说:"儿哎,还有几天你就解脱了。"二婶哭得像个泪人。

婆婆嘱咐二表姐,死后想要请个乐队,热闹。二表姐开玩笑说,你有四个媳妇哭你,么事要请乐队?婆婆说,她们不会哭,哼哼两声,不是和一条狗一样地死了?隔了几天,又叹息着对二表姐说不要请乐队,人死不能复生,请乐队还花钱,小四(四叔)他们还欠债。

婆婆生命的最后时日,拒绝输液。有一晚她在睡梦中喊了一夜老丁和我的名字。婆婆得知二叔的儿媳妇怀孕,说她有重巴(孙)了,死可瞑目了。婆婆一再叮嘱不要给她买最好的寿衣,说烧了可惜。

这些都是二婶后来告诉我们的。

我们的阿妈、婆婆,生于民国二十四年春,作古于庚子年秋,终年八十六岁。

是夜,我在微信朋友圈里发了一条信息:世界上最爱我们的那个人去了……

五

冒襄说:"爱生于昵,昵则无所不饰。"此属常理,亦不尽然。有回老丁应邀去霍山作家村,谈"贾母与六安茶",那天恰是三八妇女节,席间酒令官忽别出心裁,凡举座丈夫必对妻子说一句含有"爱"字的情感表达语,共飨佳节。举座侃侃,列举妻之贤德,轮到老丁,只是嘿嘿,半天不语,众人起兴,还是嘿嘿,令官且饶过他,容他到最末一个唱大戏。结果一圈转完,众人翘首期待中,他亦只频频举杯,仍是一个"爱"字不能出口。一个读书人,一个熟读经史子集的人,他对妻子,乃至对父母、对兄弟的爱,就是这样的极简与超然。他对于人世间的情,不表达或许就是最好的表达。

有次说到庄子"鼓盆而歌",我曾玩笑,将来他的老妻灰飞烟灭,他会作甚?

现在,为人子、为人夫、为人父的他,已先于我回到故乡,回到姚棚村,回到母亲的灵前。

无论如何,明天我必须回姚棚村,于婆婆灵前哭孝守灵,是情,更是理。我的婆婆蓬山西去,长嫂如我,还在访山问水,成何体统?问几点到家合适,老丁只说家中人多,嘈杂、忙乱,嘱我随团行动。他替我买了二十五日黄山北至无为的高铁车票。我不解,亦不便问。因为晓得凡家中大事,几个弟弟皆遵从大哥的意见。

"十全十美"此行皖南的最后一站是篁岭。我在塔川滞留半日,G7416次车一点五十八分才发车。早饭后,收拾好行李,等着庄园老板娘替我预约的顺风车,说汽车到客栈,直接送往高铁站,三十元车费。我疑心听错了,是三百吧。她说,是三十块,一点不会误事。塔川庄园距离宏村极近,不过七八分钟,我已走在一大片稻田中,山峦、民居、高而蓝的天空、兴高采烈的游客,和往日应该没有什么不同。我在稻田里徘徊,秋风不知我心事。

前几天在姚棚村前,亦看到这样大片大片的即将成熟的稻田,稻子长势好,垂着沉甸甸的穗子,杂草亦是茂盛,将田间小路遮蔽得严严实实。是个极好的艳阳天。走出稻田,我满头大汗,衣服粘满草籽,腿上被叶鞘皱出了许多血丝。那天,我们将婆婆抱上轮椅,推到户外。她斜倚着椅背,目光直直望着远方。她是否看到了生命中的最后一轮太阳?

弟弟妹妹、我的母亲与我在无为高铁站会合,抵达姚棚村已近下午四点。爆竹声时断时续,早有人接到村道口。

一溜红红绿绿的长棚将原本冷清空荡的场院悉数罩住,里面乌压压的,锣鼓声、哀乐声、号哭声、爆竹声、嘈嘈切切声,轰响成一片……

弟弟妹妹挽着母亲,披麻戴孝的四兄弟穿过人群向前迎来,话未出口便倒身下跪,后面我的几个妯娌亦是同样装束,一个一个对着我的母亲俯身长跪……慌乱中,不知谁给我披了孝衣,戴了孝章。

灵堂前挂满挽联,供桌上摆满鱼、肉、饭、果、酒、鲜花等祭品,烛光摇曳,香烟袅袅。一张婆婆的遗照,慈眉善目,蔼然可亲。婆婆躺在水晶棺中,身上覆盖大红绸花被面,安详合目,面如生前,只是她再不能对我说话、喊我的名字了。我的眼泪涌出了眼眶。记得那年初见婆婆,似乎过去并不很久,她是那样欢喜,不晓得说什么好,仿佛亏欠我似的,只是双手擦着围裙,不知所措喊着"儿哎,儿哎"。而今,我长跪不起,却是我的婆婆千秋已过。

墙角燃了一个火盆,有人不断向里添纸,火焰蹿得很高,青灰色的烟尘混合着鞭炮浓浓的火药味在空气中弥漫。

"这是我大嫂子。"二婶引着我一一拜见亲戚中的长辈。方才看清挤挤挨挨的餐桌中间一面大鼓,几个拿镲与钹的人,几个吹拉弹唱的男女。这便是婆婆生前想要请的乐队了。鼓乐手们都很卖力,变换着曲子,只是并不觉得怎样的悲,反而像是另一种热闹。至亲至爱的人中,我亲历父亲的死,已然恍如隔世,只是痛不能已。现在我跟着二婶,只是机械地喊着、应着,一一向他们跪谢。他们以长者的身份安慰我,我什么也没有听清楚。

人们远道而来,像赴一场盛宴,是的,一场死别的盛宴。院子里满是酒瓶、饮料瓶、纸烟盒,爆竹与黄草纸堆得像小山。吊祭的人脖子上搭一条白毛巾,在桌前聊天、叙话,几个小孩子在人群中嘻嘻哈哈闹闹打打。丧仪遵从婆婆的愿望仍从旧俗。开城这里,八十以上老人的丧事称为"白喜事",随礼的人家要吃流水席,今天吃,明天吃,直到入土为安后吃完最后一席。

冲天炮在空中爆响了几下,烟酒齐备,大盘小碗密密麻麻摆满桌子,晚宴开始。日头未落。乌压压的人群中,我只认识极少的几个亲戚,余者皆陌生。二婶说他们大都是村里的邻居。

锣鼓暂停,哀乐低回,人们脸上一点看不出别的什么,喝酒布菜,不亦乐乎,兄弟几个已是面红耳赤,妯娌们亦端着酒杯去临桌敬酒了。我才晓得"白喜"原亦是一种喜事。婆婆是村子里年龄最长的人,丧事原该隆重热闹。酒席中,有个身材矮小的老头,鹤发童颜,耳聪目达,极安静地坐着,微笑不语。二婶说他九十四岁了,还做农活,是她的父亲。我向屋里看去,那个躺在水晶棺里人真的是我们的阿妈吗?她前天晚上停止了呼吸,人们刚才还哭得呼天号地,转眼之间便觥筹交错。

死者长已矣,生人忽已歌。他们活得像田野里的一株庄稼,秋风中的一茎野草,随性自在,对于生死,我想他们比我有境地。约莫一小时后,爆竹响,宴席散,有人大醉,东倒西歪后被人架了出去。

这晚是向逝者告别的时刻。丧棚里很快清理一空。七点左右,锣鼓又响起,熙熙攘攘的人群立马肃立。主事者在哀乐声中一一念诵吊祭者的名姓,颂念逝者一生如何俭韧贤淑,教子齐家,德传梓里,并代表家属向他们表示谢忱。之后,四个儿子逐一携妻子儿女于灵前跪拜,瞻仰遗容后再跪列棺木两侧,后是亲属一家家拜祭,后是年长者拜祭,后是亲友拜祭,后是邻居小辈们拜祭。

一时礼毕。人群中走出一个中年女子,亦是披麻戴孝,高挑的身材,肤白,黑衣,盘髻。这人是谁呢?竟从来没见过。恍惚中听她说道:阿妈原是没有女儿的,她是阿妈的干女儿,请听干女儿来灵前哭一场。

她唱《哭七关》。只听得她唱道:

手捧一炷香,
香烟升九天;
大门挂岁纸,
二门挂白幡;
妈妈归去天,
女儿跪在地上边;
儿给妈妈免灾难,
跪在灵前哭七关……
头一关是望乡关……
二七关是鬼门关……
第三关是金鸡关……
第四关是饿狗关……
五七关是阎王关……
六七关是衙差关……
七七关是黄泉关,
黄泉路上路漫漫,
金童引路玉女伴,
妈妈骑马坐着轿,
一路平安到西天……

她是个民间艺人,将婆婆的一生编进一首歌里,且说且舞且唱。"人要俊,把孝戴",人群中没有不看她的。她嗓子好,如泣如诉,声情并茂,直唱得人泪珠涟涟,肝肠寸断,树上鸦雀扑棱棱飞去。唱毕,主事者拿过一个子孙桶,方才晓得她的哭灵原是要馈赠的。

戌时,邻居散去,亲友被安置去了镇上的宾馆歇息,院子里安静下来,只有音乐低低地回旋。妯娌们坐在桌前叠毛巾,每条毛巾里裹一包香烟,折叠好后再打个结,预备明天早晨出殡时给路祭者还礼用。有人在分拣物品,有人在搓绳折花,有人在核实殡仪车辆。儿孙们继续守夜,焚香、剪蜡花、烧冥纸,各司其职,停放灵柩的隔壁房间放一张临时大床,以备不时之需。诸事已妥,唯长明灯一直亮着,要点三天三夜的。

寅时到,一阵"噼噼啪啪"的鞭炮声震破黎明前的寂静,这是起床的讯号。

厨师们早已预备好饭菜。陆续到来的人睡眼惺忪,坐的坐,站的站,大家并没有吃得很认真,或许太早了没胃口,或许因为要起灵了。厨师们却不急不慢提醒大家"多吃多吃,中午开饭迟"。

不过一支烟工夫,院子里又是密密麻麻的人。

我们从棺木上取回各自的孝衣,子侄辈帽子上缝了一撮长麻,孙子辈帽子上缝了一段红绸带,重披戴到头上,退回到人群中间。

舅妈妈独自搬了一个小凳,到棺木旁,坐下。她掀开花被面,脸颊贴了一下婆婆的脸,自语道:"阿姊,我再跟你说说话,你要走了,下回来再不得见你了。……你看看,你走得多风光,四个儿子四个媳妇四个孙子齐刷刷地给你戴孝,敲锣打鼓多热闹……阿姊,你是有福的,安心走你的路吧……"这个老人可真有意思。我晓得她原是婆婆的姨表妹,亲上加亲后又做了亲弟媳。忽然想笑,又觉不妥,赶紧憋住。她叽叽咕咕又说了一会儿,家人各自忙碌,并没人进来,恐她再伤心,我便把她拉出门去。二婶忽然进来趴在棺木上大声号啕,三婶、四婶进来亦同样大声号啕……

号啕声伴着巨大的哀乐声,灵堂撤去,祭品装好,棺木移到了院子里。婆婆就要启程了。

棺木抬出家门,有人即刻打扫房间。之后,大门被轻轻掩上,听见有人说:不得进去了。

棺木头朝东,抬灵柩的队伍整装待发。众亲行礼,儿子们照旧举家跪在棺木两侧。

天际还是黑魆魆的。人们在等着出殡时刻的到来。

六点二十分,天色微明,太阳出山。只听得一声号令,鼓乐齐鸣,鞭炮震天,人群赶紧列队。"一、二、三,起步!"八个德高望重的老汉抬着灵柩沿着村道缓缓出发,先是向东,东边人家走完后又折向西。灵柩后面跟着浩浩荡荡的送葬队伍,捧相片的,撒纸钱的,放鞭炮的,发祭礼的,吹吹打打的,看热闹的。

三婶和四婶一家走在马路一边,我与二婶一家走在马路另一边。各地丧仪大同小异,长子或长孙捧相片,婆婆大孙媳有孕在身,故由长子捧。灵柩沿途经过各家门口,多有路祭。二婶说,路祭原来烦琐,设香烛纸钱各色供品,现在简便了,只是放一挂鞭炮。发放祭礼的人走在我们前面,挎着一个极大的猪头篮子,这边人家鞭炮一响,他往这边呈送祭礼,那边人家鞭炮响,他又得往那边呈送祭礼。祭礼即是我们昨晚所折叠的香烟与毛巾。其实也来不及奉上,只能是远远地抛着过去了,实在是来不及,这时对方双手恰好迎来,祭礼不偏不倚就落在手中了。对给予路祭的人家,逝者子女须跪地叩谢。那些人家我皆不熟识,更不晓得如何称呼他们,看见二婶对着路祭的人跪地叩谢,我亦赶紧跪地叩谢。

我晓得,路祭者越多,表示仙逝者越受人尊敬。

"宁瞧老人上山,不看姑娘上轿。"小镇上早起的人,来往赶集的人,看热闹的人,无不驻足。许多人家皆是放鞭炮的,行跪拜礼时,往往来不及起身前头鞭炮又响,即使妯娌四家分头还礼,亦只能很慢地前行。有一会子,我的眼睛突然晕眩,灵柩后面尽是白花花的影子,觉得像是在履行一种仪式,亦像是在表演,连哭泣亦忘记。

直到过了开城老街、永安桥,我们才松口气,上了车,身上一点力气都没了。我才若有所悟,老丁知我睡眠不好,关节疼痛由来已久,别说长跪,即使长时间站着亦是难忍,他给我买二十五日回老家的车票,原是有深意的吧。

两小时后,我们捧着婆婆的骨灰盒回到村里,并不回家,而是直接去了村旁的墓地。是片老坟地,埋着村里一些死去了的人,不过距离老屋两三百米远。此处树木茂密,野草没膝,仔细看,才会发现一些墓碑,上面镌刻着"千古流芳""椿萱福地"等字样,都已风化得不成样子了。公公的墓亦在这里,婆婆的安息之地,只需在公公墓地旁掘个新坑。早已有有声望的尊长者来到这里,做好骨灰下葬前的各项准备工作。人生离合之缘,盖有数乎?别离二十年有余,我的公公和婆婆永远长眠在一起了。

这天中午的午宴并不迟,因一切顺利。饭毕,果然"偷寿"的人将饭桌上的寿碗悉数"偷"走了。

婆婆安葬后第三天,依照本地规矩,子女得烧纸马、纸房子。那是一栋三层楼的楼房,甚是华丽有气象,摆在堂屋的大桌子上,顶到屋梁了。二婶说,楼房里一应俱全,现代化的家具应有尽有,只是纸做的罢了。"真是一栋好房子!"众人啧啧称赞。纸房子是二婶他们去镇上扎彩铺买的,说是亲眼见匠人组装好送过来的,关于"好房子",人们更深信不疑了。

华丽无比的纸房子抬到了墓地前,比坟堆还要高,垫了又软又厚的草纸,垛得四角牢牢的。

一切准备就绪,麻雷子振聋发聩地响起。主事者点燃四角的草纸,纸飞如蝶,满天翔舞,华丽无比的纸房子在大火中轰然倒塌,转眼成一堆灰烬。我们摘下孝章,投进灰烬中,然后跨过一个火盆,慢慢走回家去。

这天午后,妯娌们坐在桌前叙话,突然,一个孩子急匆匆跑进来,睁大惊骇的眼睛:"妈妈,快来看,好长的蛇……"他是三婶的儿子家徽,才九岁。

"这个时节怎么会有蛇?"四婶说。

众人将信将疑。我亦跟着出了门。

果然,一条四五尺长的蛇在院子里游动。一群人远远地围着观看。

二婶说,她正在水池旁装水,这条长蛇抬头看着她……她骇坏了。

长蛇游啊游,游到了家门口,伸着头张望了一会,慢慢游走了。我们继续看,长蛇游到了二表姐家门口,伸着头往上爬。因她家门是锁着的,长蛇抬抬头,又慢慢游走了,游进了山墙边的草丛里。

三婶忽然号哭道:"我们老家说,每个人走的时候最后都会有一条蛇,是阿妈回来看家里人。"

果真是我们的阿妈回来看家里人?

辑二 聊赠一枝春

掼蛋与《红楼》①

九月最后的一天,我们终于确信,水晶苑 A 栋 105 号将从此留在许多人的记忆里了。而此前的一个周末,《红楼》读书小组还在此阅读《红楼》,一众人捧着《红楼》这本书,前前后后读了约莫三年,也合该是收官的时候了。《红楼》的最后一回有个场景,贾宝玉光头,赤足,身披一领红色斗篷,远远地对着贾政倒身下拜,这时天际一派苍茫,是白茫茫大地一片真干净。那天中秋刚过,合肥当然没有雪。现在即使冬天到了,合肥也很难遇见一场雪事。

105 号是大家的朋友老天(刘啸天)客居合肥时租赁的一套复式公寓,说是临时住所似乎也不确切,他至少住了十个年头了。老天年轻时供职于皖北煤城某单位,算是只潜力股,事业顺风顺水时却下海做起了外贸生意,到地球的另一边赚外汇去了。老天的异国经历扑朔迷离,约略是带点传奇色彩的。十多年后的某日,秋风乍起,是否也像张季鹰忽起"莼鲈之思"不得而知,反正老天回国了,而且回到了庐州。日子自在,逍遥来去。

---

① 本文以《红楼》代《红楼梦》。

水晶苑 A 栋 105 号便是老天的住处兼办公场所。某次饭局,有人突发奇想,何不借此宝地搞个周末沙龙啥的(猜想她是受了《我们太太的客厅》一文的启发亦未可知)。理由至少有三:因拓展业务老天常常出差,一周借用一回亦算热闹一下门庭;其次,水晶苑的位置实在是好,临窗可见一湾碧水的护城河,往北则紧临畅通一环,以车代步时代,出入便捷尤为重要;再则,撇开健身达人与旅行家两项冠冕,朋友们一致认为,老天实在是个颇有境地的人,容得了人,做得了事,吃得了苦,还受得了气。总之,斯人斯地,聚会是再合适不过了。

沙龙伊始实在是为掼蛋而组建。那阵子,一干人像中了蛊似的迷恋掼蛋。105 号房虽不富丽,但居家设施般般齐备,客厅厨房卫生间端的周正,沙发圆桌高几一应俱全。妥帖的老天还将一间储藏室兼书房清理一新,露出了一面落地飘窗,一窗之外的繁花绿树隐约可见。这间干净敞亮的房间里,一张牌桌占据了显要位置,笔墨纸砚俱全的书桌,只好屈居房间一角。

沙龙立马热闹起来了。在傍晚的喧嚣与骚动中,一行人从城市的各个角落直奔水晶苑,美其名曰参加"星期五沙龙"。晚饭是要集中吃的,也无甚大鱼大肉,不过你从食堂打包几个包子馒头,他出差带回一只烧鸡烧鹅。女士们手脚麻利,再来个凉拌西红柿,或拍个蒜泥黄瓜,辅以一大锅红薯稀饭便好。吃饭自由惬意,蹲着,站着,坐着,间或聊点本埠新闻、国家大事乃至明星八卦。否则,牌局开始,那可是连上茅厕的时间都不够用了。

为庆祝沙龙诞生,有心者还买了几盆花花草草将屋子点缀一番,一只小乌龟也请进了沙龙之家。以后每当人们掼蛋或读书,小家伙就伸长脖子在缸里爬上爬下,常常爬了一半,掉了下来,四脚朝天地躺在缸底,恰逢众人聚精会神,听到"咕咚"一声响,不免就吓一跳。

那段日子令人期盼和激动,是否还带点小小的堕落?常常是饭碗一丢,牌友们遂各就其位,组合配对早已哑巴吃点心——心中有数。我自愧技术不行,玩了几回,总拽对方"下水",只恨牌运不佳,每每抓得一手糗牌,只得用"巧妇难为无米之炊"抑或"胜败乃兵家常事"阿Q一下。经历了冬练三九夏练三伏,便又有"高研班""补习班"之说。闻者不知所言,言者笑而不语。"高研班"的牌搭们本来技高一筹,兼擅斗智斗勇,回回犹有凯旋之态。"补习班"里的牌友则自嘲:不交点学费焉能跳级至"高研班"?什么叫快乐?快乐就是掩饰自己的一手烂牌对每个人微笑。

　　掼蛋的魔力难以尽述。夜阑人静,星月高悬,众人仍意犹未尽,只得恋恋难舍地将扑克牌一推,平日里的淑女绅士一个个梦游一样作鸟兽散。

　　S先生偶尔也来掼几牌,似乎志不在此。众人后来总算弄明白了,原来他在"观察生活"。果不几天,他就作了一首打油诗,名曰《掼蛋谣》,把掼蛋诸君的窘相无一不摹画得入木三分。那时S先生正痴迷书法,只说最近文章写得少了,一天十几个小时全部用来揣摩中国书法了。《掼蛋谣》真是他的用心之作,写完还用银白色花绫装裱起来,正经八百地挂在牌室的醒目位置,逮着空儿,好事者不免大声念出,S先生便一本正经地加以注解。这幅大作最终归了老天,众人以为理所当然。

　　沙龙果真读起书来。读什么书?一拨年纪不小的女文青各抒己见,不过很快达成共识。毛泽东说过,《红楼》要读五遍以上才有发言权。即使算一枚书虫,一个城市大约找不到几个读过五遍《红楼》的人吧。经S先生提议,文青们自然信服,S还郑重列举N条人到中年需读《红楼》的理由。圈内人无不知晓,S年轻时可是把四册《红楼》完完整整抄撰过一遍啊。读书的这批"同学"遂建一微信群,取名"红楼小组"。有一天,才进群的女士留言道:"乍一看,以为是'红楼小姐'呢。"

　　《红楼》时间定于每周三晚上,每周读一回,采用庚辰本为底本的人民文学出版社出版的通行本。S是当仁不让的先生。S本是认真执着的人，在文化圈是颇有大名的，备课，印讲义，还不定期出考题，全是义务。每回读完，我们的书就横七竖八地摆在沙发、饭桌抑或电视柜的台子上。S不惮其烦，是每回必带书来带书走的。为便于阅读，他还将一本书拆分成三四小册，书眉与空白处均是密密麻麻的批语。他的书，每页都像摩挲了几百遍的样子。

"红楼小组"的人员起先十多个，上至耄耋，余者多为六〇后的上班一族，亦有奶奶级别的，抱着孙子来，还来过一名在校大学生。读《红楼》，凡二十回，必合影纪念。

105号成了周末沙龙固定地点后，好像主人就不只老天了。老天忙公务时，众人读书或掼蛋，就径直自己开门进去。门钥匙呢？放在大门口旁的一个小洞洞里，外边用一个小纸团塞着，有时什么也不塞，就露着一个小小的黑黑的洞。至于这个钥匙洞从何而来，天才晓得。总之谁来得早，谁先开门进去，洒扫庭除，煮饭烹茶。等老天回来，家里已经灯火辉煌热闹喧嚣很久了。于是戏谑：可真是"鸠占鹊巢"了。

读《红楼》的场景其实是很动人的。三五个抑或十多个，在刚刚收拾完残羹冷炙的饭桌上，灯光忽忽闪闪，操着天长方言的S，戴着老花眼镜的女士，着迷《红楼》植物的C先生、女大学生等，捧着同一本书，站着读，靠着墙壁读，歪着身子读，正襟危坐读，茶几旁跷着二郎腿悠然读——但都是那么全神贯注。

《红楼》有一回很长，偏女士们都有话要说，七嘴八舌对书中的人物品头论足，不知不觉三四个小时过去了。下课，老天带着先生女士们沿着护城河跑上一圈。

某年冬天，两三个月里，只有一个老师，两名学生。

"红楼小组"后来还走出105号房，去鹭山湖读过，崔岗大院读过，庐州公园读过,滨湖读过,甚至读到了天长,读到了汪曾祺先生老家。

己亥初秋,老天忽然在群里发出一则启事,大意是 105 号房九月底退租,他要回苏州与家人团聚了。

群内寂静,众人一时没有回转过神来。掼蛋依然沿袭周末惯例,只是人数更齐了,平时不大参与的也来玩了。《红楼》未完,还有十多回,就改为每次读两回,间或增加一回。S 先生出差,就补课。

九月的最后一周,《红楼》终于收官。

那天中秋刚过,秋风乍紧,门口的柿子树郁郁累累,几个人就找来竹竿、梯子,神经质似的,使劲敲打树上的柿子。树叶簌簌地落了一地。柿子打下来了,很多,也没人吃,一个个摆在窗台上,一排又一排。

我们没有忘记鱼缸里的那只乌龟,给它喂了食。买来时只有指甲盖大小,几年过去,乌龟长到巴掌那么大了。

柿子树下,《红楼》人摄下了在 105 号房前的最后一张合影。

老天走了。

《红楼》完了。

沙龙,散了。

我与《新安晚报》

《新安晚报》在省城刚创刊那会儿，我已主事安庆路上一家公立幼儿园，与报社只隔着一条窄窄的六安路，相距不过几百米。幼儿园是个特殊的单位，几乎全是孩子和女人，工作烦琐与辛劳可想而知。喜静不喜动的我，缓解工作压力的方式便是阅读。家务、孩子事毕，灯下翻翻小说诗歌算是学习，亦算放松，白天见缝插针翻阅案牍上的一摞摞报纸。省城报刊中，《新安晚报》吸引了我，尤其是创立不久的《人生百味》版，因其内容鲜活、情感真挚、个性独特、格调高雅，在省城的副刊中独树一帜，读报，第一时间打开的必定是它。

某日，该版显明位置处，豁然看到一个熟悉的名字，讶异之后便是欣喜。二十世纪八十年代，我就读合肥某师范，同窗有恋诗成癖者，全班受其蛊惑者众，我算其一，且又同室，很快气味相投。那情形似蒋捷诗中的少年听雨，浑浑噩噩地过着每一个乐此不疲的日子，我们读戴望舒、徐志摩、北岛、顾城，也读雪莱、普希金、莱蒙托夫、泰戈尔，还互换涂鸦之作。芭蕉分绿时，我们终是别过，她回长江边的小城，我留省会，开始偶有往来问询，很快音讯杳渺，没想到时隔经年，在此读到此君大作，真是见字如晤。

于是，我也试着给新安副刊投稿。我在《流年碎影安庆路》一篇文章中有记述：被誉为"安徽都市报第一品牌"的《新安晚报》，创刊并落户安庆路是一九九三年。作为曾经的逐梦文青，对该报的副刊自然情有独钟。九十年代前，电脑尚未普及，文字都是钢笔誊写，恭敬地封好，贴足邮资，从邮局的绿色邮筒里飞出去。文章不被采用是常事，编辑履职勤谨，退稿还附有亲笔短笺。某一天，熟悉的文字豁然在目，怀着喜悦和敬畏看一行行排列整齐的铅字，窃以为这便是自由投稿的乐趣，以为"山重水复疑无路"，陡见"柳暗花明又一村"。函来信往，H和M编辑，十多年后方才谋面，因其职业品格和人格魅力竟亦成了诤友。

随着互联网的快速发展，投稿变得快速便捷，桌前轻点鼠标，瞬间抵达。开始我还遮遮掩掩，像做了见不得人的事，唯恐闻听"不务正业"，久之，便习以为常，不仅给合肥本地的报纸投，也给省内的其他报刊投。当然，许多泥牛入海，也有很快刊发出来的。那位昔日同窗，当年看到我在她家乡《大江晚报》上发表的小文，特地买了几份挂号寄我。

彼时新安副刊还有个《文学之舟》版，发散文、评论，也发诗歌、小小说。我的几篇（首）诗歌散文《一个人的草原》《读唐人诗意》《在低处凝望》等于此刊发，报纸至今保存。十多年前的"5·12"，汶川地震，那悲不自禁的场景让人至今不忍释怀。记得我写了《亲爱的小孩》一组小诗，发给新安副刊，第二天，报纸连篇累牍皆是灾区情况的报道与祭奠文字，深为钦佩记者的使命与担当。儿子放学后，读过，默默将报纸递与我。

愧为人师，身边的朋友也职业各别，闲暇却多爱读书码字，他们亦将自己认可的文章率先投给新安。有时读到他们的佳作，会心一笑，其情其景，历历在目。有时故友新朋的作品，竟在同一版面，红尘忙碌，不忍叨扰，知道别来无恙，心下甚安。

匆匆数载光阴过去，《新安晚报》办刊转瞬二十几年过去。给新安副刊投稿多年，由当初的风华正茂到今天中年以降，我已由最初的阅读者变成一名资深业余写作者，得到过编辑们的鞭策和鼓励，始终感念于心。新安晚报社在没有搬到潜山路前，我与它相距咫尺，几位编辑大名也熟稔，却一直是君子之交。

　　有一件趣事不妨一提。去冬腊月，家中诸姊妹驱车前往皖南太平，看望多年不见也未通消息的族伯长兄。长兄年逾古稀，少年离家，终生扎根大山，传道授业，躬耕宽行，一生桃李芬芳，为当地百姓所敬爱。别叙寒温后，略述今夕，无奈去来匆匆，言不能尽。借用古人"秀才人情纸半张"之句，回肥后作《堂哥》一文，《新安晚报》副刊全文刊登。堂哥看到，第一时间打来电话，原来他家中多年订阅此报。堂哥素喜舞文弄墨，读报也成日常功课，故不惊奇。几天后，又来电话，说多年不见的学生们看到报上刊登的文章，按图索骥，相约前来看望当年的恩师，师生齐聚欢洽，一时传为佳话。堂哥收藏该报，一直念念于兹。

　　《新安晚报》自创刊以来，一直秉承其办报宗旨，即是"为老百姓办，给老百姓看"。拿副刊来说，既约省内外大家的佳作，更多是从籍籍无名的自由来稿中选发，窃以为体现报社优良传统，编辑慧眼，重文不重名。二十五年过去，新安人与时俱进，在追求个性特色的同时，不断提升审美品位。近年来，副刊《城事》《悦读》《文化》，大皖新闻客户端的《徽派》等栏目，策划精当，佳作迭出。回眸远望，郁郁葱葱，已然一片华林。《新安晚报》作为一家极有影响力的省级晚报，被评为"中国十大晚报"，与国内诸多名刊齐名，理所当然。

葫芦事

从前的葫芦是生长在乡下的,小南风低低地吹,葫芦花就开了。葫芦花是很好看的,清清白白,干净得有些不真实。秋阳如酒、露凝成霜之时,葫芦的青枝绿叶不再,只剩大小葫芦连蔓缀,吊在蓝天白云间,很有些沧桑的况味。

种植葫芦不是件难事。葫芦种子初春时落土,过不几天,松松软软的土壤中就冒出星星点点的绿芽来。葫芦出芽和辣椒、茄子、瓠子、南瓜、黄瓜、丝瓜出芽一样,得小心呵护,尤其是给嫩苗浇水时,不能用蛮劲浇"死水",要"描水"。我母亲用长柄粪瓢舀满一瓢水,掂了掂,泼出去,是莹绿清亮的一片,葫芦苗亦立刻一片莹绿清亮。

有时只在房前屋后栽几株,就不需要育太多的幼苗,只需将一小把葫芦籽撒在一个废弃的瓦盆里,再薄薄覆层草木灰,留出供嫩苗呼吸的空间即可。葫芦苗长到约莫三寸高,就可以移栽了。

夏天的园子,菜蔬真是丰富,爬藤植物也多。冬瓜、南瓜开黄花,它们的花朵和叶子不细心看,真不容易分辨。冬瓜、南瓜就栽在路旁,瓜结很大了,也没人发现,它们常常隐藏在荒草瓦砾间,给人突然的惊喜。瓜们躺在地上其实也没什么,总有一天会被农家欢欢喜喜地发现并摘走的。

如若垂挂在一壁青苔的老墙上,或者正好爬到一棵大树上,大树又正好紧挨着池塘,那顺着树枝倒垂下的一条藤蔓,枯黄细长的茎上悬着一颗硕大的果实,还是很吸引人眼球的。

黄瓜和丝瓜也开黄花,它们的花朵和叶子不细心看,也不容易分辨。在夏天的餐桌上,黄瓜适合凉拌,丝瓜更宜清炒。

葫芦花和瓠子花,东瀛人一律称为"夕颜"。《源氏物语》里有诗曰:"夕颜凝露容光艳,料是伊人驻马来。"(丰子恺译)《诗经·豳风·七月》里有"七月食瓜,八月断壶"之句。"壶"通"瓠",即葫芦。与夕颜相对的朝颜呢?指的应该是牵牛花吧。瓠子和葫芦开五瓣白花,在蝉鸣如嘶的夏天,在树荫的一色青葱中,有点寂寞的美丽。

小时候乡下的庭院很大,当然,冬天会显得更大,靠东的墙角处有两棵很大的广玉兰,几丛海棠,一株绿梅,树下有一口井,井旁常年置一口大缸,大缸里常年浮着一只水瓢,是又老又旧的葫芦瓢。在我们姊妹的抱厦旁,祖母每年都会搭一蓬瓜架,栽几棵葫芦。土沃风暖,葫芦苗蹿得快,藤蔓爬到瓜架上,又顺着竹竿爬到屋檐上,早晨,推开纸窗,呀,窗棂上缀着几只小葫芦了!

葫芦谐音"福禄",在民间有吉祥美好的寓意。葫芦挂在藤蔓上亦是好看,毛茸茸的,鲜嫩碧绿,老了的时候,更见神韵,是"雅色素而黄,虚心轻且劲"。葫芦的好看不只是它的形状像是艺术品。葫芦嫩时可摘食,老后可玩赏,真是个好东西。因此,文人雅士青睐它,市井百姓亦同样喜爱它。

我在皖南街头的一爿小店买过一对小葫芦,可托在掌心摩挲的那种,几年了吧?那回我们晚餐后漫步在新安江边,在满街山珍味与水汽的氤氲中,有家不起眼的卖文玩的杂货铺子。店主好脾气,会治印,还写得一手好字,墙上挂着他仿金农的漆书,一任我们叽叽喳喳挑挑拣拣,还教给我们鉴别文房四宝的一些小窍门。结果是，一个根雕花篮，一方太极歙砚，几串玉石挂件，两只小葫芦，皆各得其主。而今，小葫芦还挂在鸡翅木的笔架上，手倦抛书时会取下来搓搓，看看，再搓搓，再看看，从那个年轻人手上买回来的时候，是赭黄色，如今像包了层浆，红润夺目。

在淮北运河古镇也买过一回葫芦，又大又好，葫芦上雕刻山水、花卉、小动物，还有雕刻佛像的。我选了只刻有百子嬉春图的，精美极了。淮北汉子出价公道，没有犹豫就抱走，我要去古镇旁的茗阅阁喝茶，葫芦多籽，或许这只葫芦会给店主人带来好运气，我祈愿她多子多福。

在吾乡，见过长辈给小孩子脖颈或者手腕上佩戴过葫芦的，不过那葫芦多半是金葫芦或银葫芦，用五色丝绦系着。大街上遇见过时尚女孩，红艳的唇，夸张的民族服饰，竹编包包上挂一只工艺小葫芦，亦是别有一种风情。

说葫芦，不免想到葫芦画。古画中的葫芦多是作为盛水贮酒的容器抑或法器，是画面或画中人物的一个配角罢了，但金农的《葫芦图》《一壶千金图》却使这种民间植物堂而皇之地变为主角。近现代写意花鸟画派的画家几乎没有不画葫芦的。齐白石老先生喜画葫芦，只用水墨与藤黄。他画葫芦与草虫、葫芦与牵牛花、葫芦与葫芦，九十八岁还画了幅葫芦。有一幅《葫芦图》题款曰"今年又添一岁八十八矣其画笔已稍去旧样否湘潭齐璜谨问天下之高明"，活脱脱一个天真可爱的老顽童。

白石老人纪念馆内有一幅老人坐像，布衣宽袍，长髯飘飘，襟前挂一枚小葫芦。

散步

　　我的楼下像一座花园。我住进来的时候，是隆冬时节，树木花草已然凋零，亦有不少常绿植物，凭我的认知，只能认出一小半。

　　园子不大，却颇有韵致。沿围墙遍植紫叶李、石楠、樱树、枇杷、栾树、鸡爪槭。桂花、香樟亦极多，石楠、桂花树冠都精心修剪过，香樟树树干比汤碗还粗。

　　天气冷，小区里的住户少，园子显得格外幽寂。疫情期间，我便时常在此散步。手机里下载了喜马拉雅App，出门时塞个耳机，边走边听书，《红楼梦》《呼兰河传》《追忆似水年华》以及《鼠疫》，都听过。这个时期，重读（听）阿尔贝·加缪的《鼠疫》别有一种况味。

　　大年初二，下了一场大雪。傍晚，走在纷纷扬扬的雪中，人霍地打了个寒战，蜡梅的冷香却直沁肺腑。我在园子的西南角发现一丛蓝天竺，以前怎么没有留意到它？天竺叶子鲜丽，朱实累累，雪中视之尤佳。有好几处植了山茶，茶花掩映在朦胧的雪影里。山茶已开了一些日子，咨询品名，一位园艺工答曰"宝珠山茶"。

　　这里的花花草草，虽不名贵，却十分相宜。花砖铺道，曲径通幽。园子中央置一列欧式水景，布有叠石、亭桥、雕塑。单说池边，"万条犹舞旧

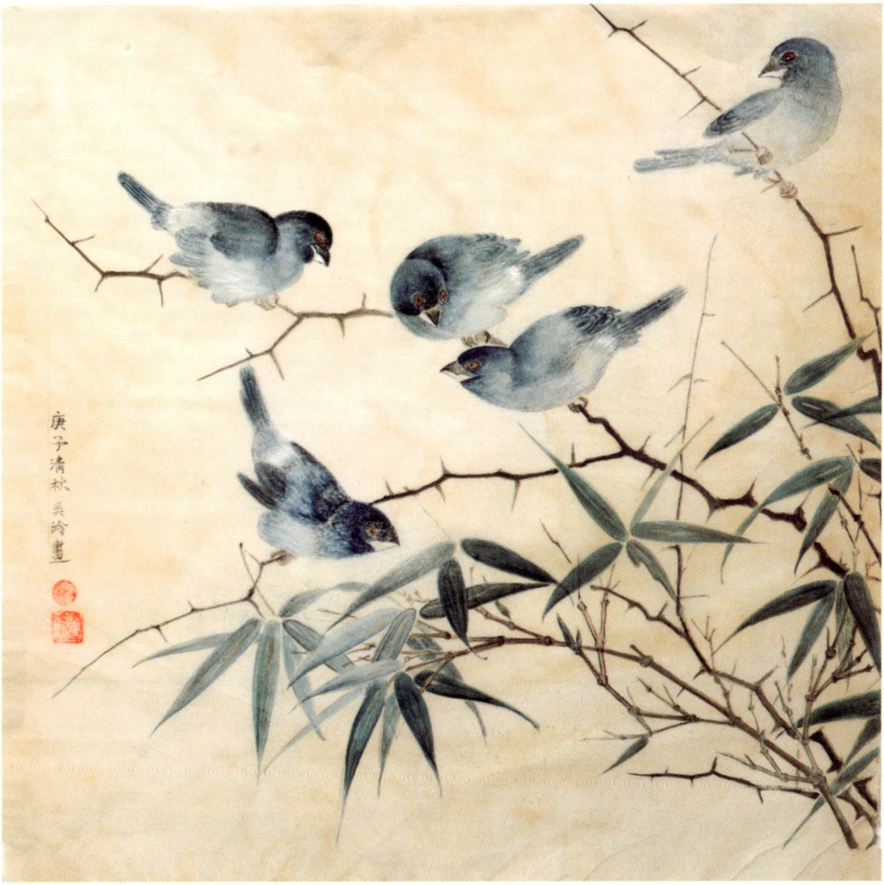
庚子清秋 吴玲畫

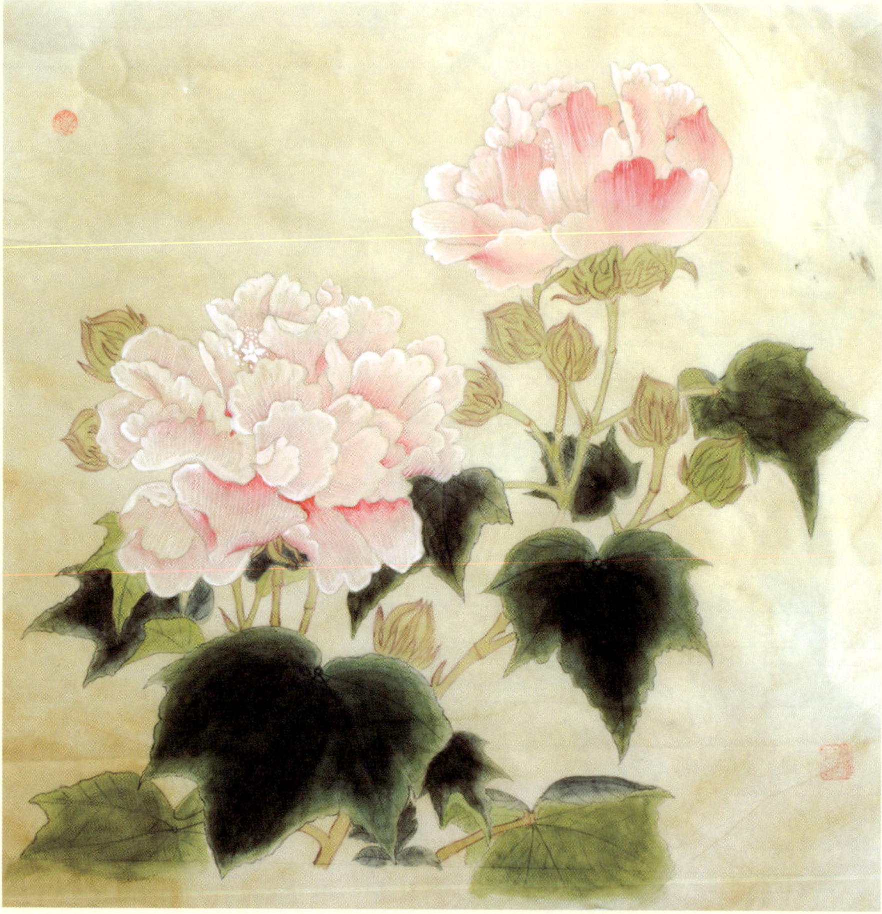

春风",垂柳,没见过有人不喜爱的。其他叫得出名字的有枫树、紫荆、玉兰、紫薇、龙蟠槐、银杏、碧桃、海棠。水池里养了鱼,是红锦鲤,有三四寸长的,亦有七八寸长的,都自在游弋。立春了,池边的两树老梅满缀着花骨朵,逗引得蜜蜂嗡嗡嘤嘤。迎春的枝条垂到了水里,复瓣的小黄花甚是明艳。"荠菜花繁蝴蝶乱",郊外正是挖野菜的时候,但是这个初春,我们要宅在家。

有一天,走着走着,一抬头,一个个黄澄澄的柚子在翠叶碧枝间挂着,再找,又一棵,再找,对面的花圃里又一棵。其实不是柚子,是香泡。香泡别称枸橼或香橼,为芸香科植物,果实味不甚佳,但清香袭人,鲜品岁朝时多为清供。"橼"谐音"圆",取其吉利。又一个飘雪之晨,路边滚落下三颗香泡。中国的文人墨客们爱画"岁朝清供图",梅兰竹菊是常见题材,香橼,大约只能补白罢了。

园子里的乔木都极高大壮硕。朴树、栾树有五六层楼那么高。榆树、榉树、酸枣树随处给人以惊喜。年纪最老的要算一棵皂荚树,二百多岁了,需两三人才合抱得过来。这样的古树从别处移栽至此,真是不易。皂荚是乡村里常见的树,有诗曰:"行穿诘曲更崔嵬,野店柴门半未开。皂荚树荫黄草屋,隔离犬吠出头来。"

近日,园子里的鸟儿多起来了,夜半时分总会被它们婉转清越的啼鸣声唤醒,侧耳聆听,那忽远忽近忽高忽低的鸟鸣悠扬极了,像丝竹在林间演奏,像锦缎从风中滑落……鸟儿们欢快雀跃的歌唱似乎在提醒着我:严冬即将过去,春天来了。是的,也就几天工夫,窗外的一株白杜已风致楚楚。

在园子里散步,我看见过一个背着喷雾器的人。他戴着口罩,在极其专注地喷洒药液。这里的矮棵灌木面积大、品种多,即使冬天,草坪的草也是乌油油的绿,阳光晴好的时候,蜢虫们成群结队往脸上扑撞。背喷雾器的人,在给花草喷一种芳香杀虫剂。

遇到过一个修剪草坪的妇女,瘦瘦小小的,戴着帽子和口罩,只看到两只眼睛。她的割草机很沉很锋利,齿轮扫过,青草就齐刷刷倒下一片。那机器声震耳欲聋,"滋滋滋滋"的声音从四面八方朝着你的耳朵里钻。我走到她面前,打着手势。她停下来。

"太吵啦。"她说。

"嗯,就快完工了。"我答。

还有一回碰到个清洁池水的人,执一支长柄捞杆,站在池中的石块上,不断变换着位置,十分专注地捕捞水中的树叶杂物。柳丝像一串串玉色珠帘。几个小孩子嘻嘻哈哈地给鱼投食。小孩子一出来,园子里一下子就生动起来了。

遇见最多的是清洁工人,一律烟蓝色工作服,推着小型垃圾车。全民抗疫期间,他们多了些任务:电梯间定时消毒,更换一次性防疫用品,张贴各类信息,为各家各户分送快递⋯⋯这个新春,园子里数他们最为忙碌。

庚子年的三月二十五日,我在记事本上这样记着:紫荆树枝上的豆荚还在,花已开得热烈。春樱冉冉,似有微醺之意。石楠别称千年红、扇骨木,真是极美的名字。十大功劳结出了圆圆的小青果。一夜春雨,海棠、碧桃只剩一树残妆。栾树是个慢性子,它在满园新翠的绿鬟中不动声色。两只猫卧在石头上假寐,一黑一花,黑如漆,如墨,无一丝杂色。花猫打盹。黑猫眸子炯炯。今天最值得一记的事是,除武汉外,整个湖北已解封。我所在的城已连续多日报告无新增与疑似病例。企业已陆续复工。我们的学校已做好丰富的课程准备,迎接学生返校复课。

加缪说:"很多事情别想得那么糟糕,毕竟还有阳光来温暖我们的骨头。"

庚子鼠年过得真是惊心动魄,但是毕竟坚冰已碎,冬去春回,阡陌之上,繁花似锦。人们摘下口罩,拥抱春天、拥抱大自然已指日可待。

吃面

苏州留园路有家面馆,叫镇江锅盖面,那回我吃的是菌菇拆骨肉面——小店招牌面。高汤,小刀面,除却拆骨肉,还搁有芹菜、木耳、莴笋、辣椒、圆葱、菌菇、胡萝卜、西葫芦,一大海碗,堆得冒尖。吃起来很鲜很香,就是没多少面味。

常听人念叨徽州的面,说是浇头好。面从沸水里捞出,再从案板上的杯杯盏盏坛坛罐罐里加上自己喜欢的浇头,多到五六七八样,原本浅浅的一钵即刻变得殷实丰厚,浇头多过碗里的面。徽州家常面的浇头除了肉、笋、蛋、炸酱、时蔬,还有腌渍物。徽州的刀板香和豆腐干都堪称极品。见过去徽州旅行的人,回家啥也不带,就拎几刀刀板香、几块豆腐干。在徽州,一碗面上没有浇头,像是很不体面的事。我在徽州也吃过几回面,我把面和浇头稀里哗啦一搅拌,就不像是吃面,像是吃菜。

我教书时的幼儿园请过一个厨子,杨姓女子,肤白,眸黑,二十六七岁的样子,给孩子们做饭,一周一次面食。她蒸包子,包饺子,做烧卖,不要人帮忙。看她包饺子真是一种美的享受。乌发绾一个髻,戴上帽子、口罩,就露两只毛眼眨眨的眼睛。她喜欢给孩子们做刀削面,面揉熟后放在案板上,几大团,托在掌中像玩魔术。她削面时,面片雪片一样朝锅里飞去，看得人眼花缭乱。孩子们亲热地喊她杨姨，一到吃面时就兴奋，小肚子一个个胀得圆鼓鼓的。她做的是类似山西的刀削面。她果真就是山西的俏婆娘。

记忆中最好吃的是母亲的手擀面，宽若细指，用筷子挑起一根，能举过头顶，吃到嘴里，有种绵软的韧劲。用柴火煮的一大锅面，只放盐和一点猪油就非常好吃。面汤亦很好喝，又稠又醇。王祥夫先生有篇吃面妙文，说他请朋友吃面，只请他们吃菜吃面，那大锅面汤是要留下来自己慢慢享用的。王祥夫真是会吃懂吃的人。面是端午的新麦碾成的，我母亲说，这面特别养人。吃手擀面似乎都是夏天的时候，那时蝉声如雨，田野上花团锦簇，一到傍晚，成群结队的蚊子、蟊虫一团一团地横冲直撞，星星和萤火虫一闪一闪的。小时候的我们在门口的老榆树下，吃过多少回母亲擀的宽面？不记得了。

还喜欢吃一种挂面。我们村挂挂面的是一个退伍军人，排行老四，人们喊他四瞎子，小孩们则称呼他瞎四爷。他转业回乡习了家传的这门技艺。他与我父亲交谊甚厚，是都有过行伍的经历吧。挂面一般是过年吃，所以一到冬天，他家门口就挂起一排排"面帘子"，暖阳下亮闪闪的一大片，很是壮观。挂面晾干后叠成麻花状盘在筛子或箩筐里，村里人就拿豆子稻米去换挂面，或者拿麦子请他加工，付一点加工费。空闲时，他也挑着挂面担子到邻村去卖。四瞎子的挂面，细若龙须，怎么煮都不浓汤。我们村的人家大年初一吃的面都是瞎四爷挂的。过年时家里来亲戚，天寒地冻的，为表示对客人的诚意与敬重，也是扯一撮面，加两三只白煮蛋，往往是鸡蛋留在碗里，面条吃得一干二净。

乡下一到年节，常看见送亲的队伍，新娘子和一群姊妹排成一列纵队，趔趔趄趄地走在白雪皑皑的田埂上，除了妆奁等物，肯定少不了一篮子挂面。这叫"喜面"。新媳妇回娘家给小孩子抓周，姑爷的肩上多了一副担子,箩筐里铺一层红纸,再压两条方片糕或两包红糖,那担子里挑着什么?挂面,取祝福、吉祥、长寿之意。

面条是一种家常美食。旧时有"北方面条,南方米饭"之说,现在不仅是每逢生辰必吃面条,而且是无论走到哪里,都有面馆,还是各式各样的面馆。热干面是武汉特产,超市里天天现做现卖。城市的老街巷,一大早就热气腾腾的,一抬眼,可能就会是一家"沙县拌面"或"太和板面"。距离我住处不远的方兴巷子里,就有"老北方炸酱面""陕西面馆""兰州拉面""重庆小面""台湾牛肉面"诸种,这些地域色彩浓郁的面,因其制作便捷、风味独特,很受百姓的青睐。

还是在姑苏,因为吃面又长了一点学问。是一家叫作同德兴的精品面馆,"舌尖"摄制组曾在此拍摄过,墙上挂有很多名人墨宝、匾额、对联及书画。我在茶桌上还看到一张古琴,一本脂砚斋、王希廉点评的《红楼梦》,店里还有人读这样的书?很想寻个究竟。那书很厚,纸很旧,座位却是空着的。店堂里有些嘈嘈切切,混杂低低的吴侬软语,却没有掩住留声机里旖旎婉转的水磨调。

同德兴的店面不大,一上二楼,就觉得有哪里不一样,看了后果然是有些不一样。杨君为我们点的是枫杨大肉面,原想就是一碗面罢了,孰料,面汤、面、浇头、茶、小菜都是分别计算价钱的。汤分红汤、白汤,浇头更是多到数种,特色小菜又精致又可口。点面单上每道面(菜)品看似家常,实则价码并不寻常。已近上午十点,食客仍络绎不绝。每个城市都有那么些"闲人",且口袋里也不缺"一碗面"的银子。

面条可荤可素,可简单可复杂。自从机器能快速轧出五花八门的面条,想吃一碗面变得简单多了,这样的面的味道当然不是我们小时候味蕾上留存的面的味道。

走在孟冬清冷的街道上,这样想着,不免又回头看了同德兴一眼。

跨年

清晨推开门,天与云、与山、与水,上下一白。枕溪山房的屋顶是白的,近近远远的山峦是白的,村头的守望树像一幅素描画。

走出山花簃。我是要走一趟山路的,只要来月亮湾,都会走一趟这样的山路……沿枕溪向西走五六华里砂石路,到拐弯处翻过一道土丘似的山梁,再从山的另一侧折回原地,我们称之为"爬山"。"爬山去啰——""哎,来啦——"无论谁站到廊檐下一声招呼,众人会立马放下手里的活计。在这条路上我们会走走,看看,停停。这有什么好看的?山民们常常带着疑惑的眼神。当然有好看的,"四时之景不同,而乐亦无穷"嘛。

"簃"这个字当今不多用,在苏州园林曾见过。我们这栋驻村作家小楼取名山花簃倒也别出机杼。山花簃是枕溪书院后头的一栋房子,二层,十来间,推开后窗即是一座百来米高的小山。云君戏言,假以时日要在山顶上建一座栖云亭,众人都道一个"妙"字,好像那亭已翩翩然卓立于山巅。

山花簃的对面就是枕溪书院,古朴庄重又大气,是游客争相留影的地方。在此读书静坐,你会为它恰到好处的空间布局设计而叫好。王蒙先生参加开村仪式时亲笔题写的"中国·月亮湾作家村"八个金色大字就悬挂在大厅的最上头。改革开放四十年之际,铁凝曾率采风团一行走访月亮湾作家村。

踏着积雪,我走了很长一段路。我走过兰槐庭院、淮河书院、印象居、溪园、发电厂,又走过几栋民居,都没有遇见一个人。"霜前冷,雪后寒",何况天气尚早,若没有要紧的事,谁会赶个大早去看雪呢?

但是路上有好几道清晰的车辙。我回头,看见自己踩在齐踝深的白雪上的脚印,亦是非常清晰。这是进驻月亮湾两年多来,我们在东西溪遇见的第一场大雪,一场下得极其认真的雪。溪园里栽种的白菜、萝卜、大蒜、莴笋都蜗居在雪地里。清凌凌的溪水仍在流动。通往溪对岸的一块块石墩子码放得整齐妥帖,高出水面许多,不用说,上面也落满了雪。石墩子是用来抄近路或者捣衣的,现在暂时都用不着。

上次来村里是深秋,溪边的虞美人与金刚菊开得热烈,我们没能看见花谢就离开了,眼下只剩一些被风雪折断了的茎叶顽强地支棱在雪地上,像小孩子在白纸上的涂鸦。

说到小孩子,就想起昨天下午的跨年联欢会。本来以为这只是一场乡里的自娱自乐,策划者不过找个由头,让大家伙来一场集体的狂欢,能有多少值得期待的呢?但,全然不是,十多个节目下来,我是实实在在地被打动了。比如根据某个患白血病孩子的故事改编的情景剧;再比如那个支教女教师与孩子们相拥而泣的感人场景,都很叫人难忘。舞台上的他们,身段或许没有专业演员那么柔韧,普通话或许不那么字正腔圆,可是孩子们那种纯真专注的本色表演,唤起了我们内心深处最真切的情感共鸣。还有更主要的,这两个节目都是根据发生在月亮湾的真实故事改编的。

一台戏能抓住人,因素很多,但编导的创意以及内容的丰富不可小觑,东西溪乡的联欢会在吹拉弹唱之间,适时穿插"见义勇为""移风易俗""科技创新"等项颁奖活动,把个跨年联欢搞得有声有色,高潮迭起。

作为驻村作家的我们,当然也精心准备了节目,而且是反复排练,在合肥排练,到作家村排练,演出前夕还在一遍遍地分声部练习。正式演出时,这个节目是压轴,徐贵祥和许辉都是儒雅挺拔的高个子,他俩往我们中间一站,整个队伍就显得特别有气派。和驻村作家一样,他们也都戴着喜庆的大红围巾,在高亢的旋律中载歌载舞。我们唱的是《走在乡间的小路上》和《明天会更好》,但歌词都是经过改编了的,我们每个人唱得都是那么卖力,那么深情。我们能够不卖力、不深情吗?从许辉先生的创意发起到作家村如今的闻名遐迩,屈指算来也不过两年多时间,两年多时间里,我们与东西溪的村民一起,于寂寂无声里见证了它的华丽蜕变,直到今天的涅槃。

当我们将预先准备好的新年糖撒向观众席时,那种热烈如你所能想到的,我看到了一张张掩饰不住喜悦的笑脸,有孩子的,有青年的,有老人的,操当地方言的,说普通话的,夹杂外地口音的,相互交织在一起,我似乎听到了一股巨大的和声加入了演唱的行列……

"扶贫年货节"亦是跨年活动的一场重头戏,因为突如其来的降雪,更多更丰富的时令农产品还在陆续到来的路上,而无人售货的电商服务大厅早已备足带有地域特色的节庆物品,山民与游客济济一堂,百合、蜂蜜、楮树条干以及各类山货成了女作家们钟爱的物品。我们还目睹了杀年猪的过程。

"共欢新故岁,迎送一宵中。"跨年文艺晚会结束是下午四时许,原本打算在村里多住两日的,因大雪只得作罢。乡里派出经验丰富的老司机一路护送我们踏着暮色驶向归途。大雪搓绵扯絮般,单龙寺高速道口果然在我们抵达的前几分钟封闭了,一行人只得取道往霍山县城,再走省道回肥。天色越来越暗,路面积雪愈来愈厚,车轮打滑,师傅们赶紧加固防滑链。一路险象环生,好在有惊无险,七八个小时后,终于平安抵肥。

栗子

初夏,从山里带回一束栗花。几个孩子围上来,睁大惊奇的眼睛。

"像毛毛虫。"

"像狗尾巴草。"

"像洋娃娃的麻花辫子,松松软软的。"

他们都只是五六岁的孩子。

栗子花就是开成这样的。

在东西溪月亮湾散步时,和孩子们一样,我被那些开得蓬蓬勃勃的栗子花吸引。庭院,路旁,山坡,栗树多极了,挤挤挨挨的枝叶间,一簇簇栗花映入碧空,真有气势。夜幕降临,月光如水,栗树黑魆魆的枝叶婆娑摇曳,送来阵阵凉意,让人觉得山中岁月情趣无穷。

栗树皮实,与山中其他嘉木比起来,枝干与叶子粗粗笨笨的,实在算不上美。然而,它却有一颗隐藏在坚硬铠甲中的甘甜之心。

"萧萧远树疏林外,一半秋山带夕阳。"栗的梵语名笃迦,种类多,九十月间成熟。此时行走山林,会碰到许多带刺的果球,有些果球是自动炸裂开的,有些是被踩溅开的,那真是令人愉快的时刻:裂开的刺窝里围坐着一颗颗栗宝宝。

栗与桃、杏、李、枣并称五果,吾爱此物尤甚。秋天的月亮湾小镇,卖栗子的多了去了,菜市、路边、家门口都是,用麻袋或者筐篮装着,圆润饱满,色泽诱人,三五块钱一斤,质好、价廉,遇见就不免一买再买。

栗子的吃法很多。新打下来的栗子嫩、脆,但是栗壳难剥。我祖母剥栗子,先剖个口,再用开水焯,就容易多了。风干栗子比生栗子好吃,肉质细密,清甜中带有几分韧劲。有人统计曹雪芹一部《红楼梦》写了一百多种食品,有的还细致阐述了某种食品的制作方法。书中有一回,宝玉为李嬷嬷吃酥酪一事发脾气,袭人打岔说:"我只想风干栗子吃,你替我剥栗子。"栗子本是平民食品,入了贾府这样的富贵人家,"格"就高了。这至少说明贾府里栗子常有,贾府里的公子小姐们喜欢吃风干栗子。至于栗子的来历,书中没有交代,留给爱琢磨的红迷们去探究吧。

栗子熟食的多,以糖炒栗子为最。糖炒栗子据说始于宋代。用砂置铁釜中,加以饴糖置火上炒热,栗投其中滚翻炒炙,熟后栗壳呈红褐色,去壳后果肉金黄,入口松、软、香、甜。《燕京岁时记》记载:"十月以后,则有栗子白薯等物。栗子来时用黑砂炒熟,甘美异常。青灯诵读之余,剥而食之,颇有味外之味。"

我小时候吃过一次栗子,记忆犹新,是邻居英子的姑妈从山里捎来的,大约是野生的,只有蚕豆粒那么大,烀熟的,只能连皮带壳地大嚼。放学路上,几个小女生丢开斯文,满口栗壳却还是嚼得有滋有味。那时候在我们乡下,栗子是稀罕物。这种野栗子,现在不大见到了。

安徽画廊与我工作的地方相距不远,隔壁有家大佬倔炒栗子,专卖大别山糯栗,守店的是个花白头发的老人,儿子有时来帮忙。他卖的栗子个头匀称,栗壳油亮,生意颇不坏。过去支在店门口的铁锅早不用了,升级为机器加工,他说一天卖几十斤上百斤是常事。大佬倔炒栗子加糖与蜂蜜,糖与蜂蜜炒热后胶着于栗壳表面,很受看。而且他卖的栗子,即使你闭上眼睛抓个三两斤,也挑不出一颗带虫眼的。

有个成语叫"朝三暮四",我曾讲给幼童时期的儿子听。儿子说,猴子吃的一定是栗子,它们把七颗栗子吃完了,一天就过去了。"朝三暮四"让我想起法国作家拉·封丹的"火中取栗"的寓言故事。

酒店里有一道养生蔬果菜,取名"五谷丰登"。栗子与山芋、南瓜、玉米、山药、花生、红枣、荸荠等果物,放笼屉里蒸熟,竹篾蒸笼里箬叶铺底,蔬果有香。

栗子烧鸡是酒店的名菜,家庭聚会时我时常会烧它一回,颇得亲友青眼。家常做法不外乎是鸡块入油锅武火煸炒,加料酒、蒜姜、生抽、酱油、糖、盐少许,入味后倒入板栗,水淹没,文火再焖半小时,装盘前大火收汁,撒香葱花。我记得父亲曾说过的话,栗子烧鸡一定得用当年长大的笋公鸡,但我会放几粒干辣椒,笋鸡的鲜,栗子的甜,干椒的辣,融在一锅里,风味殊佳。栗子烧鸡中秋前后吃最是地道。栗子冷藏,味则逊矣。

栗子蒸咸鸭、咸鹅,煨咸猪脚,味亦甚美。"昼食橡栗,暮栖木上"已成为远古的神话。衣食丰足的年代,栗子吃样繁多,端午有售栗子火腿粽,中秋可吃到栗蓉月饼,磨成粉可精制成各类点心,比较知名的是天津栗子羹,北京稻香村制有一种栗蓉酥饼,为时尚人士所爱。

翻看过某杂志,说京津地区至今传诵着赞咏糖炒栗子的佳句:

　　堆盘栗子炒深黄,
　　客到长谈索酒尝。
　　寒火三更灯半灺,
　　门前高喊"灌香糖"。

比较有意思的是《本草纲目》记载的一则趣事。苏辙有诗:

老去自添腰脚病，
山翁服栗旧传方。
……
客来为说晨兴晚，
三咽徐收白玉浆。

苏子由患腰脚无力病，久治不愈，山翁闻之，请其以袋盛生栗悬干，每旦十余颗，连服数日，果然灵验，苏辙于是写了上面这首诗。

日本寂然法师有和歌：

大原乡里秋色浓，
峰下栗子落庭院。

如此看来，栗子不但国人喜爱，外国人亦喜爱。

清欢有味

周末去菜场,陡见野菜的身影。最先是荠菜,接着是枸杞头、香椿头、马兰头、豌豆头,各占一席之地。香椿色如玛瑙,气味馥郁独特,被售卖者扎成极小的一束,摆在小竹篮内。余者待遇皆不及它,价又低贱,不过零乱堆放在皱巴巴的袋子里。遇见的人却满心欢喜。

"春风只在园西畔,荠菜花繁蝴蝶乱。"此是借口,况又风日晴和,去山里看一个久违的友人。斜阳下,一湾逝水,数椽茅舍,被远远甩在身后。其实,荠菜花开时,油菜花亦是声势浩大地盛放,仰首或俯瞰,油菜花开得有层次感,那是最好看不过的了。伊与彼,赏了眼前的景,喝了野生的茶,说了隔年的话。临别,一篮子碧色荠菜随着 G 字头列车一并进了家门。荠菜要取其新嫩,最常用的做法是滚水焯过,切碎与肉糜一块搅拌,当然,盐、姜、糖、味精、淀粉、生抽、香油等佐料一概不可短少,做成铜钱大的丸子,或者用菜肉馅包饺子,再挑剔的味蕾亦会绕舌三匝。

我父亲没有吃过我做的鸡蛋木耳荠菜圆子锅,也没有吃过我包的荠菜饺子,他走得太早,时常令我悲伤不已。我儿子对于荠菜饺子,不置可否。他是肉食动物。

戊戌早春,姑苏杨君一气儿驾车几百里蓦然造访,竟捧赠一大盒子豆沙、芝麻、梅菜馅料的青团。此为杨君亲自下厨熬豆沙搓艾汁，直忙了半夜才停妥。吴中须眉的闲雅之情可见一斑。杨君笑道，清明节气将至，吃一回青团，亦不辜负一年一度气清景明好韶光。

何止闲雅，更兼豪迈。前些年，我们去往拙政园，彼时杨君执掌一家颇有名望的文化公司，硬是邀约一干骚人墨客相聚于闻名赫赫的松鹤楼。鲜衣美食不只蝶庵居士所喜，雅士与俗人亦无别。座中凡书家、剑客、茶人、商贾，面目多斯文逊雅，珍馐美馔尽得三昧，又花签酒令，好不热闹。松鹤楼名气太大，其精烹细作与吴侬软语一样耐人咀嚼品味。于我，拳拳在念的却是甜豆鸡头米与莼菜豆腐羹。鸡头米韧而糯，浸淫芳塘荷香，风味尤足。莼菜是从《诗经》里漂移过来的一种水生植物，紫花翠茎恰似一枝枝袖珍芙蓉。忽忽数载光阴已过，某年某月某日某时，忽见秋风乍起，张季鹰慨然，遂起莼鲈之思。别去经年，我已无故乡可思，只念松鹤楼莼菜之嫩、之滑、之色。

还是说青团吧。曙色未晞，将它投在蒸笼内文火蒸透，盛放于白瓷碟中，加热后的青团翠碧莹润，未及品尝，口齿生津。

今春亦吃过高于友情之上的蒿子粑粑，那是在桐城。文都桐城不仅有桐城派影响中国文坛三百年之久，亦有美食大关水碗。水碗虽不及桐城古文影响深远，却深得食客青睐。而今桐城的餐桌上还多了道嬉子湖打捞上来的鲇鱼、江觉迟喂养的老母鸡。母鸡头天晚上就被宰杀，第二日煲了一锅滋补养颜汤。最后隆重登场的是江觉迟用写出《酥油》的一双慧手煎制成的蒿子粑粑。一俟上桌，我们毫无顾忌地大快朵颐。食罢，方知要领，蒿子粑粑最讲究时令，要纯粹原生态的食材才尽得佳味。江府世代书香，祖父江百川与父亲江兴皖的诗文，江觉迟视同拱璧，珍藏完好。她是诗家后人，拿评诗的标准来烹饪菜蔬，真乃菜品即诗品。

我留心记下了桐城乡下的这方院落——得闲院，以及横批下的一副联语:耋年慈萱经苦甜;两女两婿忆母恩。

步出江家院门,一脚踏进花海,仲春时节,草长莺飞,满眼皆是繁花似锦的紫云英。《酥油》太过绝望、纯情与唯美,不知下半年将要播映的电影滋味何如,这让我们充满美好的期待。

我亦算见贤思齐,炮制过一回蒿子粑粑。艾草是从庐江冶父山下采摘的,柔毛披羽,香气笼人。腊肉恰好去冬还存留一段。"彼采萧兮,一日不见,如三秋兮。"萧即艾蒿,芳香浓烈,久远神秘,因故古人用它祭祀,恭放到社稷或宗庙的供桌上。晓事时记得艾草曾挂于老家的门楣,驱蚊,辟邪。而今,我用它来烹制美馔。腊肉切丁,蒿子去汁剁碎,油锅里翻炒,令二者厮缠,加滚水,和进比例配好的米粉,搓圆,压扁,电饼铛略炙烤,开锅则粑粑金黄,蒿香满室。

闺中密友周末小聚,品茗谈天,除了蒿子粑粑做点心,另素炒一碟马兰头,蒜片提味,红椒配色,武火恭候。抹去淑女面纱,举箸齐上,顷刻间,一抢而光。一桌子精心烹饪的色香味俱全的食物,独它最受宠于众女友,皆道是春天至上的美意。

东坡诗云"蓼茸蒿笋试春盘,人间有味是清欢"。苏子瞻大才,却勿如当下芸芸众生口福深。

人之喜食野菜,除了以慰别情,以解乡愁,以藉流年,或许更多的是因为它们唇齿留香的自然之味罢。清欢是一种旷达,是一种所知,是一种境界。

旧书中读到一方印章,文曰"白米芥菜居",边款云"有白米可,有芥菜可,有白米芥菜更可",略显矫情,但未尝不是一种清欢。

猴村问茶

第二次到猴坑,去的还是刘长明家。

老刘果不食其言,在楼房西头续造了窄窄的小三楼,这样,他家的客房就增加了十多张床铺。即使这样,茶客多时,还是不够用。老刘和他媳妇新买了一艘小游轮,乍一看外表并不起眼,但稳当、妥帖、大小合适,坐在船舱里感觉很舒适。我估价这船至少得二十万。

四十万出点头。老刘嘿嘿一笑。

花这么多钱买一艘船,只为那些爱茶人吗?

这里偏僻,恐客人在家里待着着急,带他们游游湖。老刘答得爽快。

这个村子叫猴村,隶属黄山区新民乡猴坑村民组,是中国名茶太平猴魁的发源地、猴魁茶的核心产区。旧历年末来吃杀年猪饭,是要在这里住上一宿的,不像上次匆匆来去,只为老刘夫妇特别为我们烹制的一桌饕餮大餐。进了村,就有点路远车马稀、山中日月长的意思了,嘈杂与喧嚣丢到几百里之外,身心不由自主地闲散下来,众人或村里溜达,或登高望远,或湖边观光,有几个在甘棠镇另置了别业,一年里往返猴坑不计其数,像回到兄弟家一般轻松惬意。

萍带着几个女友往村前小湖湾里采景。这是一处极好的所在,芦花飞白水杉堆红，一条U字形栈道凌立于澄澈的湖面。那年冬雪飘舞，山野一白，萍身披大红斗篷，执一柄缀着流苏的绢纱伞，袅袅婷婷，于湖中草亭前狠狠拍了几帧美照，一低首一回眸都像画中人。后来才晓得，萍原是模特队的，还是团队里不可或缺的主力队员。

茶为国饮。时下爱茶的人越来越多。来猴坑，自然得喝好茶。鲁迅先生是懂茶惜茶的，否则先生不会说出会喝茶，有好茶喝，俨然是一种福分这样的话。此刻，山泉水、猴坑茶就蹲坐在老刘家的八仙桌上，托盘中反扣着一只只白净的玻璃杯。家有茶人，耳濡目染，自然对茶钟爱有加，何况置身猴魁之乡？从茶罐里取出一枚枚"绿金王子"，投于杯中，皆长约七厘米，两芽抱一叶，扁平、肥壮、细嫩，一俟注水，缓缓舒展的叶片魁伟挺拔，白毫隐伏，叶色苍碧匀润，叶脉绿中隐红，好一个玉树临风的茶中君子。轻轻呷一口，清润甘甜，独具"猴韵"，香兰之气直沁肺腑。魁者，首也。太平猴魁，果然是猴坑尖茶之翘楚。

猴村的醒目标识是村前的文化广场上塑有一尊猴子的卡通雕像。猴子通身牙白，手搭凉棚，凌空腾跃向远方眺望，伶俐欢喜，令人想到六小龄童曾扮演的孙行者。猴村是需要这样一只灵猴的。

有关太平猴魁的传说，这一带流传好几种版本。其中之一是说，上古时黄山北麓住着一对白毛猴，它们养了一只活泼顽皮的小猴。一次因贪恋太平美景，小猴游走坑时不慎摔伤，幸被一茶农救起。伤愈后小猴为报恩，索性留下来给茶农做伴。它攀岩采茶，不畏辛劳，帮助茶农创制了太平猴魁。美好的神话给猴魁茶增添了几许浪漫色彩。

猴村其实很小，只有二十几户人家，星星一般散落在一个山坳里，举目雾岚云岫重峦叠嶂，低首一湖清波倒映白云蓝天。这座大湖就是太平湖。可别小觑远僻的山里人家，十年前村里人均年收入已二十多万元。靠山吃山，靠水吃水，一方水土养一方人，猴村人祖祖辈辈与茶结下不解之缘,种茶事茶吃茶卖茶。近些年,因着天时地利人和,"太平猴魁"之大名遍响寰宇,猴村人因茶富裕,因茶自信,因茶扬名,灿烂的笑容里透着自豪和欣慰。

　　站在老刘家门口,放眼皆是郁郁苍苍的茶山。老刘承包了两座山头,种茶二百亩,每年四月到十月,是他一年中最为忙碌,也是最为开心的日子。每年采制两千斤左右猴魁成茶,他足不出户,当季即可销售大半。来老刘家买茶的,都是些老茶客。茶人们晓得,茶喝久了,口就刁,入口的东西说得天花乱坠不行,得凭色、味、香、形,说到底,比的是茶的品质。游湖时,老刘有点不好意思,说一开始他家的茶不贵却卖不动,人家只是瞥一眼,啧啧口,说几句不咸不淡的话就抬脚走人。一来二往,他坐不住了,打点行囊,外出拜师学艺,还请来省城制茶大师面对面指点迷津。如是多年,他终于若有所悟:做茶即做人,得有一颗干净的心。

　　"审品专家来品茶,紧张得眼睛都不敢眨一下。"老刘家的茶,行家认了。

　　太平猴魁的采制加工大约可分为采摘、分拣、杀青、揉捻、烘焙、整型、包装、贮存等几十道工序。已是大师傅的老刘,在制茶的每个环节上丝毫不敢松懈,"茶季一天睡三四个小时觉是常事"。

　　猴坑是近代皖南革命斗争的中心之一,曾涌现出许多革命志士。有年某将军后人走访猴坑,欲捎上几斤太平猴魁回京城。猴坑家家用心制茶,户户品质上乘,如何选择?于是将隐去生产厂家的猴魁茶样一溜排开,远道而来的客人请你自己品夺吧。谜底揭晓,她独独选中老刘家的茶。

　　老刘家的茶,火了。

　　好山好水出好茶。猴坑坐落在太平湖畔,峰岭纵横,逶迤起伏,坑峪幽深,湖山相映,"晴时早晚遍地雾,阴雨成天满山云"。山坡上,我好奇茶园中的泥土皆是绛红色，茶农告诉我，这叫乌沙土，太平猴魁须用猴坑特有的乌沙土来栽培。

猴魁茶树势雄健，枝叶繁茂，即使修剪过亦有小半人高。信步茶园，山势高耸，四野幽寂，唯有一两只叫不出名字的大鸟扑棱棱飞还。像其他常绿灌木一样，冬季的茶树进入了休眠期。但我们看到了平素不易见到的茶树花，即使只余下零星的几朵。

"上月来，花还多。"一个茶农说道。我们没赶上。

云寻到一朵姿容姣美的茶花，走近，笑眯眯地置于我掌心。五片薄薄的玉色花瓣，密仄仄的金色花蕊，冰清之肌，清逸出尘。

"我第一次看见茶树开花。"她高兴得像个孩子。

忽然间，一阵尖厉的号叫声穿越山野，找不出恰当的词语可形容，就是杀猪似的号叫，远远荡向茶园的上空。老刘昨天从邻村拉回两头生猪，大约猪的阳寿将尽了。略微有点惆怅，与云慢慢往回走，因为猪，亦因为错过漫山遍野的繁花盛开。

猴村之行意外地去看了猴坑的茶树王。茶树王两百多岁了。我们挤上一辆破旧的面包车，惊心动魄地盘绕到七百多米高的猴岗凤凰尖浮水宕。青山如黛，雾霭缥缈，茶树王宛若置身仙境，我们四五个人方能环抱住它的华冠。向导说，每年春天，猴坑村都会举行祭拜茶树王的仪式，茶农们怀着虔敬之心，祈愿国泰民安、风调雨顺、茶叶丰收。

我摘了一片嫩叶子，放进嘴里细嚼，微涩，带着清苦的甘甜。我们在附近走了走，又沿着逼仄的山道往上爬了几个石阶，抬头，猴坑村的青砖乌瓦马头墙，隐约浮荡在白云深处。

猴坑人珍惜上天赐予他们的风水宝地，珍爱世代茶人积攒了口碑、饮誉中外的太平猴魁茶品牌。猴村的老刘呢，他说他没事就到茶园里转转，和茶树们说说话，讲讲他发家致富的事，讲讲村里的变化，他相信茶树是有灵魂的,与人的心灵是有感应的,它们能听得懂他的话。他说他从内心热爱、感恩、敬畏大自然赠予猴坑人的每一棵茶树。

那天,刘长明将我们送出村口,走了老远,还在挥手:"春天到了,你们来喝茶。"

老刘其实不算老,四十多岁。

聊赠一枝春

花事及花市，多为女子所钟爱，但以花草入诗入画，却常常是须眉不让裙钗。

在我居所往北不及百米处，有一条小街，叫义井路，其东段是一个小花市，专售花鸟虫鱼石头文玩等。某天，一家店铺的门楣上赫然悬着"大千艺术画廊"的匾额。大风堂主是不能看见的了，他的弟子们若偶遇这么一处所在，又会做何感想？当然还有其他名目的字画店，牌匾老旧，新绘焕彩，亦有寄售名家大作的，真伪姑且不论。路边，时有半百翁媪推一辆小车，或者在马路牙子上铺一面长巾，兜售玉镯、手串、珍珠、玛瑙等一些小物件，倒也有人挑挑拣拣，欢喜来去。卖红木茶桌几案的店门口，傍晚时分常有人弈棋。弈者有时锱铢必较，楚河汉界疆土寸步不让，有时嘻哈一笑，彼此拱手，扬长而去。

萃墨轩、石缘堂、芊涵花艺，我不止一次光顾过。我曾在此淘过一方歙砚，七八寸大小，老坑籽料，眉纹细如弦月，取名"空山新雨"，至今仍用它磨墨临帖，欢喜自在。水族馆隔壁是一家专卖"龙泉蒋氏刀剑"的，我轻易不敢越雷池，因总会莫名想起古龙小说里的绝世剑客，神秘莫测。说是花市，其实亦混搭。沉香茶园有上好的茶，白茶、黄茶、青茶、绿茶、红茶、黑茶,任你选。你若闲时记得来品一杯茶,那日子一定是温馨又妥帖的。

于正丰花市流连的,多为一些上了年纪的熟客,颇懂得消受浮生半日闲。因为便捷,亦为赏阅四时花木,我散步常常途经此地,也装模作样买过若干盆植,价格不菲的兰、梅、松、橘等用以装点居室。但琪花瑶草过门后,任我使出浑身解数也似百般水土不服,逐渐枯萎。于是改为鲜花插瓶,剑兰、玫瑰、菖蒲、桔梗、野菊,倒喜常换常新,此后便是水竹与百合。水竹不用勤打理,百合取其色形香,于玻璃瓶中稍加呵护,冬季花期可持续十多天。二者皆合懒人意。

百合为观赏名花,芬芳馥郁,寓意隽永。我曾不止一次拿它配矢车菊或满天星,包扎成花束走亲或访友,颇受主人青睐。戊戌新春,室中扦插的则是麝香百合与香槟玫瑰,有花在堂,华光溢目。

正丰是个小花市,花棚或屋皆在街巷两侧。我曾亲见那些身份卑微或气质高贵的花草,一经园丁移盆修枝剪叶,顿然神采超逸,嫣然流盼。若论品种与规模,沿着护城河向东有裕丰花市,往西南则有清溪苗圃、龙大花卉,皆奇葩满园,尽可品读流连,数时而不觉疲惫。

但绝无叫卖之声。日本作家德富芦花有一篇写百合花的文章,"早晨听到门外传来卖花翁的声音,出去一看,只见他挑着夏菊、吾妻菊等黄紫相间的花儿,中间夹着两三枝百合,随即全部买下,插入瓷瓶,置于书桌之右,清香满屋。有时于蟹行鸟迹中倦怠了,移目对此君,神思转而飞向青山深处"。

我们也有过如此温婉美妙的时光,可那要溯回千余年前的宋代。曾看过一档电视访谈栏目,大意是设若可以穿越,你最愿意生活在中国古代的哪一朝?被采访者不假思索,答曰"宋代"。宋代文人的精神生活至今仍被读书人津津乐道,这与大宋皇帝"崇文抑武"的基本国策有关。不仅宋代的文人尽得时代之兴,连平民百姓的日子似乎也风雅得不行。"小楼一夜听春雨,深巷明朝卖杏花","担子挑春虽小,白白红红都好。卖过巷东家,巷西家。帘外一声声叫,帘里鸦鬟入报。问道买梅花,买桃花"。

从《清明上河图》中抑或可以看出宋代百姓很有易物的天分,卖的花花草草也着实兼有生活的艺术,不仅有卖牡丹、芍药、棣棠、木香的,亦有卖杏、梅、桃、柳、葵、蒲、艾草等的。联想曹翁的《红楼梦》某回写探春理家,探春叹道,原来一片破荷叶,一根枯草根子,竟都是值钱的。古人早已知晓物尽其用的道理了。

至于德富芦花听到的卖花翁的叫声,老北平及青巷旧瓦的江南水乡,那些仗朝黄发者在幽梦中或尚可回忆,今天的你我却是听不到了。但是孟元老给我们留下了无限美妙的想象:卖花者以马头竹篮铺排,歌叫之声,清奇可听。千百年前的华夏老祖宗们,在万花烂漫的春天,何其优哉游哉,其呼卖之音是绝不亚于东瀛卖花翁的吧。

草色遥看

一、秋色安在

漫步植物园,偶遇一处隐秘的景致。说隐秘似乎不妥,因为它就端端地悄立在园子的一角,蜿蜒伸向一片偌大的水域,目光惊喜掠过时,水与景恍惚连成一体了。只因位置偏西偏北,故游人稀少,但它却与一圃桂花园子隔岸相守。桂树四季常绿,如若花期恰时值仲秋,怕是水面上氤氲的月色亦是馨香的吧?

从喧嚣熙攘的地方转向一条可三四人并行的沙石土路,触目所及,水天一色,竹林飒飒,荒草摇曳。荒草摇曳中,却隐藏不住就要拱出地皮的那抹绿色。是的,已是三月中浣,虽然这几天还冷,但春天正汹涌而来,谁能抵挡得了呢?此时晚霞已快沉入水面,映照着兀自摇曳的芦荻,一片殷红。这乍暖还寒的初春,衣衫未减,寒风犹冽。农谚说,"惊蛰至,雷声起",是冬眠的动物一点点唤醒了春天。而此刻我喜爱的仍是眼前的一片萧瑟,似深秋,似初冬。野草、荷塘、远方的田野,有一种丰厚,有一种苍茫,更有一种蛮荒之美。又若一幅淡淡的水墨,寥寥几笔赋写出秋声。但我记得秋天肯定是有些许声响的,如流水声,如秋风声,如雁叫声,如土地和草木的私语,还有一种来自大自然的合唱,如蝉鸣,如蟋蟀的唧唧唧,甚至如纺织娘的吱吱吱。秋天少了这些演奏家会让人有些怅然若失的。

所以无论秋声赋也好,秋色赋也罢,想来都是逸人雅士一颗比秋水还凉的心,看不见颜色似的,向远方铺展着、氤氲着。这时节,"主人窗外无芭蕉",该是"赋得残荷听雨声"吧,想荷梗锋利坚挺,人逢绝境看枯荷,支支如矛,有凌厉肃杀之气,故曰万箭穿心了。万箭齐发,痛的都是他自己的心。

秋天最杳然的清气便是菊,庭院有雅姿,丛草得野趣,雾气上升时,月亮恰好照到南山。南山下,菊花盛,豆苗稀,让人禁不住想绕花三匝,吐一阕小令,再捧一只粗陶,插满怀菊花。

其实,这是吕士民先生贻赠我的一幅水墨漫画,是一幅意境悠远的小写意,题款为:采菊图,吕士民漫笔。空灵的画面,淡墨扫远山,菊、石、人均简约之至,却又勾勒皴披,韵味里见风骨,给人妙趣横生一气呵成之感。尤其是先生垂手而立篱石旁,鬓边斜插两丛清菊,其憨态可掬,让人禁不住莞尔,莞尔之后呢,你的观感跃进了无尽的画外。

四季更迭,春秋繁复。读人读画读自然,皆有无穷之妙。就像一篇小品文,任何一个局部都能自成一个章节,清清爽爽,干净无尘。

二、春意为何

梅花开得太过烂漫,总像是一桌主人精心准备的盛宴,主客姗姗来迟,而宾客早已饥肠辘辘,举箸齐下,顷刻杯盘狼藉。这样的园子,不去也罢,若去,只会徒留一点遗憾和哀伤。

所以赏梅最好是乘骄阳尚未明媚,河水犹未扬波,就在那场瑞雪纷纷扬扬之际。"冰雪怀中着此身,不同桃李混芳土。"暮野既白,高岗斜坡,梅骨深邃,骨朵半合。假山峭石料是做些点缀的。忽然瞥见某处,鬓角淡淡的,斜出一支红颜,二三踏雪寻梅人。彼此对望,眼瞳里映衬着猩红和雪白,再久远的将来,想来亦是不会凋谢的。

有道是,梅以曲为美,直则无姿;以奇为美,正则无景;以疏为美,密则无态。品赏须练就一副好眼力。"四贵"即是,贵稀不贵繁,贵老不贵嫩,贵瘦不贵肥,贵合不贵开。看过陈老莲的一幅梅花图,屈曲虬枝从石缝里斜出,稍作迂回后旋又向上伸展,湖石苍老厚重,寒梅清丽典雅,初看内敛含蓄,实则放笔纵横,看着看着会觉得忽有一种摄人心魄的力量在潜滋暗长着。他的梅花图如格律诗,耐人咀嚼,如若夜晚,则是一曲《花未眠》。

川端康成就有美文《花未眠》。他说,凌晨四点醒来,发现海棠花未眠。又说,美是邂逅所得,是亲近所得。我国古人却说:"深夜只恐花睡去,故烧高烛照红妆。"其实是我们看不见花朵沉眠时的模样罢了。不眠的是人。思有邪,还是思无邪?我们不得而知。

凌晨四点醒来,川端康成没有遇见梅花,如若遇见,又该是一通何等感想呢?

那晚,我在茶室的几案上插了一支淡青色的绿萼梅,配半丛竹叶,日子过得似乎就有了点生气,想象月上珠帘,一朵花沉睡在自己欲语还休的娇羞里。我是喜欢有点梦魇的,但愿那点残梦还有一袭带着袅袅余香的梅韵。

或者这只是一种奢望。我说的是西郊植物园,其实不是一点春意没有,是春意太过烂漫了。人声鼎沸,摩肩接踵。那梅,在川流不息的人海里,早已香消玉殒。

三、曲书俱老

"黑暗正从天空下降。"这是爱尔兰人詹姆斯·乔伊斯的句子。那是通常的晚餐时刻,我顺手抽出一本《一个青年艺术家的画像》,像一个早已遗忘了的故人,从读完插上书架的那一次,我们又多久没有再见了?扉页上印有"二十世纪外国文学丛书"的字样,书脊因了岁月自然是日渐旧损。翻开内文,夹有一片月季花叶,叶子边缘的锯齿还很清晰,还是一枚完好的书签,当然记不得何时何地摘了这么一片叶子,藏在书中。书比我们经得起衰老,三十多年来,它存活在时间的深处,猝不及防与我们相遇,让与它相见的人怦然心动。

记得类似的句子还有:

哦,在一片小巧的绿园中
野玫瑰花正不停地开放

那是年轻的乔伊斯,那张狂的心性或许与高雅清逸无关,但天真而脆弱的神经里恣肆着澎湃的激情,与园中的野玫瑰一样,如果再凌厉一点再彻底一些,或许那个春天,在一条迂缓的河流中,便会水草夭夭。娇俏可爱的小女孩,感到了体内的饥渴,感到了命运的悲喜。她忧郁的长发点缀着梦幻中的夕阳,却没有人看清她的存在。这难道不比一朵野玫瑰花更令人怦然心动吗?当然,这是我合上书本时一厢情愿的想象而已。还有,我记住了这册书共有 324 页,定价 1.05 元。

直至长大后许久,我依旧分不清玫瑰与月季的区别,在我看来,它们是亲姊妹。

关于咏玫瑰的诗,唐李致尧的《春词》极妩媚、烂漫:

> 日高闲步下堂阶,
> 细草春莎没绣鞋。
> 折得玫瑰花一朵,
> 凭君簪向凤凰钗。

我那天翻来覆去想着的却是,它无论如何是比不上那首广为流传的爱尔兰民歌——由十九世纪爱尔兰著名诗人托马斯·摩尔为它填词并改名的《夏日的最后一朵玫瑰》。因其旋律委婉忧伤,以至传唱百年而不衰:

> 夏天最后一朵玫瑰,
> 还在孤独地开放,
> 所有它可爱的伴侣,
> 都已凋谢死亡。
> 再也没有一朵鲜花,
> 陪伴在它的身旁,
> 映照它绯红的脸庞,
> 和它一同叹息悲伤。

我们不应该忘记一个叫米利金的人,他曾给这首歌填词并取名为《布拉尼的小树林》。其韵味悠长,不亚于华美的月夜惊醒一群沉睡的花朵。

谢岗村的秋天

谢岗村的秋天和别处村庄的秋天,其实没有什么两样:太阳从西边斜射过来,照在门前的栅栏上、美人蕉上、菜畦上、庄稼上,照在高过村庄的大树上。蓝天白云下,一种安静又从容的气息缓缓弥散着。

村庄四周照例有高大的落叶乔木、低矮的灌木以及叫不出名字的杂树,白墙乌瓦的屋宇深掩其中。门前亮堂的地方,凳子上坐着晒太阳的老人:悠闲自在地下棋,打瞌睡,或者有一搭没一搭地闲话,顺便照看几个自顾自玩耍的孩子。

途经独居的一户农家,却是紧闭门庭。庭前菜畦碧绿,屋后草垛金黄。白杨树下的南瓜地,南瓜挂了白霜,东一个西一个地躺在瓜秧间,野草没膝,老了的南瓜与野草、瓜秧的颜色几无分别,如果不留心,漏摘的南瓜就会留在土地里过冬了,真是十分可惜的事。还没有至巷口,一只黑狗对着我汪汪大叫,引来一群狗对着我锲而不舍地狂吠。对于不速之客的到来,狗们首先表示了它们对主人的忠诚。

我对乡村的记忆大都来自我的童年。

秋风刚刚吹起时,头顶的太阳依旧热辣辣的,稻子黄了,棉花白了,花生熟了,芋头该起垄了。秋风接着吹,青草不再油绿,落叶像一只只翩舞的蛱蝶,田野亦变得空荡荡的了,鸣鸟们的合唱不像盛夏时那么充满活力,那么兴奋高亢,变得绵柔绸缪和意味深长了。秋风继续吹,一群群大雁从头顶飞过,渠溪河汊从高处看去,像静止的水袖,又纤细了许多,猪啊牛啊该圈进圈里长膘了。秋风继续吹啊吹,我们的童年就此结束。

一如从前,这么多年,我熟悉从土地深处散发的或明媚或深重的气息。它们是泥土的气息,牲畜粪便的气息,树木生长的气息,庄稼成熟的气息,草垛芬芳的气息,水塘咕嘟咕嘟冒着气泡的气息,鸡鸭鹅被雨水淋湿的气息,锅灶下麦秸燃烧的气息,空气中各种小生灵嗡嗡飞舞的气息,甚至农具呻吟的气息。

我跟着秋风来到这里。

杂草覆盖着田间小路,一丛丛密密匝匝的野菊、东倒西歪的狗尾巴草,因少行人,都极其茂盛。紧挨着村头的池塘,一汪清水,四壁蓊郁,滋养着清澈的荇菜、水芙蓉,水面漂浮着经霜的落叶。高埂上的荻花高过头顶,有着绛红的枝干、硕大的花絮,蒲公英、车前草、苍耳子紧贴地面,我知道,我眼中的这些植物,千年以前,就和现在一样,自在地生长,自在地荣枯。

村前屋后都被菜蔬和庄稼包围。稻子明显收割过了,整齐的田块在夕阳下绿得晃眼,那是从收割过的稻桩里长出的新穗,不甚饱满,大雪来临之前,足够家禽们优哉游哉地幸福地饱食终日了。玉米是很不张扬的物种,金颗玉粒被一层层的羽衣包裹着,褐色的胡须在秋阳里微微颤动,夕阳下说着人类听不懂的语言。觅食的家禽听见脚步声,领头的那只立即嘎嘎嘎、咕咕咕,呼唤队员,于是呼啦啦一阵子,打野的家禽们拍打着翅膀逃远了。

我坐在甘蔗林旁,看着眼前有趣的一幕。我的脚下是一片开阔地,一亩见方的芋头田,一小半已经铲除垄上的青紫色藤蔓,芋秧蔫蔫地侧翻在田沟里,看来已晒了几个太阳了。垄头上有裂纹的地方露出隐约的暗红,是芋头拱出泥土的皮肤。还有一大半的秧子没有铲除,叶子青绿夹杂紫黄,有一些被虫豸咬过的痕迹。

就在我静静环顾身旁这片芋头田的时候,一位老农径自走向这里,他戴着草帽,穿着深蓝衫裤,扛着铁锹和扁担。他放下扁担和箩筐,不紧不慢地挖起芋头来。我站起来,试图离他近些。老人年近古稀,肤色黝黑,微瘦,精干,踩铁锹和翻土的动作娴熟麻利,沧桑的脸上带着一种温和自在。

我问老人收获的芋头可拿到集市去卖,老人看着我,笑了,连声说:"不卖,不卖。现在日子好过,我们村里人都把个大、好看的留着自己吃,剩下小个的、有疤节的留着喂猪。"老人告诉我,他家里祖孙四代二十多口人,孩子们都在城里,工作收入都不错,没有多少他们要操心的事,他和老伴身体都好,守着老宅,养了鸡鸭,喂了猪,在家门口种点菜、种点农作物,周末孩子们回来让他们带些到城里去。

"这里空气好,离城又近,是块风水宝地呢!"我由衷地赞叹。

"马上要拆迁盖大楼了,政府都来量过房子了,住不久啦!"老人收起笑容,叹了口气。

嗯,一辈子与土地相依为命的人,就要离开甚至失去他们生于斯、长于斯的这片土地,告别他们熟悉的农具、田园,看不见四季的变化,听不到鸡鸣、狗吠、庄稼拔节的声响,将要在城里的高楼大厦里度过他们的余生,那或许不是他们想要的幸福。但是,农村城镇化已是社会发展的必然趋势,农民们不得不被时代的潮流推着向前走。我出生的故乡、父母生活了一辈子的村庄是这样,中国许许多多的村庄何尝不是如此?

与老人告别时,老人要我带些他新起的芋头,我赶忙辞谢,说菜市场里随时可以买到。老人像没有听见我的话,扔下铁锹,动作麻利地从藤蔓上摘下了几个最大最靓的捧在怀里,还一连声地说可惜没有袋子,要不然多带几个。

"自家种的,又不值什么。"老人呵呵一笑。

我停住脚步,下意识掏了掏口袋,转瞬间又为自己华裳下藏着的"小"而羞惭。

"谢谢你拍下了我们村子。"老人忽然郑重其事地说。

"我还会再来的。"我实在是这样想的。

离去,再回首。看着这熟悉不过的植物,似曾相识的场景,挖芋头老人面对土地时的虔诚,他干活时微微弯曲的身影,感受着他的真诚和善意,心里猛然间像被什么剧烈地撞击了一下。一个激灵,恍惚中我竟觉得:他,多像我的父亲。

只是,我的父亲早已长眠于泥土之中。

谢岗村的秋天和别处村庄的秋天真的没有什么两样。就像眼下,许多我们熟悉的、热爱的、延续了久远的东西,随着时间的流逝,正在逐渐消失。

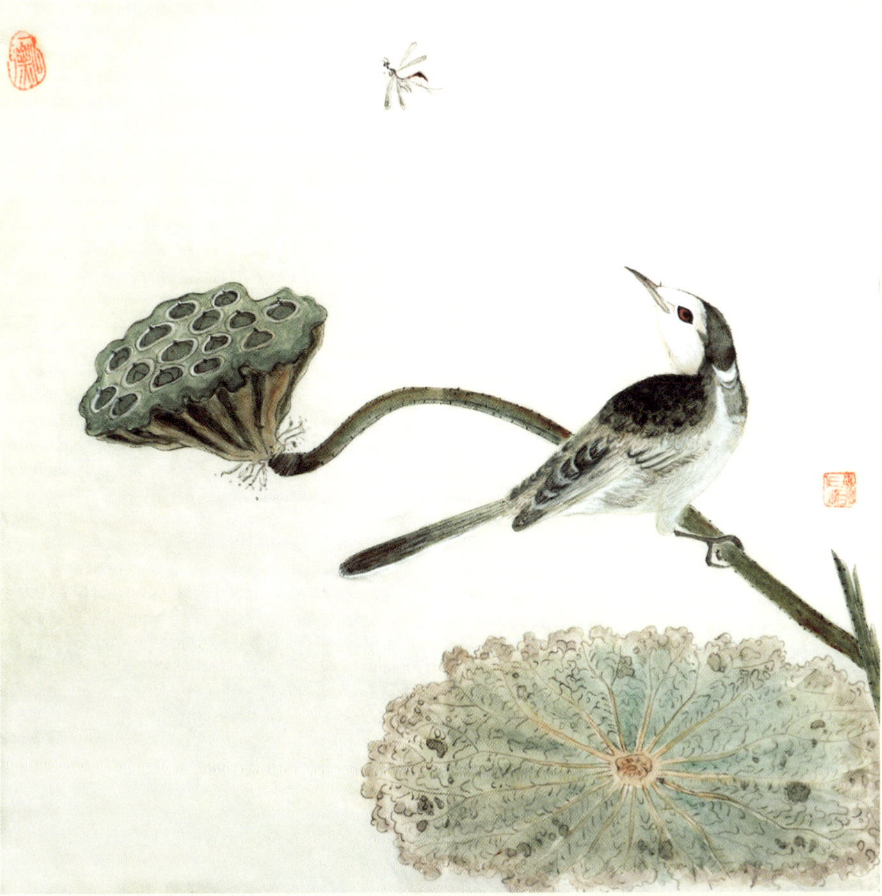

庚子秋
吳玲畫

通向远方的田野

很久了,依然惦记那片很像田野的田野。

顺着一条林荫道往前走,阳光从树缝间洒下斑驳的光影。左边是一条深长蜿蜒的河流,有浮游生物悠游其间,亦有枯黄的芦苇、残荷,水草袅袅娜娜开着细碎的白花,几只野鸭子扑棱棱飞过。孤独的垂钓之人,端举着钓竿。钓翁之意不在鱼,钓的是一份闲适、一份雅意,在秋天的怀抱里舒络筋骨。

节气已过霜降,路边野生的荆棘林变得萧疏,许多高耸入云的乔木,叶子已经纷纷变黄变红变紫,经不住霜击,不知在什么时候已经舞蹈着脱离枝头,匍匐在地面,柔软着行人的脚心。只有那种舶来的名叫一枝黄花的物种在衰草寒烟里兀自娇艳。

越过右手边的那片茂密的灌木丛并不容易,长势甚好的各种蒿草杂树已快将窄窄的一条小路淹没,因此需要两只眼睛专心致志地看着前方,两手不停地分拨路边的植物,方能前行。此间行走,心底里蕴藏着小小的忧伤和欢喜,仿佛童年的记忆扑面而来:老牛、水车、暮色、油灯、茅屋、篱笆,向日葵的大转盘,摇摇晃晃追逐牛群的小女孩……

这样漫无目的地走着走着,不知不觉就会进入一片原野。而通向原野的阡陌静悄悄的。

　　大片的棉田裸露在夕阳下,叶子、棉桃与枝干呈现出油画一样斑斓的暖色。雪白的棉花已被农人摘净了,只留下一个个空棉壳。空棉壳是张开的,像打开的五个花瓣,尖尖的,很扎手。稍加留心,你会发现,枯瑟斑斓的枝头俏立着粉粉白白的花骨朵,或含苞,或盛放,有种不畏严寒的冷然之美。我知道这些迟开的花骨朵是结不了果实的,但它是装扮在枝头的梦,美丽着行人的眼睛,装点着秋日的田野。

　　没有看见挖芋头的农夫,只见一垄垄的山芋秧子已被铲除在田垄边,土地被仔细平整过,该种麦的种麦,该点菜的点菜,间或有拇指大小的山芋尾须被丢弃在草丛间。捡一个掰开,嗅嗅,有甜浆混合泥土的香。

　　记得童年拾荒的日子。在衣食尚不能丰足的年代,年少的我们每在放学后,就拐一只小竹篮:春天,我们会在荒岗坟地捡拾地衣;夏天,我们在收割过的田野里捡拾麦穗、稻子;中秋前后,小伙伴们结伴去寻找遗落在泥土里的花生、芋头;寒冬腊月,我们挖萝卜、掰茭白……如今,仓廪丰足,人到中年,回忆孩提时代那种种拾荒的滋味,快乐和忧伤仍如决堤的河水,恣肆漫延。

　　是的,感谢岁月!贫穷教我们学会节俭,悲悯让我们心生感恩。

　　深秋的稻田是喜悦迷人的,远远看去,像一匹金色的锦缎铺洒在原野上。我谙熟稻谷生长的秘密:播种、育苗、插秧、拔草、灌水、施肥。秧苗在农人的呵护下,一天天茁壮,扬花、吐穗、结实。眼下呈现在大地上的就是它们成熟的模样,一双双挥镰的手,正将它们一一揽进胸怀。此后经过晾晒、脱粒、扬场,最终变成我们碗里一粒粒珠圆玉润的大米。如此,它们走完了短暂而奉献的一生。

　　稻穗的颜色是尊贵、壮丽和辉煌的。再想想,世间我们赖以果腹的农作物的颜色大抵如此,诸如大豆、玉米、小麦等。这些自然界卑微的农作物，千百年来，一直是我们赖以存活的根，从前是，现在是，将来也是。

  黄昏的乡间道上
  洒落一地细碎残阳
  稻草也披件柔软的金黄绸衫……

  唱这首台湾校园民谣的时候，我们还是"为赋新词强说愁"的年龄。现在，自然不会矫情到"赤足走在田埂上"。岁月漫长，除了青春短暂，一切我们熟知的事物都在迅速老去。

  跨过一条高埂，低洼处却是一片盎然的绿色。

  一畦畦、一垄垄的菜蔬翠嫩水灵，我能叫出名字的有乌菜、菠菜、芹菜、韭菜、卷心菜、葱、蒜、茼蒿、胡萝卜、莴笋、芫荽、莜麦菜等，还有许多我叫不出名字的，它们一样生长得有模有样。田埂上偶见用简易的竹竿或者废弃的什物随意搭成的篱笆，上面爬满南瓜、丝瓜、扁豆等藤蔓植物。南瓜、丝瓜的韶光已经过去，但还有几朵娇黄的花朵绽放在苍老的旧叶间。扁豆开白色和紫色的花，开白色花的结青绿的豆荚，开紫色花的结粉紫的豆荚。几只不怕冷的蜜蜂和菜叶蝶在天地间迷茫地飞舞。

  其时，在菜地间劳作的几个农妇已经穿上棉衣了。她们在给菜地浇水，或者蹲在地里栽苗、拔草。她们都已老迈，佝偻着身躯。她们曾经的青春、欢颜、心事，都与足下的一小片泥土联系在一起，更多的是劳作的汗水，以及在流淌过她们汗水的泥土上长出的一茬茬青枝绿叶。

  现在，当我站在秋风里，眺望远方的村庄，看风吹尘世，风吹尘土，仍能隐约看见那些多年前被埋没的事物，跟新的一样。

夜深風竹敲疏韻萬脸半開
嬌勝媚

辛亥八月真珠蕙

辑三 瓦盆风弄晚

此中恐是兰深处
未许行人着意闻
辛丑夏月 吴玢画

瓦盆风弄晚

宋元以降,许多诗人写过赞美石斛的诗,我尤喜欢宋代洪咨夔的"兰颖聚琳琅……瓦盆风弄晚"一首,很契合石斛的特征与气质。

霍山太平畈乡多产石斛。我们在食宿的何家大院、淮源农庄都看到了石斛花。石斛种在山野中、树上、瓦盆里,乍看,植株并不起眼,花开却十分动人。

去往王家店村,"药王"何云峙故居仍保持原貌,现在东侧新建了一座小型纪念馆。何老先生把毕生心血都用在培植霍山石斛上,带领山农脱贫致富。家乡人民是爱戴他的。故居门口立一尊雕像,老先生拄一支竹杖,面带微笑,目光深情。穿过一架爬满藤蔓的长廊,转上一个斜坡,竖有一块牌子:霍山野生石斛种源保护基地。这些仿野生石斛苗,是何云峙生前与儿子何祥林几十年心血的结晶。山中五月,石斛的茎已从石缝里拱出新芽,小精灵们蓄势待发,新芽上挂着花,密密匝匝,次第开放,有多少?数不清,恐有几万株吧,都栽种在碎石瓦砾林木树桩间。育种,分棵,培植,施肥,管理,得费多少人工?石斛花白中隐青,楚楚动人。这片山野,像昨夜突然降了一地细雪。

霍山现在名气很大,其一是因为茶叶。有知名机构评选安徽十大名茶，霍山黄芽和六安瓜片悉数在列。六安茶可是入了古典名著《红楼梦》的，为爱茶之人津津乐道。其二是因为霍山石斛。霍山石斛的名气并不亚于茶叶。中国云贵江浙地区亦产石斛，但霍山米斛生长条件严苛，鲜条短，节密，胶浓，产量少，等级高，堪称斛中极品。茶叶和石斛这两样拳头产品从霍山走向全省乃至全国，让皖西人有了骄傲的资本。

多年前，友人赠予一盆佳卉，貌甚奇，厚厚的长圆形叶子，抱茎，多节，紫粉花，风拂帘动，香气若兰，告知曰石斛兰。那是我第一次听到石斛兰这个名字。那盆石斛兰开了很久，我爱惜它，一直摆在书桌上。石斛兰，还有一个颇高贵的称呼——金钗石斛。

我在乐清亦见过一种石斛。戊戌六月，我随省散文家协会去雁荡山采风。枫林山舍的对岸即是灵峰崖。早晨缘溪去往大龙湫，不经意走进一片石斛林。漫山遍野的树粗若汤碗，光秃秃的，爬满青苔，没有树叶，极少枝丫，树干上却"挂"着丛丛累累的嫩条，叶几无，茎极多，长则十余厘米，短则三五厘米，顶端开着蓬蓬勃勃的花，微绿，清香。我还没有见过这种寄生在树上的植物，疑心是兰。问一老者，笑答："石斛。我们这里的雁山石斛。"他正在给园子里的苗木浇水，长长的引流管布满了山林。

原来石斛是这样附生于树上的。树，是栎树。真是奇妙！

翻阅资料才晓得，石斛，古已有之，因终年得云雾雨露之滋润，受日月阴阳之精华，为九大仙草之首。清人吴其濬在《植物名实图考》中记述：石斛，《本经》上品。今山石上多有之。开花如鸥兰而小。其长者为木斛。又有一种，扁茎有节如竹，叶亦宽大，高尺余，即《竹谱》所谓悬竹。明代李时珍《本草纲目》这样记载：石斛生六安山谷水旁石上，其根纠结甚繁，其茎叶生皆青色，节上自生根须。人亦折下，以沙石栽之，或以物盛挂屋下，频浇以水，经年不死。以上两则，文甚美，记述亦极有意思。

过去动辄往皖南跑，那里的古老村落、民间手艺、宣纸徽墨，都令人迷醉。这几年因东西溪乡的月亮湾作家村,闲暇时一行人就于霍山境内走走看看,深为大别山腹地的山水文化、红色文化、生态环境所吸引。茶,天天喝,茶树,凡山地必种之,恐怕没有人对它陌生吧。约莫一个月前,走访余家畈村和桃李河村,茶园海拔七八百米,一行人不但兴致勃勃采茶,还见识了一株三百多年树龄的茶树王,真大,真健硕,四五个人才合抱得过来。吴氏茶厂里,技术人员正用机器制茶,鲜叶经过杀青、揉捻、烘干、定型,不到一小时,一竹篓方才摘下的嫩芽便被制成了成品干茶,是龙井茶的扁条形状。

霍山太平畈乡是闻名遐迩的石斛种植基地,与东西溪算邻乡,只隔着几座山头,却一直无缘相见。

机缘说到就到。庚子初夏,驻村作家应邀赴太平畈乡,不料竟是走进山中仙草营造的一个秘境。其实不只是太平畈乡,整个霍山就是一个巨大的鸟巢、林海、花谷、氧吧、神秘仙境。

我们入住的何家大院是仿徽式建筑,房间里的陈设与布置简约而不失精美。这里植被丰茂,河川纵横,举目可见如来佛手掌般的五座山峰。在山道上兜兜转转,又有意外的发现——一栋栋原木小屋随形赋态点缀在葱翠的山腰。好个依山借景,藏屋于树!一宿无梦。清晨,鸡鸣狗吠,鸟啼婉转。举步登山,竹子、女贞、过路黄、蔷薇、桂花树的叶子上,全都沾满晶莹的露水。一块大石上镌刻"药王山"仨字。药王山?说不准会遇见"药王庙"呢。庙倒是没遇见,陂隰梯阶,坡上坡下,是又一片石斛林,星星点点的白花自然亦沾着晶莹的露珠,越发清丽。至山顶,朝阳里山峦的剪影半明半昧,俯瞰,一条巨大的山谷,一垄垄一畦畦,遮盖着黑褐色的大棚,种植的亦是石斛。

石斛,古称千金草,又名吊兰,别称金钗、林兰、蓬草、杜兰、石蓬、悬竹、千年竹等,可霍山太平畈乡的村民们亲切地称其为仙草,因为没有比他们更熟悉更了解更热爱它的了。霍山产石斛声名遐迩,原来仅产于霍山太平畈乡。

何祥林介绍说,霍山石斛就是米斛,直接采摘的称为"鲜条",鲜条难以保存,市面上出售的是枫斗。枫斗制作对技艺要求甚高,需采摘三年以上的茎,虽短只寸许,却满藏精华。鲜条经过分拣、清洗、炒制、绕条、烘焙等十八道工序才能成为枫斗。霍山米斛枫斗均匀饱满,根部龙头微翘,梢部凤尾略低,形状呈"龙头凤尾"。这是霍山米斛特有的炮制技艺。

霍山石斛文化博物馆值得一去,很雅,很全。院里植一丛纤细的茅草,是枫斗加工中绕条所需的龙须草,据说如今亦卖得好价钱。"北有人参,南有枫斗。"真是靠山吃山靠水吃水,一方水土养一方人。

石斛品种繁多,常见的有马鞭石斛、曲茎石斛、黄草石斛、紫皮石斛、铜皮石斛、铁皮石斛和霍山米斛。有点像绕口令。想要区分它们,外行人不大容易。话说回来,咱们安徽霍山石斛既是极品,何故要舍近求远?

何祥林是省级非物质文化遗产项目霍山石斛炮制技艺代表性传承人何云峙的唯一传人。他的儿子目下留学国外专攻生物技术。真是有见地的选择。"莫作园上红,宁为茎中绿。"衷心希望新一代有为青年不负所学,造福乡梓。

肥西荷田田

喜欢长庄这个村名,有一种悠然,有一种远意。长庄,一不小心听成"上庄"。因为胡适之,天下人都晓得安徽绩溪有个上庄村,一个水墨画一般的小村子。而在此仲夏,我走进长庄,全缘于荷。这个位于肥西山南镇的小村庄,现在成了远近闻名的太空莲种植基地。

夏天的水生植物中,荷花理所当然是绝对的主角。莲花、菡萏、芙蕖、水芙蓉、红衣、佛座须皆是荷花的别称,都极美。可以说,一碗荷,一缸荷,一方荷,百千万亩荷,都自成风景。

荷是土生土长的中国物种,从小生活在乡下的我,对荷何曾陌生?荷给夏日寂寥的乡村平添了一种风情。碧波荡漾的池塘,荷花开了,红、粉、白、黄、紫,一枝枝亭亭玉立,清雅出尘。庄稼汉也晓得它的美,下工回来,撂下镰刀扁担,到池塘里冲个凉,不忘掐上几枝荷。三伏天跟着暑假到了,那是小孩子们忘乎所以的季节,乘着大人午休,便相约去荷塘游泳、采莲、扒藕。归来时,头上顶着一柄小"绿伞",怀里抱着一束莲蓬、几节莲藕。不用说,小脸、胳膊和腿肚子被藕梗上的刺划出了一道道血痕,但那种冒险刺激的快乐至今难忘。

荷对于乡下小孩来说是一种恩物,可纳凉可解馋可愈疾。荷叶粥清香,莲子心润肺,身上长了疖疮,父母会熬莲心汤,一天灌上几碗,那毒气便会日渐消弭。"菜不够,藕来凑。"藕片可凉拌可素炒可盐水泡,是农家夏天一日三餐的主打菜蔬。腌菜坛上封一张荷叶,蚊蝇不叮,蛆虫不生。老街口卖日杂,柜台旁摆一沓干荷叶,一坨酱倾于其上,四角对叠,稻草一扎,拎了走人,不会担心酱汁渗漏。美食达人说台湾同胞喜食藕茎以及生长于田间地头的山芋藤子,言之凿凿称它们绿色环保营养价值高。及至长大,对于荷,我不仅爱其可吃可赏可入药,尤爱其长于污淖而独清天下的高洁品性。

　　肥西赏荷唤醒了我记忆中关于荷的一些久远往事。我看过西湖的荷、颐和园的荷、洪泽湖的荷、张家界的荷。这个夏天,不用舍近求远,我在肥西的长庄、丰乐赏到了荷,竟别生一种美好与欢喜。

　　长庄赏荷遇雨,我以为恰是极好。从高岗上向着翻卷一层层绿浪的荷田走去,急性子的脚步声里早有些迫不及待的意味。"垂两行杨柳色,凭十里芰荷香。"这副赏荷的楹联与此境甚是相宜。池塘澄澈,像村庄清亮的眼睛,我们的笑语惊飞了鹭鸟与嬉戏的鹅鸭。今夏雨水太过丰足,塘埂边的空心莲子草长得茂盛,藤蔓顶着细小的花蕊,极力向远处伸展。不时有鱼儿蹿出水面,池面便漾出一圈圈涟漪。因为雨,稻田、桑园、村舍、天际、繁花、远树,皆笼罩着一层烟雾,一行人撑着五颜六色的雨伞迤逦于荷埂之上,时聚时散,时疾时缓,怎么看都是很有意境的画面。为迎接即将到来的荷花节,村里许多人在此忙碌,薅草、种莲、铺草皮、修整路面,他们虽穿着雨鞋,戴着草帽,衣服依然是湿漉漉的。村民们专注而投入地做着眼前的事,不仅技艺娴熟,而且一招一式充满着一种力与美的韵律。我用相机摄下了一个个动人的瞬间。他们是长庄的主人,是用岁月耕种、脚步丈量过长庄土地的人,看得出劳作的愉悦发自他们的内心。

　　长庄种植的多是观赏莲,有一种太空莲,种子于万里之遥的太空孕育而成,确乎是现实版的神话传说。村支书介绍说,太空莲花多,色彩鲜艳,花期长达四个月,且蓬大,莲粒饱满,结实率高,亩产量比普通品种要高出许多,常规品种的莲子亩产值仅千余元,而太空莲亩产值在三千元以上。

一千多亩联袂成片的梯级田垄里,只见田与田相依,池与池勾连,风送荷香,碧浪凝波。顺着"金陵十二钗"的指示牌一路数过去:西施浣纱、千山暮雪、红灯高照、太真出浴、嫦娥醉舞、太空娇容、大紫莲、粉楼台、金凤绿、千堆锦、古浪红、龙飞、重喜……那些出水的荷花,粉妆玉砌,娉娉婷婷,"惟有绿荷红菡萏,卷舒开合任天真"。痴了醉了的不只是长庄人,更是那些看荷的人。

夏雨像个顽皮的孩童,簌簌飒飒,时疏时密,骤然间又似一头发怒的狮子。此刻,温婉静淑的荷在风雨里摇曳、闪躲、伏偃,仿佛随时有枝折花落的危险,但雨停风住,荷们依旧长身玉立,更多了一分清水出芙蓉的清逸与超然。

霸王莲生长在众莲中,眼下还看不到多少"霸气"。叶子平铺水面,边缘卷起,其大若斗,莲叶上滚动着晶亮的雨露,小小的红蜻蜓贴着水面低低地飞。据说霸王莲直径可达六尺,其上可坐一个婴儿。真想目睹这一盛景,又疑心这是一个可爱的噱头。

到村里走了走,一栋栋村舍干净亮堂,庭院里蜂蝶自来、鸟语啁啾,村民种植的各种时蔬正开花结果。有一种茄子见所未见,开颜值颇高的五瓣白花,结白璧无瑕的白色茄子。村民说这种茄子只能生长在山南,移植到其他地方,有人试过,不成活。

我们在村口的岔道旁看见一辆大卡车,装着满满一卡车睡莲以及一缸缸圆碧的小荷,十多个妇女分工协作,有的在卸载,有的在栽植。睡莲与荷同样是水生尤物,经了雨水的润泽,更显得妩媚妖娆,楚楚可人。我忍不住赞道:"花美呢!"

"往后还会美呢。"一个大嫂笑着回道。

"秋天来踩藕。"我答。

"一定要来呃。"她高兴了,抬手抹去脸上的水珠。

荷花一直是文人骚客歌咏的对象。这些劳动妇女或许不能念出"出淤泥而不染,濯清涟而不妖"的诗句,也不能用水墨丹青描绘出一朵荷的芙蓉色莲子心。但她们晓得,因为荷,她们的家乡变得美了,因为荷,她们的日子变得富裕了。这是她们热爱劳动的原动力。谁能否认她们心中装有美的理想与愿望呢?

山南长庄、丰乐的荷花基地与古镇三河已连成一条万亩荷花长廊。炎炎夏日,太空莲灿若云锦,荷香廊道更是游人如织,遇节假日,愈来愈多的城镇居民来此观光、消暑、休闲,体验渐行渐远的农耕文明。荷花基地带动了各种农副产品的销售,农民得到了实惠,当地经济得到了发展。

长庄的夏日是清凉的、幽静的,亦是明亮的、丰硕的。而关于长庄的故事,除了荷,我大约连一知半解也说不上。比如鹭鸟栖息的芳岛、神树,以及古墓、传说……然而,我们要去丰乐了。

长庄,故事未完,我们还会再来。

苍苍临淮关

抵达临淮关镇已是黄昏时分,波平如镜的淮水在这里拐了一个弯,一轮巨大的落日穿过遥远的时空,映照古镇的前世今生。

这座千年古镇,是安徽四大古镇之一,古为濠州治所,沿淮水陆交通枢纽,为历史上兵家必争之地。明永乐年间,临淮人郭震以桑梓风景名胜咏诗八首,名《濠梁八景》,其中"濠梁观鱼"最为有名。该典故出自《庄子·秋水》,说的是庄周与惠施于某日同游濠上,见一群鲦鱼在水中悠然游动。庄子曰:"鲦鱼出游从容,是鱼之乐也。"惠子曰:"子非鱼,安知鱼之乐?"庄子曰:"子非我,安知我不知鱼之乐?"两位大哲学家在此谈学论辩的逸事,古往今来一直被视为美谈。

庄子惠子辩论鱼我之乐的濠梁遗址,后代骚人墨客多有凭临题咏,各抒别怀。苏轼、苏辙、黄庭坚、欧阳修、梅尧臣,都在此留下了诗篇。宋代的苏子美被贬闲居沧浪亭,在园子里建造了一个"观鱼处",每天赏景观鱼,佐酒赋诗,《沧浪观鱼》诗曰:"瑟瑟清波见戏鳞,浮沉追逐巧相亲。我嗟不及群鱼乐,虚作人间半世人。"黄鲁直《秋思诗》亦有"悲莫悲于湘滨,乐莫乐于濠上"的名句。南宋四家之一的李唐逍遥此地后作《濠梁秋水图》,这一逸景永载中华民族的艺术史册。

除了濠梁观鱼等名人遗踪,此地尚有春秋钟离城址、开元寺、南华楼、升仙桥迹、庄周梦蝶、濠梁驿站等古迹遗存。高岗依旧,淮水滔滔,千古风流人物,早被雨打风吹去。一切好像很久远,一切又仿佛在眼前。

"断虹垂百尺,横锁绝千寻。"朱元璋称帝后曾于此建浮桥,形似蜈蚣,故俗称蜈蚣桥,还在两岸各置石鸡一只,以镇此桥,谋祈福祉。彼时,临淮浮桥为淮上重要津梁,官府差役、旅人商贾,川流不息。漕运船只,晨起暮泊,千帆云集,渔火炊烟,如同雾障云墙,可以想象浮桥锁烟的昔时盛景。如今,镇桥的石鸡宛然可见。嗯,如若石鸡开口,又如何啼叫得尽过往的热闹与繁华?

一条残垣断壁的老街,几无行人。古渡口,紧靠岸边兀自高耸着筛子大小的一块石头,上面长满蒺藜与荒草,几乎伸手可触。一群人在此走走看看说说停停。一位半百老妇人端着饭碗走了过来,对我们说:"这块地方不生蚊子,你们可知道为什么?"边说边用筷子比画了一个圈。倏忽间,一群人像是被问住了,仔细看,也没有觉得那块石头跟其他石头有什么特别的不同,便答:"石头上的蒿草可以驱蚊子。"小时候,乡下蚊子多,父母常点燃艾蒿熏蚊虫,还有樟木、马樱丹也可以驱蚊蝇。"这是朱皇帝讨饭时睡过的地方,他身上有王气,所以这块地方不生蚊子。"老妇人呵呵笑道,笑语里透出自豪。可我更想知道的是,时代在变化,一切在变化,而依旧选择住在这里的人,是迷恋小镇的古朴、沧桑、宁静,还是从时间深处漫漶出的独特的气息?

"这里的路从前都是白玉石铺成的。"这下我们高兴了,纷纷低头去找,果真找到了。抹去一层厚厚的尘土,露出玉石特有的纹理,半隐半透,温润坚实。想来那年那月的这条道,贩夫走卒、达官贵人乃至皇亲国戚,都是走过的吧?一千多年过去,这里发生多少不为人知的故事?而今,古镇像一位经历了死生契阔的长者,隐忍缄默,与世无争,将一切都放下了。

古街有老树，根茎倔强地裸露出地面，枝头却是千万片新嫩的树叶在沙沙作响，说着谁也听不懂的语言。东街的房屋一多半是破败废弃的，高墙坍塌，门环锈蚀，前庭后院一任野花摇曳、蔓草纷披，蛛丝儿结满雕梁。斑驳悠长的深巷，在黄昏的光影里，显得空旷而幽寂。那种静谧和冷清，让人每行一步，都感到像是踩在历史厚重的书页上。

行于老街，可以听到淮水拍岸的声响，可以听到低低的一长声轮船停泊的鸣笛。沿着一条窄窄的间巷下到河边，碧水清莹，古城墙的石基清晰可辨。河滩上残砖碎石陶片瓦砾多得是，有人握着折扇庄重地倚着墙基拍照，有人扬着手，乐滋滋的——他捡到一块上好的瓦当，真是好看。几个小孩子在河边捡石子打水漂儿玩，笑声咯咯。

老远看见一株柿子树高挑在空中，落尽了叶子，满树的柿子像一盏盏小灯笼。另有一株石榴树，吊挂着几枚枯瘪的残果。长长的一堵泥墙下，自顾自生长着一大片茂盛的秋葵，结了许多荚，只开了一朵花，薄薄的一层淡黄色花瓣，基部深紫，暮霭苍苍中见此花，简直明艳得有点妖冶。据说古镇昔日辉煌时，茶肆酒楼，南北杂货，米行肉铺，百业俱全，清末民初，这里已发展成为方圆百里的经济文化交通中心，人们称此为"小南京"。"夜市卖菱藕，春船载绮罗。"脑海中迅速勾勒出一幅图画，仿佛看到了马嘶骡叫、泊舟淮上、灯红酒绿的古镇风情。

繁华落幕，雄风犹在，或许只有清风明月还记得古濠梁辉煌的昨日。眼下，举目是青砖、黑瓦、废墟、古树，颓废之美从来都令人伤怀。迟子建说，一种神圣的不可侵犯的忧伤之美，是一个帝国的所有黄金和宝石都难以取代的。我想起了那天晚上，朔风猎猎，四野一片黢黑，在大明中都皇故城遗址，一位摄影师不经意间拍下一幅照片，高大宏伟的圆拱门里，青苔满壁，我和秀恍若身陷宇宙洪荒，正在穿越一条亘古的光阴隧道，我们的身影，如蝼蚁般卑微渺小。这世上，没有什么是亘古不变的，皇城亦好,古镇也罢,最终都会消逝在岁月的烟云之中。

转至后街口,渐渐有了烟火的味道,人亦不多。卖日杂小百货的、带小孩子玩耍的、三三两两聊着家常的、莳花弄草的、推着单车走路的,人人脸上皆是一种现世的安稳与满足。夕阳从低低的屋顶投射到地面,老街安静得像涂了油彩的画,连狗也懒得叫唤一声。

有座百年老屋,细密的乌瓦屋顶长了许多小小的植物,有人呼之"瓦松"。他家的院子很大,围墙很高,种有丝瓜、无花果、一丈红、海棠,还有一棵很大的桑树。丝瓜秧还开着嫩嫩的黄花。墙角一溜排摆了几口大水缸,看不出做什么用。我们辞别后,屋主人复又坐回门口看夕阳。还有一户人家,很大的一片藤蔓一直爬到了屋檐下,茎蔓上挂着许多扁卵状的小果果,一长溜一长溜的,是山药。山药真是特别会攀缘,特别会结果。有人称山药豆为"零余子"。"零余子"是一个容易让人产生联想的好听的名字。在老街里摘几粒山药豆子,亦是意外的喜悦。

西街的街头聚了点人气,小店铺一个挨着一个。有两人当街弈棋,围观者众。尤其是一家热气腾腾的馄饨摊子,锅碗瓢盆、各色食材一应俱全,是一家夫妻店,生意兴隆,想伸头看看,都挤不进去,只好转身,买了一袋油茶面,店主自己加工的,里面拌了碎花生,香喷喷的,想来不错。又有几人买了,大家各自欢喜。再隔壁,是一家花圈店,霓虹招牌上刻的是"大燕花圈店",招牌上的字在馄饨夫妻的头顶旁不住闪烁。经历了多少朝代更迭和岁月变迁,古镇不为人知的角落里,仍有他们自在隐秘的平安喜乐。

回首,来路被暮色隐去,老街恍若隔世,我们亦在变老变旧。曾经白玉铺路的古镇,活着的人简简单单,死了的人体体面面。"浮云一别后,流水十年间。"淮水汤汤,孤帆遥雁,多少繁华旧梦,都随一水流逝。但走过临淮关的我们,终会记得这个千年古镇曾有过的辉煌。

映日莲花

写荷是不讨巧的。可是宿州二日，我们先是在新汴河游赏了薄云雾月下的莲池，接下来又乘兴前往洪泽湖，兴观芦蒲与芰荷。两相对照，心下思忖：此行，若无映日莲花便短了许多意趣。

昨夜屋外簌簌飒飒，转又滴滴答答，一夜的雨，是江南"梅子黄时雨"的雨，让人有置身世外之感。晨曦微露，雨仍没有消停的迹象。闭着眼睛，想来在这密密匝匝的细雨里，新汴河与洪泽湖里的荷俱是碧叶风举楚楚可人，抑或愈显一份"出淤泥而不染"的清逸、"濯清涟而不妖"的素洁吧？

前几天几人读《红楼梦》，在就花居的庭园里，琴与茶自然是少不了的。看见乍开或正盛的佳卉，有姬小菊、涌金莲、三角梅、蓝雪、马鞭草、百子莲、猫尾草、鸢尾、紫薇、木槿等，在一个大热天，园子里开满这些极美极艳的花儿，思绪不由得被拉扯到很远的从前。

很远的从前，住在偏僻的乡下，既贫且懵。乡下四季分明，所见的菜蔬和农作物都很亲近，模样是烂熟于心的。而那些不计其数的花花草草是不能吃不能喝的，贴近的程度自然就大打折扣了，叫得出名字的无非是榆、槐、椿、泡桐、巴根草、稗子、豌豆、指甲花、美人蕉之类的。不像现在，读书品茗赏花,是趣味,却也有些附庸风雅的味道了。

而荷就不同了。从前的夏天,荷塘到处都是。草是香的,天是蓝的,风是软的。荷花盛开的时候,日头最毒,天气最热,知了叫得最欢。我们贪恋荷塘的清凉与野趣,为碧荷的美,为晚霞里的红蜻蜓,为青荇淤泥下的菱藕,又可戏水、捉鱼、摸田螺,该是多大的诱惑!疯足了,耍够了,摘一柄荷叶顶在头上,顾不得嘴巴乌紫,一边光着脚丫子往家走,一边口中念念有词:

小老鼠,
上灯台,
偷油吃,
下不来,
喵喵喵,
猫来了,
叽里咕噜滚下来……

念到"叽里咕噜滚下来"时,男孩子就在田埂上就势翻个跟头。女孩子们捂着嘴巴,快快地走,任凭它藕丝牵衫。少年不知愁滋味,童稚的快乐与满足原就是如此简单。

夏天一转眼过去了。童年一年年就这样过去了。忽忽,几十年过去了。

众荷喧哗的时节,常常会一个人去看荷。北京的颐和园、杭州的西湖、南京的玄武湖皆是赏荷的佳妙之地。亦见识过湖州莲花庄、水墨南浔小莲庄里的荷,湖光山色亭台楼榭做了大自然的背景,远山如黛,一泓碧水,田田的叶子间,一枝或数枝莲,袅袅婷婷清逸出尘,仿佛天地间即刻安静和清爽了许多。

印象中,江南园林里的荷是断然少不了的。我所在的城市,公园里亦有将荷种在偌大的陶缸或矮罐里的,一年四季,皆有别样的风致。当然,这些都不是我童年在乡下所见的荷了。那时的荷塘,乌油油地绿着,荷叶阔大肥美,气象深幽,那莲,白、粉、嫩、鹅黄,一枝枝清艳夺目。清晨,翠绿扎眼的叶脉间,滚动着晶莹的露珠,许多个"小太阳"在露珠里闪闪发光。

母亲搬离坍废的村庄时,我竟不经意间于老屋墙旮旯觅得一只种了荷的宽口大缸,是父母亲的旧物,哪里舍得弃置?掏尽乌油油的泥巴,洗去污渍,梦想有一天在书房的露台上植一缸荷亭亭碧翠,也有一两枝莲翩跹欲舞。

到底有些东施效颦了。《浮生六记》里有一段记述沈复与芸娘植荷的趣事,"以老莲子磨薄两头,入蛋壳使鸡翼之,俟雏成取出,用久年燕巢泥加天门冬十分之二,捣烂拌匀,植于小器中,灌以河水,晒以朝阳,花发大如酒杯,叶缩如碗口,亭亭可爱"。今日世上如芸娘般玲珑剔透的女子,能有几人呢?

荷者,莲、芙蕖也。自古爱莲者多,名姓里有号青莲、老莲的。诗文自是不胜枚举。《诗三百》里有"彼泽之陂,有蒲菡萏"之句,故荷的别名又有菡萏;《爱莲说》文人莫不诵之;现当代散文名篇无数,几无一册(集)未曾收录朱佩弦的《荷塘月色》;《红楼梦》第四十四回中,宝玉欲叫人拔去大观园里的枯荷,黛玉脱口道:"我最不喜欢李义山的诗,只喜他这一句'留得残荷听雨声'。"枯荷,凄美婉约,清寂萧瑟,对于自幼寄居在贾府内,群芳中之翘楚,具有一等一灵性和才情的林黛玉来说,早已习惯了独影荧灯,梦寒雨瘦。此等意象依约暗合了她的生命轨迹与审美情趣,故而从中更能听出隽永深长的意味。

话说此趟洪泽湖之行,我们是乘着画舫于湿地里赏荷的。我们曾于丙申冬月来过一次洪泽湖，是许辉先生的文学纪念馆揭牌之日。记得云君曾笑言道："'蒹葭苍苍'的气象算是见识了，只是错过了'山有扶苏，隰有荷华'的画境，未免可惜了。"

从新汴河驱车往泗洪，沿途谒见大运河遗址与虞姬墓。时近晌午，我们乘坐的画舫终于驶进了内湖。但见岸上渔樵清歌金花照眼，湖中则曲桥蜿蜒芰荷飘香。四下里眺望，荷花与芦苇成了万顷碧波中真正的主人，让人对接天莲叶油然生出膜拜与虔诚来。举船皆屏声静气时，忽遇一鹤俯冲下来又迅疾振翅远去，忙忙地追随，旋又见舵手掉转船头，驶向密匝匝的河汊深处，更是芦蒲天森百鸟和鸣了。倏尔，从蒲苇丛中腾空蹿出一团"篝火"，顷刻又飞出一阵"枪林弹雨"，众人因正听船娘讲解，都被唬了一大跳，本来是站在船首船尾观风景的，便急忙往舱里躲闪，画舫亦随之摇晃起来。原来此处模仿的便是当年新四军阻击日军激战的场景。亦有中途登舟下船的，水路窈窕中，看莲的心便多了几分敬畏与庄重。

许辉文学纪念馆就坐落在洪泽湖湿地公园古徐水街。许辉祖籍泗洪，成长于宿县，皖北大地丰厚的人文底蕴滋养了他平厚宽博的文学情怀。《涡河边的老子》《走读淮河》《河西走廊》等著述可视为作家用生命为他的母亲河树碑立传的文化思考。如此，嫣然回眸时，那花与人、人与文，皆在满目的绿苇红荷中交相辉映怡然生色了。

多年前，我们的安徽老乡张恨水曾戏谑莲花应为杭州市花，理由是，杭州以西湖名满天下，莲是与湖有关系的，而且更可象征杭州的闹中见静。此见不差。

一个人　一座城

在安徽版图上,对于受淮河文化滋养的这座北方城市,我几乎没有多少感性认知。这次,随采风团往淮北,我便是想看看这座城,看看这座城里的一个人。

如今,我在省城庐州,她在皖北大地的煤都,并且,几十年前她就去了那里。小时候,我们一起上学一起玩耍,也一起割草挑水放牛喂猪,夏天的夜晚,我们还一起数过天上的星星,想小小少年不着边际的心事。那时,她的父母亲与我的父母亲很要好,我和她很要好。我们同龄,在合肥远郊一个很小的村子里,不知不觉长到了十二三岁的年纪。

有一天晚上,她的父母亲来我家,与我的父母亲一起在油灯下神秘地商谈着什么,懵懵懂懂的女孩觉着像要发生什么大事。果然,没有多久,她的父亲带着他们一家搬出了我们的村庄。我是个念旧的小孩,还是习惯在平素约定的时间去找她。她家单门独户,四间茅草高屋,门口就是亮汪汪的水田,后院则是很大的菜园。看见铜环上的大铁锁,我回回都有些恍惚。女孩总是不长记性。

后来知道,香的父亲带着一家人迁到了一个叫作淮北的城市。而我,依旧生活在那个贫瘠而闭塞的小村庄。那是我第一次听说,距离我们的村庄很远很远的北方,有一个叫作淮北的城。那里的地底下埋藏着无穷的宝藏,它把一个名叫香,我童年最要好的伙伴生生夺了去。

那是二十世纪七十年代。后来我知道,淮北为大力发展工业产业,各行各业亟待延聘人才,香的父亲作为安徽纺织系统的技术骨干到那支援淮北建设。国家有政策,家属和小孩子若随迁,户口都可以农转非,她的父亲遂决定举家北上。他的妻子儿女瞬间变成了令多少人羡慕的城里人。

我收到过香的几封信,她说她的城道路都被拉煤车轧得千疮百孔,天空飘下来的是"灰色的雪",家里的白瓷茶壶一天下来就变得黑眉乌嘴的,看不见乡下的火烧云,她想念村庄的老井,想念夏夜的星空,想念我们一起去上学的日子……

我还是不能想象,淮北——香的城,是一座什么样的城呢?

香的鼻翼两侧各有几粒好看的小雀斑。我梦见过几回香,那个大眼睛,长睫毛,我乡下长辈所说的"毛眼眨眨"的小姑娘。

我们渐渐没有了联系,因为她在城里我在乡下,因为学业,因为职场,或者还有一些说不清的其他原因吧。但心里何曾忘记过?在淮北城里,住着一年年长大了的我童年最要好的小伙伴。

忽忽几十年过去,我们就人到中年了。其间香回老家几次,我们总是缘悭一面。香在年轻时通过自己的拼搏努力,成了一家外贸纺织公司的行政主管,业绩佼佼,令人刮目。当然,香在最美好的青春年华顺理成章的嫁作他人妇了。淮北汉子浓眉俊眼率直坦荡,却是真心疼媳妇,是香最坚定的支持者慰勉者,亦是香最好的后勤部长。香的儿子成绩优秀,去往遥远的德意志继续深造。两年前的清明节,香八十多岁的老父亲寿终正寝,她护送父亲的灵柩回故乡,我远足未归,我们再次擦肩而过。

香离开故乡四十年了。四十年,九州大地发生了多少翻天覆地的变化?我们的村庄何尝不是这改革浪潮中的一滴水?在推进乡村城镇化的进程当中,我和香当年的茅屋早已不复存在,取而代之的是一片片拔地而起的高楼大厦。四十年后,香的父亲回来了,是香的弟弟抱着回来的,这是香父的遗愿。香父叶落归根处是政府统一安置的大兴塔陵园,我的父亲亦长久地安眠在那里,老一辈人在天堂又做了伴。

秋风起兮白云飞,怀故人兮不能忘。四十年后,我来到香的城。

淮北不算大,出租车绕城一周,亦不过一个时辰。七彩的阳光从天空直洒下来,照耀着林立的高楼、洁净的道路。疏朗宽阔的大街像一首首自由的抒情诗,山水之城与繁花绿荫使自由的抒情诗愈加充满时尚感与现代感。我遇见的少年是那样朝气蓬勃,青年是那样彬彬有礼,姑娘是那样风姿绰约,老人是那样面目安详。在路口问询,对方除了认真指点,还把你送出很远。如今的淮北,美丽、宜居、创新、开放,一点儿看不出四十年前的破旧与脏乱。这是香的城吗?

走进运河博物馆,你会为它别出心裁的设计发出由衷的赞叹,而站在那些精美朴拙的古瓷器与珍贵藏品前,你的心真是感动虔诚极了——为古人伟大的创造,为淮北这块土地悠久的历史,为中华民族拥有这样丰厚的文化遗存。这,就是香的城。

斜阳洒金时,与笔友结伴游览南湖。湖水澄澈极了,宛如一块翡翠,静静地镶嵌在淮北大地。看了下导航,还有中湖、北湖、化家湖,淮北的湖真是多!在偌大的相山公园,又遇见一方小小巧巧的镜湖。因为公园地势低,抬头全是一片荫翳,再往上看就是低矮连绵的山峦,天蓝得要汪出一片水来。读书的、晨练的、排练大合唱的、像我一样出游的,应有尽有。这,亦是香的城。

凤凰山经济开发区创建时间并不长,已形成"绿色食品、生物科技和信息技术"三大支柱产业。在此，我们不仅听到了"闻香化凤"的古代传奇，亦见证了当下淮北"凤凰于飞""浴火重生"的华丽转身。以"思朗"为龙头品牌的大型食品生产企业令我们对淮北经济的成功转型有了最直观的认识。想想看吧，日产饼干一百多吨，直接或间接提供劳动岗位一万多个，公司一年可给当地农民增收四亿余元……冰冷的数字在此有了令人骄傲的温度。这，还是香的城。

柳孜运河古镇的夜晚看上去华美与浪漫，当然，古镇是新建的，格调却是仿隋唐的。"五凤三阁"的灯饰亮起来时，更显一种大气与恢宏，或可与古都长安的大唐建筑相媲美。老街店铺相连，人们悠闲自在。除了店铺，街上还有许多移动的摊点，一个大嫂在卖"临涣月饼"，一块纸牌子上写着"15元一包"的字样。中秋快到了，真想尝尝临涣月饼的味道。我在一个卖葫芦的摊主那里挑了一对大大的葫芦，外表有了层包浆，人物雕刻得很精致的那种。那个淮北老汉看着厚道，价格也公道。葫芦寓意福禄，我看着总是好。艺术家喜欢葫芦，农民喜欢葫芦，市民同样也喜欢葫芦。另有一家私人定制的小店，专卖复古长裙、旗袍绣鞋，我想象，香若是穿上这样的蓝底红花织锦缎面旗袍，乌黑的发髻盘在脑后，那是多么典雅有韵味啊！事实上，我就曾看到过香这样的一张相片，是那种成熟的自信的美。时光的乱箭过后，她散发的是一种更加从容淡定的魅力。

现在，我就在给了我美好印象的一个叫作淮北的香的城里，正走在香无数次走过的地方，看着香无数次看过的风景。嗯，记得香还说过，她已经喜欢并深爱上了她的城。

我本可以和香同游小城。此刻香距离我只是咫尺之遥，我只要拨出手机上的那几个阿拉伯数字。"找呀找呀找朋友，找到一个好朋友……"这是我和香小时候经常唱的童谣。《宋诗纪要》里有一副对联："相见亦无事,不来忽忆君。"好朋友就是在一起时是孩子,分开时就变成大人。我们都早已经是大人了。

对于我和香来说,见或不见,爱都在心里,不增不减,彼此都是会记挂一生的吧。

淮北的湖

淮北系运河故里,千年煤都,煤城。历史上赫赫有名的两淮煤田大开发,曾成为一代人最闪光最辉煌的记忆。有位诗人,笔名叶臻,十多年前在某次笔会上送我一本诗集《开春大典》,书中收录了他写的很多与煤炭有关的诗,还获得过大奖,是我读过的写得最多亦好的与煤炭有关的诗。怎么好,现在记不起来了。隐约记得一首叫《带着母亲的一根白发去旅行》的诗,真是好极了。因为搬家,这本书不知被搬到什么地方去了。叶臻是宿松人,在淮南矿业集团工作,是另外一个煤城。

乙未初秋,从合肥老城区往淮北,买了多年没有乘坐过的慢车票,五个多小时的车程,票价四十一元,便宜得令人咋舌。这是其次。主要的是,人多念旧,它满足了我好久未乘坐过绿皮火车的心理。会务安排的是相山区中心地带的维也纳酒店,行李安置好,几人就相约走到户外。

皖北的城市,我极少涉足,即使机缘来临,亦只是匆匆一晤而已。儿子在珠城读书四年,我只是在他入学时送过他一次。我也曾跻身教育专家行列,去参观考察过几所学校。那次,我目睹了烟波浩渺的龙子湖一角,只因是在湖畔的某个酒店吃的工作餐。颍上乃是十多年前颠簸了 N 个小时后抵达的,乘坐的是大巴,去开个教育工作会,那时的疲惫不堪,至今历历在目。

记忆尤深的是去年初夏,随采风团去宿州,美国作家赛珍珠写作《大地》的地方,接待方领我们游览新汴河景区。在前往洪泽湖的途中,我们邂逅了历史上著名的老汴河。沧海桑田后,昔日澎湃汹涌的汴河故道早已湮灭在岁月的尘埃中,后人竭力保存的亦只是一段被水草淹没的运河残段,目下只能供家禽们悠游嬉戏罢了。但是,如你想象的,千百年前的汴河两岸,商贾往来,物阜丰饶,那时它的都城汴梁,是如何的繁华与腐朽同在,朱楼与红粉共风流。汴河宿州段通航后,众多历史人物在此轮番登场,演绎诸多惊心动魄的故事。这片土地似乎难得平静过。最早上演的是"揭竿而起",继而有"淝水之战",近代则有"抗日烽火""淮海硝烟"等影响中国历史进程的重大战役,正所谓历史的云烟在此聚拢又弥散。如今,这里还有皇藏峪、宴嬉台、东林草堂等遗迹供人凭吊。

在人们的惯性思维中,皖北大地在一个漫长的时期内,似乎就是贫瘠荒凉的代名词。当置身舟车汇聚的奇石之城,漫步风光旖旎静水流深的新汴河两岸,正所谓"人在画中游,景在水中映",那一刻,颠覆了我对北方大地的想象。

淮北不仅煤多,而且湖多。淮北湖之多令我始料不及,地理历史知识的匮乏让我对淮北地区的自然与文化景观很有些不得要领,曾于心里自忖:一座拥有数百年煤炭开采历史的城市,楼房大约是老旧的,街道自然是黯淡的,天空或许会飘着乌金一样细碎的尘霾,如果碰巧遇雨,那地面上溅出的水花,随便落在哪片曳地的裙裾上,在花花绿绿的雨伞下,无论从哪个角度看上去,都会是一幅幅生动的水墨图了吧。

但是,淮北湖多还是令人始料不及,除了南湖,还有东湖、中湖、北湖、沱河、岱河、濉河等湖泊湿地,如明珠,如翡翠,如玉带。淮北的湖多为塌陷的矿山湖,因采煤凹陷而形成。南湖被淮北人昵称为"掌上明珠",可见相城人对南湖的喜爱。行走南湖,果见风景之绮丽、湖水之澄澈、波光之叠翠、植被之丰富,供市民游览休闲锻炼的设施之齐备亦超出我们的预料。良好的生态环境引来大雁白鹤野鸭等水鸟在此引吭高歌,栖息觅食。南湖在城中央,却有一种静谧之美。这静谧是因为水,但你无法不把它与煤炭联系在一起。俗话说"水火不相容",可淮北人就是能把塌陷湖治理得这么好,令你赞叹、令你惊愕、令你流连忘返。

  游览中湖湿地公园是第二日的清晨,我们在一条通衢大道旁下车,一行人沿着湖边逶迤前行。湛蓝的天空下,虫的鸣叫、花的烂漫、鸟的翔舞,令女士们手舞足蹈,墨镜丝巾等出行行头一次次完美地被摄入镜头。中湖有种不假修饰的野性的美,水光潋滟,悠远辽阔,芦苇摇曳。此时如我,脚踏着厚实柔软的泥土,身畔是秋英雏菊小小的向日葵妙不可言的香气,我喜欢这些碎碎叨叨的鲜花,自顾自地开放和凋谢。我想,盛大的秋天就应该是这样温馨又俗气的吧。突然,一只蜜蜂嘤嘤飞过,停在一朵花心上,接着几只蜜蜂跟着飞了过来,几只粉蝶亦远远扇动翅子。我的心中氤氲着一种喜悦,那喜悦是湿漉漉的水的气息、植物的气息、生灵的气息、一个陌生又亲切的城市的让人感动的气息。"一带双城三青山,六湖九河十八湾",中湖城市中央公园与创新大道的建成,使皖北这块土地融合着古韵与新风,交汇着历史与现实,难怪同行之人连连发出"人在淮北,浑似江南"的感叹。

  "自古淮上多豪杰",这里是产生老子庄子墨子等诸多中国文化先贤的地方,亦是孕育建安文学、医圣华佗的地方,灵动富足的水可启迪人的心智,予人以涵养与慈悲。读江河湖泊,即是读历史文化,品当下日常。

  在皖北,如若时间允许,用脚步丈量大地上的江河湖泊是再好不过。据说桂林有小直升机,以求快速一览漓江胜境。皖北可以借鉴,给那些时间不够充裕的人选择,用来俯瞰山川秀色、碧水长天,岂不是个好主意?

长丰，长丰

老合肥人都知道北一环有个叫白水坝的地方，白水坝如今有两条通衢大道，分别是阜阳北路与蒙城北路。顺着这两条路往北，开车不过十来分钟，就到了长丰地界。

长丰很多美食在合肥都有经营店面，还开设了许多连锁店，吴山贡鹅店与下塘烧饼店更不知凡几。鲜果上市时，长丰的草莓、油桃、西瓜与葡萄遍及合肥的大街小巷。尤其是草莓，早已销往了国外。这些年，长丰的非遗园与一年一度的陶楼桃花节声名遐迩。

我有过几次近距离走进长丰的经历。

二十世纪九十年代的一个春天，去长丰乡下一个叫郑祠小学的小学校，我的一个诗人女友在那里当临时代课教师。一大早，赶到五河路上搭乘开往吴山的长途班车（车次少，一天仅有上下午两趟车），到吴山镇，转乘一辆蹦蹦车（一种私家运营的、带敞篷的三轮摩托），因为到郑祠小学还有七八里村道。乡间的路曲曲弯弯，还坑坑洼洼，直到晌午，才抵达她书信中描述的那所学校。

学校由一个旧祠堂改建而成，没有围墙，两进院子，月洞门、小青瓦，都已破损，校园内没有任何体育器械，去教室里看了看，除了几张七长八短的桌椅板凳,四壁空空。女友夫妇带着一双儿女住在学校的一间大教室里。晓得那个学校和她的家都很清贫,但没有想到会那么寒素。后来知道,那个地方叫涂郢。

再去涂郢,已时隔多年。女友说:"老家好美好美,你一定要来看看。"我有点将信将疑。

这次她带队,走的是合淮高速,车子只开了一会儿,就到了吴山镇。镇上高楼栉比,店铺林立,赶早集的人们还没散去,车来人往的,很是热闹。我在记忆中搜寻那个清寂的春日,我们一家牵着儿子的小手,穿过空荡荡的古镇等蹦蹦车的情景。

路旁有醒目的站牌,是合肥通往吴山的公交车站,原来城市巴士已将千年古镇与合肥市区实现了无缝衔接。合肥与长丰已然实现同城化了吗?诗人笑而不答。

过了吴山镇,才算是真正的乡下,我们都急切地盼望早一点到涂郢。孰知转过街角,原野间竟是一条开满鲜花的宽阔村道!摇曳的花丛中,蜜蜂与蝴蝶翩跹起舞,有人迫不及待地拍照,发朋友圈,车子便走走停停。道路与村庄交会时,哪里还能找到多年前的土坷垃茅屋?一栋栋别致清雅的小楼干净敞亮,篱笆旁亦是鲜花烂漫,场院晒满黄澄澄的稻子,累累柿子挂满了枝头。

涂郢村前有一大片杨树林,林间还用青石条铺了健身步道,阳光洒下来,人走在里边,就像流动的画。一群小孩大人嬉闹着在收割过的稻田里捉鱼钓虾,田埂上站满助兴加油的人。好像还有个美丽乡村摄影展,一对七十多岁的农民老夫妻在村头拍婚纱照,这民间的浪漫与深情令我们好生感动,虽然他们脸上的笑纹要多深有多深。想想吧,仲秋时节,天阔地广,五谷丰登,绿树掩映的村庄,千重稻菽、仿古凉亭、彩饰墙绘、农贸市场、文化长廊……

清供圖　辛丑吉日吳玲畫

豈知白露已稀風至今
蓮蕊有香塵

长丰旧貌换新颜,变得高、大、美了。城里人也来得勤了,垂钓,采摘,吃农家乐,到双龙湖、丰乐生态园、"鸡鸣三县"处随便走走看看,一天的时光不知不觉就过去了。

当五十万居民组团入住合肥北部,北城新区已成为一个地域广阔、环境优美、人居舒适的生态型城市副中心,这张靓丽的名片迅速成为"合肥区域性特大城市新亮点"。谁会想得到,十年前这里还是一片丘冈、农田?

因为工作上的联系,我曾几次去往北城世纪城中学,那真是一所既大且美、设备一流、令人惊叹的九年一贯制学校。只要略思考一下,一所七八千人的学校是一个什么概念,许多问题就不难理解,获得全国综合实力百强县的长丰,不仅要让老百姓"长治久安,人寿年丰",更要建设最好的学校,满足群众对优质教育资源的需求。可巧的是,现在这所学校的掌门人F君与我同行,且毗邻多年,在省城亦称得上大名鼎鼎,一名一心扑在工作上的年轻的老园丁。几年过去,他每天乐此不疲地往返于北城与市内,久之,这里融洽的师生关系、"一山一河带五湖"的自然生态环境、发达的交通网络,已经使他深深地爱上了这片土地,并毫不犹豫地置业北城。

"壮丽七十年,奋斗新时代"。这个初秋,当我再次随着作家、摄影家一行走进长丰双凤经济开发区,我不得不再次为自己的孤陋寡闻而羞愧。如今这里已聚集鸿路集团、伊利乳业、万博电气、志邦橱柜等一大批知名企业。对于本土品牌荣事达,我的记忆中似乎还是二十世纪的洗衣机电冰箱。多年过去,它的升级产品早已推陈出新,与诸多黑科技展品一样,让初次见识的我们连连惊叹。

"你好小达,主人回家,请打开照明,衣架升高。"荣事达智能产品展厅里,几个作家兴奋地模仿着解说员的口令。顿时,神奇的现象出现了:屋门大开,晾衣架缓缓上升,室内一片明亮。呵呵,这可不是一台普通的晾衣架,它能识别语言,还具有消毒杀菌、风干烘干、遇阻即停等功能。一款小小的荣事达"猫眼",同时具有人体侦测、远程对讲、远程察看画面、自动图片抓拍、联动手机报警等功能;一面看似普通的镜子,还可适时反映人体的健康数据;老人出门,有了能随身携带的紧急报警按钮……

实现华丽转身的荣事达,在双凤经开区建立了国家级双创示范基地,亦树立了国内家居领域新标杆,它是双凤人的自豪,更是合肥人的骄傲。

二十六年风雨兼程,二十六年奋勇开拓,而今的双凤经开区,已如涅槃之凤浴火重生,它的气质、品位、智慧、创新以及骄人的业绩都使得这个全省首家高新技术产业园区一跃成为"大湖名城"的一颗闪耀明珠。凤栖于桐,福禄攸归。"等高对接主城区,打造北城升级版",双凤晋升国家级开发区指日可待。

位于双凤开发区内的梅冲湖,合肥许多城里人或许还不晓得这处潋滟秀美的自然景观。落日熔金,芰荷飘香,芦絮苍茫,那一湖碧波岂止令人心醉呢?当我们步入湖湾,只见一丛丛巨石屹立、一栋栋环湖而筑、错落有致的英伦风格的洋房,让人感觉置身美丽的英伦半岛,眼前分明正是一幅"落霞与孤鹜齐飞,秋水共长天一色"的诗情画境。

很早以前听到一种说法,长丰县以"望得见林海、看得见清流、闻得到花香、记得住乡愁"为理念,在全县大力实施"绿化、净化、亮化、硬化"工程,倾力打造省城后花园。面对这幅世纪蓝图,脚踏实地的长丰人已率先向前迈出了漂亮的一大步,现在我们完全可以说,作为省城的后花园,长丰当之无愧。

义城老街

我的故乡有个义兴老街，与义城老街只是一字之别，知名度却比义城老街大得多。义兴与义城是毗邻的两个镇子，在人民公社年代同属肥西县管辖。义城区区公所就设置在义城老街。旧时年月义兴老街常去，逢年节大人会带小孩们去义城老街，采购义兴老街买不到的一些物品。那是二十世纪七十年代。

义城老街横亘在烟波如黛的巢湖北岸。元代李孝光有一首赞美巢湖的诗：

　　淝水急流舟欲起，
　　巢湖浮黛画初匀。
　　客游甚忆鱼羹饭，
　　归到江南及暮春。

五百多年的风风雨雨，义城老街滤净了铅华，像一位慈爱的长者，环视着红尘中的芸芸众生，见证古庐州的沧桑巨变。

村里上了年纪的老人讲"南有肥东长临古镇，北有义城老街，西有烟墩老集",它们都曾是环湖岸边最热闹繁华的集镇,年轻的几百岁,年老的快两千岁了。现在人们都晓得,长临古镇修旧如旧,作为环巢湖旅游的佳妙处之一,成了城里人节假日争相前往的地方。烟墩老集与我故乡的义兴老街都云烟俱散,在一次次昂首阔步的现代化建设和城镇化运动中,义城老街的拆迁亦指日可待。

　　老街式微,或许最好的方式是来趟从历史到现实的回溯。义城素有"江南水乡"之称。义城建街最早可追溯到明朝嘉靖年间,它的鼎盛时期,沿用清代的建筑风格,厚实的城墙、闸门,蜿蜒的护城河,驿道上虹桥拱立,柳丝摇曳。街内俱是南北走向的青石板,雨水洗刷后光可鉴人。东西两街店铺林立,匾额高悬,气派的门楼,精致的花窗,飞檐翘角,雕梁画栋,驿馆、戏楼、当铺、米行、药堂、布庄、酒馆、作坊、日杂百货、水产贸易等一应俱全,此地是外地客商和纤夫经巢湖运货到合肥的必经之路,可谓车轿骡马川流不息,繁盛喧闹不可尽叙。

　　义城老街的兴盛除了与巢湖有关,亦应与当时的一个香火旺盛的寺庙极有关联,它就是潮城寺。潮城寺坐落在义城南庄,距巢湖仅几百米之遥。义城的汪姓老人说,包河大道绿化,旧址底下挖出许多建筑残骸,"锹都扎不进去,全是砖石瓦砾"。

　　潮城寺又号称"十八户大庙"。嘉庆年间《合肥县志》记载"潮城寺在潮城北,离合肥三十五里",是义城乃至桐城等周边地区有名的灵验圣地。寺庙始建于元末明初,五进式大殿,正殿十九间,偏殿十三间,内有十八罗汉堂、三姑奶法堂、大雄宝殿等,规模庞大,僧侣众多,前后数百年,潮城寺梵音袅袅,香客络绎。义城声名显赫的十八大户均视若神灵,每逢初一、十五,必烧香礼佛,虔诚恭敬,故有"十八户大庙"之说。潮城寺声名在外,每年的农历二月十九,是传说中的观音菩萨生日,寺院内几乎"没地方下脚跪拜"。去老街赶集的不只是义城人,还有方圆百十里开外的外乡人。潮城寺历经数朝更迭,躲过了近代的战火,幸免于水患与火灾,却消逝于"大跃进"时期。

　　岁月不居,繁华难再。戊戌初夏的一个傍晚,我再次走进义城老街。青石板不知去向,黛青小瓦八角木屋被推倒重建,像许多消逝抑或行将消逝的物件一样,老街隐匿在岁月深处,带着深沉、幽暗的底色,如一张泛黄的旧相片。

　　目下的老街,东西和南北各一条街,一个标准的"十"字形架构,街两边的房子都不高,二三层,开店居家,有的还在做着零星的买卖。老街变长了,道路也宽了,房子一律钢筋水泥白瓷砖贴面,皆改建于二十世纪八九十年代。北街口紧临老包河大道,27路公交车正缓缓驶过,义城老街依然是终点站,乘坐过多少回,数不清了。童年是随父母来赶大集逛庙会,之后是与同学与朋友,人到中年,偶然亦会独自乘巴士来到郊外,为了这里的漠漠水田,渔舟唱晚。晚饭时分,街口充满了人气,汽车、三轮摩托车、自行车将路边停得满满当当,地摊一溜排开。大排档生意不算寂寥,炉火熊熊,许多食客在街道中间的遮阳棚下,凉猪耳花生米,再炒个热菜,要几瓶啤酒,就无限惬意。

　　本世纪初建成的包河大道因彰显现代风景园林的设计品位,令人耳目一新,几成一条市内通往滨湖的观光大道,这给义城老街带来了新的转机,时令菜蔬、古早小吃、湖鲜美食,再次征服了都市人挑剔的味蕾。但老街的热闹到底还是昙花一现。

　　守着老屋的都是些老人,大都六十、七十、八十,甚至更老了,看不出他们内心的波澜,对于他们来说,老街承载了生命岁月里所有的酸甜苦辣,现在都归于平淡和从容。他们已没有什么大事要做,打扑克牌消磨光阴的,闭着眼睛打瞌睡的,侍弄几盆无关紧要的花草的,几个人在屋檐下有一搭没一搭地拉呱的,时有摩托车"突突突"飓风一样绝尘而去,使得长长旧旧的老街愈显得静谧又寂寞。

转进一条窄窄的巷弄,废墟上是一大片开阔地,一个花白头发的老婆婆正在给她的园子除草,菜畦拾掇得比她的衣服还讲究,豆荚、瓠子、辣椒、黄瓜都长得好极了。我说还能收成一季,就该歇歇啦,衷心夸赞老婆婆的手艺。老人笑着伸出两个指头,"七十四了",指着一片很气派的大高楼,说儿孙们都搬进去了,这身老胳膊老腿不下地可不行。她劳作的园子不远处,矗立一座外观看起来依然保持完好的基督教堂。在废墟里走了走,断垣残壁的空隙里,顽强地生长着各种植物,绿萝、络石、蕨草、野蒿,高大的乔木,翠绿的灌木,嫩绿、水灵,充满生机。

更多的店铺与住房人去屋空。义城区公所、尼姑庵,还有一个硕大的锅炉,自然早无影踪。雕花屋檐下滋滋冒着香气的麻团与狮子头曾是不可多得的童年的美味,卖卤猪蹄的、凤凰蛋的,现在也都不再年轻了吧?还有"嘭嘭嘭"弹棉花的声音,"滋啦啦"铁器淬火的声音,"哒哒哒哒"鞋匠的织补声……都恍如隔世,随着岁月的尘埃袅袅散去。

包河大道与紫云路交口之东南,建有一组宏伟而庄重的楼群,它们距离五十一中旧址只有咫尺之遥,那即是新的安徽省政府所在地。随着城市中心的南移,巢湖成为合肥的"内湖",古庐州一跃成为真正意义上的滨湖城市,正在向"通江""达海"嬗变,义城老镇的拆迁改造因其特殊的地理位置而备受市民关注。

义城自古多俊杰,这里出过很多名人,历史景观丰厚,文脉源长,留下许多美丽的传说。本世纪初,江泽民同志登上巢湖大堤并亲临义城看望村民,被载入史册。现在为更多人所熟知的是一座快速崛起的崭新的湖滨新城。

而位于巢湖之滨的义城老街,已然走完了属于自己的时光旅程。

吃山南

山南为何？如何吃得？当然是品吃山南的美食。

山南是肥西的一个古镇。已经记不清哪年哪月，从合肥城中心的金寨路高架往南，只消数分钟便可抵达肥西上派。如果是夜晚，车行金寨南路，那一路璀璨的华灯、鳞次栉比的高楼已然分不出哪是省城哪是肥西。这些年，肥西变得高大、亮丽、有气质了。

走过肥西的一些地方。总会在某个春秋佳日，前往紫蓬山寻幽觅胜；亦会选择一个细雨飘潇的日子，去听一听鹊渚老街的悠悠古韵；也曾与友人流连唏嘘岗坡丘陵中的大小圩子；一盆来自小团山、原产于地中海沿岸的迷迭香，多年后依然还在阳台上幽幽绿着……

山川风物、四时美景须与美食搭配方相得益彰。肥西的美食给人念想，老母鸡、大麻鸭、高刘鹅、白米虾、槐花蒸蛋、粉蒸肉、粉折、龙虾、米酒、丰乐茶干、三河米饺都令人食之难忘。

这个秋天，得一机缘，我在山南再度与美食相遇。

先看山南。小井庄当仁不让，这是安徽版图上一个普通却不寻常的地方。此地民众敢为天下先的创新精神，使得肥西小井庄成为中国农村改革的发轫地之一。说来惭愧，车子无数次风驰电掣般地行驶在途经肥西的高速公路上,而与近在咫尺的山南,却始终未曾谋面。

张建春先生引领众人穿街走巷,读山听水。山南皆低山丘陵,嘉木繁盛,农作物种类亦极其丰富,目下该留种的留种,该进仓的进仓,该生长的还在继续生长,而山林却正删繁就简疏林如画。汽车走走停停,我们停停走走。桑葚、葡萄、火龙果虽早已过了采摘季节,但是大野之上那种苍茫与静默令人感动。不难想象,如若初夏时节,采摘之人络绎,这片偌大的果园将是一番如何的热闹。通向村庄的乡道都极美,乌亮蜿蜒,路旁有人工种植的百日草和格桑花、静静开放的木芙蓉与野菊花。这一切使得深秋的山南宛若一幅田园静物图。

肥西多水。今年夏秋虽干旱少雨,可是走过的池塘、水库仍可见一汪汪盈盈绿水,岸边芦荻摇曳,鹭鸟翩飞。鹅鸭豚多了去了,也无主人看管,都是散养着,羽毛油亮,身形肥壮。长庄村的一个养殖基地,千余只大白鹅在池塘里自由徜徉,优哉游哉。主人介绍,他放牧的鹅绝不速成,吃的全是山南取之不尽的生态饲料,很多买家舍近求远,这让他自豪又心安理得。眺望四野,这里果是天广地阔,芳草萋萋。因为鹅的品质好,他们较少卖活禽,都是腌渍成风干的咸鹅,且价格不菲。我见过那场面,一排排腌渍品在冬阳的照耀下,表皮汪着清亮的油渍,叫人看着讶异又莫名欢喜。这是肥西的一种饮食习俗,亦是民间丰饶与富足的象征。一方水土养一方人,也造就一个地方的饮食文化。

一路看着说着,却见池塘里巨大的鹅群列队,分成东西两大阵营,像整装待发的士兵,气宇轩昂地从高高的堤岸上向对方的阵营俯冲过去。呵呵,莫非鹅们吃饱了撑的,斗起架来了?或者这"打架斗殴"的把戏本来是禽类消化食物的一种方式?鹅们引吭高歌的阵势蔚为壮观,令人震撼不已。

鹅肉算是各种宴会中一款比较名贵的菜肴,抑或饭馆里的一道招牌菜,哪家不是精心烹制,研制所谓的独家秘方?长丰的吴山贡鹅店在合肥是数不胜数,亦吃过秦栏全鹅宴,喝过三口塘的老鹅汤,或熏蒸红烧,或煨炖卤制,但山南的咸鹅,油光诱人,别具风味,鹅肉紧实又富弹性,密而不柴,咸而不齁,一俟入口,唇齿生香。本来胃囊不大,我忍不住又喝了两碗牛肉胡萝卜汤(鲜腴、净清,比舒国治笔下的台湾牛肉汤还好),而因为咸鹅,中午就不免又多吃了一碗白米饭。

鹅鸭嬉游处自然少不了荷。山南种植了大面积的荷,今夏荷花热烈地盛放过,荷花节时长庄迎来许多的乡下人城里人,看风景也看热闹,现在是"留得残荷听雨声"的季候了。可是那天像小阳春,阳光浓艳,其实很久以来都是艳阳天,雨中听荷,尚需耐心等待。走在翠叶离披的荷埂,只觉微风吹拂的仍是无边的荷的清香。这里种植的是观赏莲,开白花,不结实。一种名叫"霸王莲"的,据说叶径可达六尺,其上可以坐个婴儿。肥西藕声名远扬,远销到山城重庆,可见受欢迎的程度。想我今夏"充电",盘桓雾都数日,可是吃了不少次川渝火锅,那白花花脆生生的莲藕片,说不准就来自省城附近的肥西呢。

在一栋荷产品加工车间里,我挑了一枝老莲蓬,又拣了几颗饱满坚实的莲子,郑重地捧在手里。这可是出身高贵,上过太空的莲子啊。

到了一个名叫金三和的农庄,眼睛顿时为之一亮,可不是到了世外桃源?亭榭、曲栏、荷池、鸡笼、羊圈、猪舍,都建造得恰到好处。池塘里亦是成群结队的鹅鸭。

还有一个长势茂盛、品种齐全的大菜园。但是暮色已暗下来了。

金三和农庄有多大?几十亩?几百亩?好像只是顺着林荫道随便走走,一抬头,一轮明月挂林梢了。

午饭到现在,少说五六个小时过去了,肚子早唱空城计了。

此时翘首以盼的便是庄园里的晚餐。知道所有的食材都产自庄园。

这是张建春先生为此行特别安排的。

徽派建筑风格的四合院灯火辉煌,阔绰典雅的餐厅里一色古典家具,四壁挂满名家字画。眨眼间,已是眼花缭乱的一桌菜肴,不是满汉全席,却家常、亲切、养眼、入心。

栎碳瓦钵煨炖的老鸡汤,要好几个时辰吧?氤氲着热气,钵里漂浮着一层黄灿灿的油花,鸡汤馥郁的鲜香直入肺腑,以我一家庭"煮妇"雪亮的眼睛看来,如今要喝到这样地道的正宗的老母鸡汤可不是件易事。迫不及待盛一碗,味蕾即刻如花绽放。一圈转下来,呵呵,汤盆见底了。煮妇之见,高汤就得趁热喝,大美食家袁子才亦说过,菜肴的鲜美,全在起锅时,凡"略为停顿,便如霉过衣服,虽锦绣绮罗,亦觉旧气可憎矣"!如此看来,席中诸位谁不是品尝美食的高手?

不及与左邻右舍寒暄,因为农庄大名鼎鼎的金牌菜——红烧有机黑猪肉就在眼前。一块块寸半见方,肥瘦相间,酱红糯亮,入口酥烂不碎,肥而不腻,真是妙处难与人言。你若以为席上时常念叨减肥的女神们对此全荤大菜避而远之,那就大错特错了。她们相视而笑,很快又是一个盘底朝天,还戏谑道:"不吃饱哪有力气减肥?"

农庄依山傍水,鱼虾之清鲜自不必多言。鳝鱼呢,不是家常的红烧,亦非大众菜馆里的咸肉烧鳝节抑或蒜焖鳝段,更不是苏帮菜里的响油鳝糊,而是放足调料,用米粉渣,搁锅灶蒸,这种渣黄鳝日常没做过,吃的亦少,留下的印象颇为深刻。放足了花椒豆蔻等佐料的牛肉锅仔,点缀了几许蒜段提香,还在"咕嘟咕嘟"冒着辣乎乎的鲜香,很是合了一些人的脾性。

一盘炸至金黄的馍片吸引了众人的眼球,一旁的庄主笑而不语。忍不住伸箸,却发现不是普通的油炸馒头片,一问,原料竟是豆渣,名曰"豆沫粑粑"。二十世纪六七十年代生的人,谁会忘记豆渣拌饭的年月呢?金三和的豆沫粑粑,两面焦黄,外酥内韧,食之令人回味。都知道豆渣纤维丰富,能降低血液中的胆固醇,金三和人从健康、养生的角度辟一蹊径,把豆腐加工的副产品豆渣,创制成了一款色香味俱佳的时尚美食。

一桌宴席自然讲究荤素搭配,营养均衡。实话实说,座中女士对于田园时蔬的热爱显然较男士更甚。她们可是"入得厅堂,下得厨房"的一群,摄影、画画、旅行、莳花,个个玩得令人刮目。偶尔窃窃,便知是夸赞食材的地道。蒿子粑粑里吃到了野蒿的清香,滚水焯过的芫荽,纤细的叶茎依旧碧如翡翠,用它凉拌千张,清清白白,风味殊佳。山芋南瓜、莴笋韭菜、芹菜香干、薄咸的开胃萝卜皮亦都成了她们喜爱的健康养颜菜。

这些时蔬全都出自山庄里一个取名为"幸福"的菜园。还记得菜园门口的一副对联:

茄瓜豆蒜养分多;
葱韭菜根滋味长。

于是想到《菜根谭》里一句话:"嚼得菜根,百事可为。"

民以食为天,食以安为先,随着回归自然食品的兴起,美食不仅指色香味形器,更是对食材的可遇不可求。少年时,曾在"籍贯"一栏填写过"肥西"的字样,几十年过去,这回,可算旧地重走呢?如若可算,窃以为,天下所有的山珍海味皆比不上这质朴而隽永的家乡味道。

借着满天的清辉,捋了山坡上一束野蒿的种子,梦想来年的阳台上有一片青葱,假以时日,采儿片乂蒿,蒸一屉蒿子粑粑,不负春天,不负美食。

"布衣暖,菜羹香,诗书滋味长"。肥西是有故事有文化有风景有美食的地方。行走山南,收获的不仅是一场视觉盛宴,更是一场味觉狂欢。

涂山小记

久闻蚌埠西郊有荆、涂二山,夹淮河而遥相对峙。尤以涂山,因夏朝开国之君、神话中的大禹于此劈山治水、召会诸侯、娶妻生子而盛名远扬。孟冬时节,终得一见。

登涂山,实为临时起意。记得晚宴毕,回读山文苑旁的居所,只觉身畔蓊蓊郁郁,虫声杳然,树隙中漏泄的几点月光,疏疏如残雪,不远处,峰峦迤逦,天地端静,涂山如一帧剪影,近在肘腋。此行农庄,未及施展腿脚功夫的犹有遗憾,于是见缝插针,几人约定,翌日一早即登涂山,拜谒禹王宫。

我等安身立命的庐州城,自古沃野千顷,隐凤伏蛟,周遭亦是群山似锦,碧水皆秀。去冬今春,曾与一干笔友同游过古城东西境内的桴槎山、四顶山、紫蓬山,《淮南子》诞生地的八公山,周瑜故里的冶父山,汉武帝刘彻封号为"南岳"的天柱山等,钟灵毓秀之地,胜景无限,风物殊佳,无不让人流连忘返。

《水经注》曰:"水黑曰卢,不流曰奴,山不连陵曰孤。""欲把西湖比西子,从来佳茗似佳人",梅妻鹤子的孤山是例外,是世间的绝品。若拿此来衡量以上诸山,实不相宜,盖因世上大多壮美山川皆与高陵深壑相为媒。

话说曙色未晞,闻听得窗牖外吆喝之声,一骨碌爬将起来,心想:海拔区区三百多米,并无"连峰去天不盈尺,枯松倒挂倚绝壁"之峥嵘奇崛,往返一趟不过几十分钟,即使我非侠女剑客,亦是不在话下吧?瞬间裙钗齐整,诡诡然随队伍从农庄后脊向禹王宫进发。

适时,石阶盈露,古木萧疏,蓬蒿夹道。满坡的马尾松寂然贞静,乌油油地绿着,縠树黄杨乌桕的枝头遍及蛱蝶,斑斓绚丽。清寒薄瘦的晨曦,五脏六腑,浊气尽出。

沿途,遇见更早登山且已返程的,或面颊绯红气喘吁吁,或悠闲自得怡然漫步,擦肩而过时,皆会心一笑。"嗒嗒嗒嗒"高跟鞋叩击着青砖石阶若铿锵的宫商流转,长裙摇曳环佩叮当如吾,亦成登山途中迥异于常人的风景。孰料青砖石阶只是个诱饵,待巨石陡坡荆棘幽壑横亘目下足前,看官,将奈若何?

裹足不前岂是吾等行事风格?好在沿途冈阜深秀,林峦蔚起,遇苍木可撑、挡、扶、憩,逢兀石则抵、跃、揪、攀。旷豁处则身轻如燕,危难地便手足并用状若熊猿。一、二、三、四、五,共五峰,令人胆寒心颤,莫不如是。幸有合肥绅士瞻前顾后,径路崎岖处,呼叫回转。即使如此,依旧穷尽百态,引为笑谈。

忽忽两个多小时过去,终至涂山绝顶,禹王宫一览无余矣。但见天宇开霁,殿宇庄严,滩涂希阔,清樾轻岚,望夫石望之令人唏嘘涕泪,回环一周,移步换景,浑然如入画中。

群山绵邈,淮水泛金,祥瑞齐天,寰宇大美。足腿之痛,浑然不觉矣。

禹王宫与寻常庙宇并无甚异。倒是长春道院内的两株经天纬地的古银杏不由得使人暗暗称奇,苍老朴茂,盘根虬枝,巍巍然屹立于天地间,玉蝶般的叶子在朔风里凌空翔舞,冬阳微醺,满院的青砖地上,绚烂的落英如一张巨毡,炫目之至,几欲不忍踏步。适巧有道长从庐内出,遂躬问树龄,答曰已近千岁。唔,紫气逸出,当是时也。

有史为证:谓明代大学士宋濂在《游涂荆二山记》中有:"庙前杏树一章,大可蔽十牛,二柏参差左右;树东置小瓮,杏柯之水时津津滴其中。庙史云,当晨雾四集,水愈多,其如泉,可代井汲。"今见小瓮仍在庐侧,只是尘埃铺壁。他日若香雪晓雾,祈愿诸道士皆有一颗清凉澄澈之心,得能饮此圣水。

又闻清代翰林学士林之望登山朝禹,亦留下不朽诗句:"扶桑挂日红云晓,银杏摩天碧落秋。"心下暗忖:若半途而返,与此千年嘉木可不真的缘悭一面了?

关于银杏,禹王宫苍龙阁里另有一株连理枝,据云在惨遭雷火击焚后,枯死的两株于心窝里又生出枝繁叶茂的儿女树。宋元祐年间,纵情山水的苏学士游涂山见此情此景,慨叹曰:"山外有山都如画,树中生树不知年!""树中树"不胫而走。此可谓涂山又一奇矣。

禹王宫内尚有第三奇:碑刻。松竹溢翠的道院,有良畦佳木,错杂莳之,浓淡疏密,俱有情致。庙壁上,古今文人名士数帧诗联碑刻镶嵌于其上,苏轼《濠州七绝·涂山》诗碑刻,邓石如"旷览平城"摩崖题字等,均珍藏庙壁,以供后人思古怀幽。

从涂山顶闪展腾挪择路飞奔,遂忆起数年前绍兴笔会,前往会稽山拜祭大禹陵,适如顾恺之所言会稽城附近"千岩竞秀,万壑争流,草木蒙笼其上,若云兴霞蔚",王籍《入若耶溪》中有"蝉噪林逾静,鸟鸣山更幽"的千古名句,仲夏盛景,宛然眼帘。禹因治水足遍九州,功盖八方,而今,会稽山大禹陵亦成世代祭禹的圣地。

此刻,回望岭上诸峰,可谓风景互异,神禹有迹;唯白云闲卧,鸟度空山。

到撮镇去

到撮镇去,到撮镇一个名叫袁小郢的村庄去。

"三月三,荠菜赛灵丹。"民间有谚语这么说。是的,最是一年芳草绿,春在溪头荠菜花。丛林俱秀,百卉争新,莫辜负韶光,莫错过春盘。"去撮镇挖荠菜啰——"谁在群里这么一声吆喝,众人便呼啦啦响应。包饺子,做羹汤,吃香喷喷的大锅饭,近些年,抱团踏春,几成惯例。

柳依门以半绿,草连河而欲碧。挖荠菜有固定的场所,最美处是撮镇。撮镇袁小郢是草地姊老家,上了郎溪路高架,汽车一溜排绝尘而去,距离喧嚣的都市亦不过半个多钟头的车程。几十户人家的村落,拾掇得清爽怡人。

草地姊和兄棣的旧居皆属普通的乡间民居,二堂三进,虽不及徽州建筑繁复典雅、古拙精细,但亦是白墙乌瓦、明窗净几。头进的厅堂内挂着"撮镇讲堂"的字样,书架上随意摆着各色人物带来的一些书籍画册;后进屋角,堆着锹、锄、杈、锨等农具,皆齐整有序;前后园子的菜地颇受众人青睐,栽种了诸如白菜、萝卜、芹菜、葱、蒜等菜蔬,因接自然之气,更显标致水灵;村里人家的草垛皆堆码在靠近田筹的场院中,有远有近,从旁边走过,闻得见旧年的草木陈香;屋檐下有狗假寐,懒洋洋地晒太阳,看见陌生人,也不吠,睁一只眼闭一只眼的;谁家拴了一头老黄牛在槐树下吃草,吃饱了,牛就半卧在泥地上,屁股着地,半卧在地上,一边反刍着食物,一边眼神温和地看着四周。一切皆是这样的闲,这样的静,是人与物各有自在的好。这些许,都颇得众人的喜爱。

桃花最是适合开在这样的村落,因桃花的俗,俗得贞静、烂漫、没心没肺。也唯有桃花配得上"灼灼"二字,灼灼的光华里有她缱绻的梦。后院里就有一株桃,正是清丽、妖娆又妩媚的时候,人面桃花亦不过如此吧?何况衬着迤逦的一泓烟水,以及烟水中的浮萍、水草、芦苇,以及头顶的丽日蓝天、身畔的清荫万态。

其实何止是草地姊的老屋院落里的桃花呢,村庄走一遭,也大不过一晌饭工夫。风日晴和,那夭夭的桃在一户户人家房前屋后艳艳地开着,真是一树烟霞绯云开,花不扰人蝶自来,令人恍惚,令人忘世。

    榆柳荫后檐,桃李罗堂前。
    暧暧远人村,依依墟里烟。
    狗吠村巷中,鸡鸣桑树颠。

桃花在千年的岁月里一直就是如此承载诗人的梦想的吧?

老屋往东三四百米开外有个养殖场,以养鸡鸭为主,兼喂有几只流浪的狗猫,还有几口很大水很清冽的荷塘。到荷塘散步需穿过一片银杏树和马尾松林。树都有些年份了,尤其到了深秋,银杏叶子铺满地,走在路上,很柔软很惬意,也很享受。秋风吹白波,秋雨鸣败荷,败荷自有它的落寞萧索之美。彼时,四野的庄稼也成熟了,和银杏的叶子一样黄澄澄的,是很可入画的。去秋应草地姊邀约,绘事女友前来袁小郢写生,她以此为素材,很快创作了几幅《清秋漫卷图》,晒出,即刻赢得喝彩一片,亦算撮

荷塘雅趣　辛丑秋月

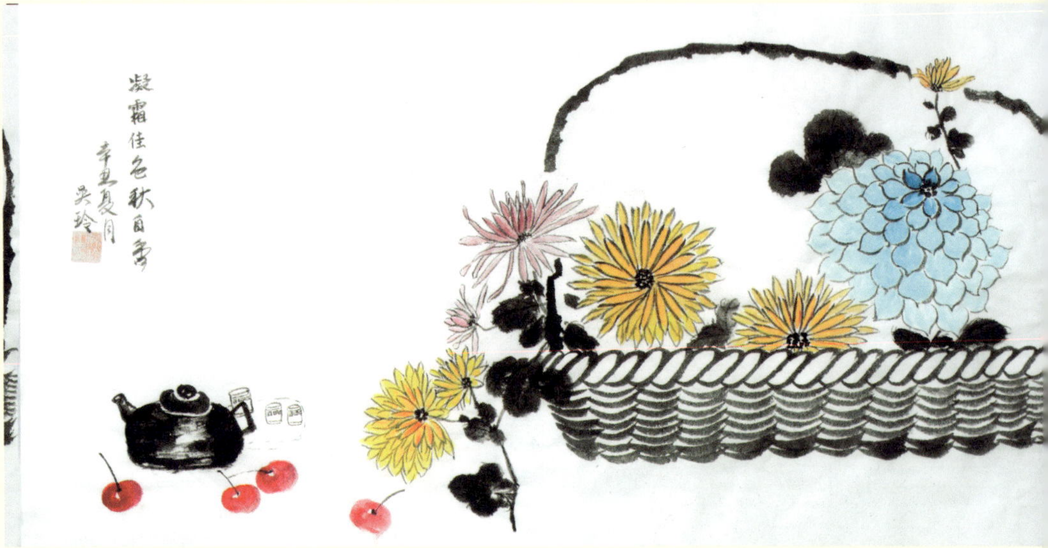
凝霜佳色秋自香
辛丑夏月
吴玲

镇老屋的一段佳话了。

春二月,荠菜味极为清美,因此时的荠菜尚未抽薹,极其鲜嫩。开水焯过,切碎,加盐、醋、生抽、葱丝、蒜末、木糖、鸡精,再佐以豆干丁,淋上香油,不消说,一上餐桌,准会举箸齐下,率先"光盘"。此为荠菜最便捷易行的做法。

初春去撮镇,自是有备而来,有人带了铲子,有人带了小巧精致的竹篮,像摆拍的道具,更有心思缜密者如程先生,为了答疑解惑,替一干植物爱好者辨识几款面貌近似的野菜,竟把日本长谷川哲雄三册手绘自然笔记《林中漫步》携了来。好不风雅,亦果真受用。

荠菜乃天赐佳蔬,只是今日的乡村早已不复往昔的热闹,田园亦多荒芜,留守村庄的耄耋童幼多是衣食无忧,自然没有那份闲情与逸兴去田间地头寻觅野菜,故荷塘沿、麦垄间、树丛中、沟沟坎坎处,那油绿肥美的荠菜随处可见。

板桥曾曰:"三春荠菜饶有味。"古往今来,无数骚人墨客留下过脍炙人口的咏荠诗篇。最早的当推《诗经·谷风》里的"谁谓荼苦?其甘如荠";最有名者,当是辛弃疾的《鹧鸪天·代人赋》"陌上柔桑破嫩芽,青旗沽酒有人家;城中桃李愁风雨,春在溪头荠菜花";最耽于美食的,当数东坡居士,他称赞荠菜是"天然之珍","虽不甘于五味,而有味外之美",不仅"时绕麦田求野荠",还自创荠菜和米同熬,美其名曰"东坡羹"。那时,东坡尚在流放岁月中。虽为一件小事,苏轼乐观旷达的人格魅力却是跃然可见。

在撮镇,"东坡羹"我们自然是无限地享用到了。至于饺子、刀板香、腌笃鲜、糯米圆子、香喷喷的小米锅巴,以及园子里新采现烹的时蔬,更是不在话下了。

闲说米公祠

我去无为拜谒米公祠的那天，天气好得出奇，又逢百年难遇的"岁交春"，无城老街处处张灯结彩。林立的高楼中，远远看见一片古旧的乌檐翘角，晓得那里便是要去的地方，但谎陈巷路边是个很大的建筑工地，走了几条疑似大门的通道，都不得到近前。问询后，穿过一条灰尘满地的篱笆巷，总算找到，却是铁将军把门。

到底心有不甘，便在馆外稍作盘桓。

米芾的故事并不陌生，他一生不算长却身历五朝，是北宋著名的书画大家，擅诗文，精鉴赏，是名噪古今的"石痴"，与儿子米友仁独创"米家山水"，影响深远。他的"刷字"功夫了得，后人将其书法与苏轼、黄庭坚、蔡襄并称"宋四家"。米芾追求自己的艺术个性，其书法风格"稳不俗、险不怪、老不枯、润不肥"，苏东坡评价其"超逸入神"。米芾以行、草为最，奠定了他在中国古代书法中一代宗师的地位。

当我正于一墙之外心骛八极、神游四野时，意外发现距离大门两三百米处有一道不起眼的铁门，朝里探望，果然有护园人。嘿！这一发现让我高兴不已，立马说明来意，值班的一对老夫妇为我打开了米公祠的侧门。

园子不大，祠堂与纪念馆分列于小院西南边，几株老树，一溜碑刻，著名的"拜石"则矗立此中。书画大名之外,艺坛众所周知的典故是米芾恋石成癖,见奇石"具衣冠拜之",直呼"石兄",还将得来的奇珍异石藏入衣袖"入玩则终日不出"。据说米芾有次觅得一块"研山"石,喜欢得不得了,乃抱怀同榻而眠,乖张疯癫为人不解,人们哂笑着送给他一个具有讽谏意味的美名"米颠"。"米颠"是真正的奇石收藏家、鉴赏家,不仅留给后世《砚史》一卷,还总结出"秀、瘦、雅、透"的相石四法,开启古人赏石之先河。

遗憾的是馆内陈列的书画无缘一见。正踌躇之际,老妇人引着我走过一扇窄窄的简易甬道,眼前陡然一亮,却是古树寒枝,竹影摇曳,聚山阁高高耸立,宝晋斋、墨池、拜石、投观亭等亭台楼榭环绕一泓碧水,好个静穆疏旷、精巧典雅的所在。

"投砚止蛙"的故事便发生在此处。相传某夏夜,米芾斋内读书创作,而池中蛙鸣不绝,扰其心绪,遂心血来潮,取石砚一方,濡墨写下一"止"字,掷入池中,蛙鸣顿绝。隔日一看,池水尽黑,兴之所至,又大书"墨池"二字勒石池边。于是,米公祠又多了个"投砚止蛙"的千古佳话。

米芾之"癖"还在于崇尚晋帖,喜集古字。他在得到王羲之《王略帖》、谢安《慰问帖》、王献之《中秋帖》墨迹后将他的书斋直接命名为"宝晋斋",以收藏晋人字画墨宝。宝晋斋今藏有王羲之、王献之、苏轼、唐寅等历代名家碑刻150多方,有米芾的篆书《御制文宣王赞》,宋徽宗楷书《题唐十八大学士》等等,均弥足珍贵,唯一的一幅书画碑《白菜画》亦收藏于此。

米芾一生官阶都不算高,却留下较好的口碑。知军无为时,当地旱涝灾害很频繁,米芾"善察民冤""与民无扰,与物无竞""饥荒则赈济缓急,阙乏则借贷与钱粮,百姓无干本加倍利,无流离乡土而衣食给足……"他的施政理想是"尚和厚,敬长老,勤农桑,救贫困,养疏亲""感召和气,五谷丰登,家养蕃息"。为让无城百姓居有其屋耕有其田,他恪尽职守,审时度势,尽心尽力,深受百姓爱戴。

《白菜画》上的《爱菜歌》云:"我爱菜,我爱菜,早韭与晚菘,青芹和苦芥……颜子居陋巷,孔子厄陈蔡,肉食焉敢笑寒酸?菜之味兮不可轻,世间万事皆可成……但愿人人知此味,天下何愁不太平!"画与诗相得益彰,歌咏米芾安贫乐道、力戒豪奢的为官精神。"白菜"思想难能可贵,"白菜"精神植根人心。窃以为白菜图被移植到石碑之上就是后人对米芾的一种亲切怀念,明人刘师朱赞誉他"清风灏气,至今袭人"。

白菜、石头都是寻常之物,若白菜歌、画体现的是米芾安贫若素的气节与风骨,那么他的"拜石"呢?我设想他所拜的当是石头所具有的"一身硬气""刚正不阿"的品格特质。这,何尝不是米芾对自己做官为人的一种训诫与勉励?

当我缓步出米公祠时,老人告诉我说这里正在修建"米公祠文化主题公园"。米芾在无为任职时间虽然只有两年多,却留下了宝贵的物质与精神遗产。欣逢盛世,无城人民定会丰富米公祠的文化内涵,让这块千年的文化艺术圣地发出它应有的光辉。

定远漫记

一

中国有许多地名像人名,这句话反过来说似乎也能成立,比如说"定远""大庆""长安"。

只说定远吧,一个旧日同窗姓唐,父母为他取大名定远,几十年后的同学会上,才晓得他多年前就把事情做得风生水起。如果还要扯上与定远的关联,便是年轻时一个同宿舍女友嫁了位定远郎君,此君八十年代初从炉桥中学考进省城一所名校。他长得敦实,说话幽默,任职的工作单位也不错。

以上所说与文章好像都不搭边,但是奇怪,说到定远,脑子里立马跑出来的就是这两码子旧事。

这些年定远比较寂寞,滁州有个琅琊山,人们慕欧公人名而去,却没有多少人再转程定远探访。

由新安晚报文旅融媒体组织的这次定远采风活动,主题很鲜明——"红色故土看发展"。大热天里,一行人一大早便启程。同行者中有几位作家去年来过，有意思的是在几处竟被接待方认出，到了盐化工业园，他们戴着很沉的红色安全帽，站在与去年相同的地方拍照，纯属巧合，看着却好。"天地一大窑，阳炭烹六月"，这里没窑，这里的地底下埋着的都是盐。我是第一次来定远，就碰到俗话里的"六月心"，是名副其实的脚踏热土——红色热土。

定远是有历史的，定远人是有精神有干劲的，表现在这些年定远已形成自身的本土特色，以"白色盐化之都、绿色生态家园和红色旅游胜地"而著称江淮。皖东大地上，绿色养眼不过，红色却是"三色定远"最朴厚最鲜明的基色。那天到藕塘镇才九点多钟，接下来的半天，接连瞻仰了藕塘烈士陵园、王小庙无名烈士墓、中原局三次会议旧址。行走在别处，这样集中的红色旅游景点怕不多见吧？

定远还有个别称叫"曲阳"，这名字听着亦是好，曲通幽，阳生春，幽春之地，长安久定，寄托了先人美好的愿景。古曲阳城的位置大概是现在的炉桥镇，三国时曹氏于此操戈练兵，至今留有诸多遗迹与传说。包公文化园里的一家私人博物馆，藏品多为皖地明清石刻，亦有精美的木雕、瓷器，我们几个还在一张拔步床前揣摩谈论了一小会儿。大门口显眼位置，一溜四五块两人才能环抱的大圆石墩，用红绸带逐个缠系，越发透出古旧沧桑的况味，这便是炉桥出土的古桥墩，轻轻抚摸了一下，斑驳的纹理，清凉凉的。它们也像在注视着我们，欲与今人对话。据传此桥为曹孟德攻打东吴时所建。另有一个四五米长的青石马槽，纹饰隐约，为曹兵喂马所用。海枯石不烂，它们是炉桥古镇历史久远的见证。

二

还是再说一下炉桥吧。旧时的炉桥古镇四面环水，"贾舶通焉"，"地方富庶,科甲绵延,为邑之首镇"。此地又处水陆交通要道,自古以来便是兵家必争之地。定远历史上曾涌现过鲁肃、董槐、戚继光等名将名相。明初则更多,他们大都是跟着濠州人朱元璋打天下,为洪武帝立下赫赫战功的人。这片满目疮痍的土地注定多苦难,不寻常。抗战时期,为了打击日寇,刘少奇、罗炳辉、张云逸、邓子恢等老一辈无产阶级革命家,在此带领皖东军民与日伪军展开艰苦卓绝的斗争,为新四军的发展壮大、淮南抗日根据地的创建做出了不可磨灭的贡献。

藕塘烈士陵园的纪念馆外,植有一泓碧荷,正值炎夏,风送荷香,鹭鸟翩跹,田田的叶子之上一朵朵洁白的荷花茕茕独立、素雅、高洁、纤尘不染。烈士们长眠于此,在这样的长夏,千百万朵出淤泥而不染的荷就是以这样超然卓绝的姿态,守护一方英烈圣洁不屈的灵魂。

战争时期,环境的艰苦与残酷,今天的人们只能通过实物、图片、影像资料来体味。中原局三次会议旧址在大桥镇,刘少奇的一间卧房里,仅有老旧的一床一桌一柜,床是门板拼成的,蚊帐上的窟窿补了又补。

工作人员介绍说:"这是刘少奇的住处,办公还在几十里外条件更艰苦的乡下。"

问:"他怎么去呢?"

答:"骑马去。"

有一间小房子,门头挂了块牌子,写着"厨房"二字,里面空空如也,别无长物。墙上的一张地图告诉我们,几十年前的村子三面环水,有吊桥,壕沟处高临深,植被茂密,易守难攻。

转到后园,显然是修整过了,卵石甬道,曲折有致,各种灌木乔木都在开花结实,郁郁累累,却未见园里那几棵枝繁叶茂的黄楝树(在新四军江北指挥部工作间隙,刘少奇常在树下读书、看报、思考),只剩下粗壮的根系守候着故土。

那晚梦见一片林子,事实上是纪念馆西头的围墙下,生长着一大片的野蒿,蓬蓬勃勃的一丛又一丛,挤挤挨挨在一起,是地肤,俗名"扫帚草"。正午,艳阳,烈日,它们越发显得油绿、旺盛、赏心悦目。到了秋天,扫帚草就如油画一样红红黄黄,是想象不出的好看。小时候隔壁婶子用它扎扫帚,还分与我家几把,姊妹们一年到头用它扫地。在藕塘镇就餐时,路过村里的几户人家,门口摆放的扫帚也是它。乡下人好像没有不知道的。

定远有个王小庙,怎么说呢,怕是很多人与我一样一知半解吧?真是一个不该忘却的地方。当我置身王小庙无名烈士纪念碑前,我的心是痛并沉沉地往下坠着的。这里的174座坟茔,安葬的是抗战期间原新四军二师牺牲在定远的700多名英雄,他们没有留下英容,七十多年过去了,我们到现在甚至不知道他们的名字。

聆听的人神情肃穆。我远远站在一株香樟树下,梦游一般。现在我还在为那时撑着一把遮阳伞而愧疚不已。

"人家的娃啊,也是爹娘的心头肉,牺牲的时候都只有十七八岁,为了打鬼子,命都给了国家,只剩下这些没有名字的坟头……"守墓人朱世文讲着讲着,眼圈就红了,声音也不由得有些哽咽。

阳光浓烈,松柏青青,偌大的墓园干净、整洁、庄严、肃穆。一排排卧式墓碑,像一排排匍匐着的整装待发的勇士。透过"无名烈士之墓"几个金色的大字,他们青春的面庞,宛若花季的生命如电影胶片般闪过,但是,他们倏然崩断了。

战争早已远去,"和平"两个汉字笔画虽不算曲折,可谁能道出它蕴含的分量有多重?

我从野地里摘了一株芝麻花,轻轻放在无名烈士墓前。亲爱的孩子,请接受一个母亲迟到的芬芳的祭奠吧。

长空辽阔,百鸟鸣唱,陵园外,是村庄与大地,水稻正在扬花,芝麻、大豆、玉米、花生等农作物都长势喜人,预告着秋天的收成。蝉鸣高悬的村庄,白墙青瓦,一片安然宁静。

三

定远县博物馆坐落之处颇像一座园林。桥头有一棵上了年岁的构树(《诗经》中称为"縠"),程耀恺先生的《草木札记》中专门写过它,读了就很得要领。国槐去年夏天在京城看得过瘾,都是高且大,这里也有,正逢花期,玉色花瓣团团簇簇落了一地,落到水面,就随着流水漂走了。

游览博物馆是临时增加的,窃以为实在值得一走,光是那些石汉画像就值得一走,定远方圆内外,能搜集到如此之多之精美的石块,不是件易事,实在珍贵。站在画像前,呆想:西汉年间的那些古人们,采石官是怎样从山中选石取石的?匠人们是在哪里錾刻的?他们来自民间吗?否则画像如何会体现那么自然丰饶的风土人情?雕镂用的也是凿子、铁锤吗?这些画像石是从何人的墓穴中出土的?人、神、兽、禽、鸟,线条无一不是那么准确、流畅、飘逸。忽又联想起二十世纪八十年代,安徽老省博曾展览过马王堆一号汉墓的出土物,就有"帛画""素纱蝉衣"等国宝级文物(又是汉代的),岂止是奇迹呢?简直震惊了考古界,震惊了世界。我们没有弄明白的东西太多了。如果推测这些汉画像石大约产生于西汉中晚期,那么它们与"帛画"差不多同时代出土,至少两千岁了。

在一本书中看到一句话"石头在博物馆里形成池子下面的暗洞"。这句话隐喻的是什么?"门外的一块河水,对面破墙美如残碑。碑残了好看。"

沉睡的石头会醒来的。

回头看了看,一座古雅小巧的仿汉代建筑,掩映在葳蕤的林木间。

在定远,"炉桥方氏"三兄弟是绕不过去的人物吧?"怀诗、寿字、定文章",这是几百年前安徽两淮流域在民间流传的一句口头语,意思是,怀远的诗、寿(县)州的书法和定远的文章皆享有盛誉。定远文章之大名首推方浚颐。方浚师《蕉轩随录》中说:"吾家自顺治初迁定远之炉桥镇。炉桥,古曲阳治也。地平衍,少冈峦。先伯曾祖余斋公归田后,卜宅于曲阳门外后街,饶有花木,题其居曰半园,自号半园主人。"(半园主人的后代何其了得)方浚颐亦有诗纪云:"清白家世六代传,渡江卜筑庆延绵。泮芹化出科名草,瑞兆佳城十里边。"这位进士虽是定远人,却常年在外省做官,坊间说他对做官无甚兴趣,常以文会友诗酒风流,跑到扬州开书局,办书院,主持重修平山堂。

今年春天,我游扬州瘦西湖,见识他亲笔为"平山堂"所书的匾额,另有一联语:

大明寺里拓坤隅,望重庐陵,赖刁周郑赵史吴,踵事增华,遂令江上浮岚,长留真赏;

丰乐区中推壮观,雄吞邛水,有毛魏金汪宗尹,鸿篇巨制,敢道劫余畚筑,足抗前贤。

题写平山堂的,我没有看到比这更长更有气魄的楹联。方浚颐著述等身,名冠江南,被扬州人尊奉为"文章太守",与欧阳修、苏轼齐名。他是值得定远人骄傲的。巧的是,百年后方浚颐与他的夫人合葬于合肥西乡。

我们还到吴圩乡下走了走。乡野的六月,水满陂塘,翠色逼人,植物与农作物都长得密密仄仄,荷的香,菱的香,草木的香,以及浓郁的稻花的香,扑面而来。一簇簇的菱叶发出窸窸窣窣的声响,鹭鸶或别的水鸟扑棱棱飞起又落下，它们飞翔的姿态真是优美。白鹅、麻鸭与鹭鸟，成了定远大地最生动的点缀。

定远黑猪肉没有吃到，却吃到了鹅，鲜爽醇厚，这倒不足为奇，征服都市人挑剔味蕾的却是满桌子的时令绿蔬，茄子、丝瓜、毛豆、黄瓜、雪花藕，一道道端上桌都那样洁净本色，茄子是茄子味，丝瓜是丝瓜味，皆清鲜无比，众人连呼吃到了"小时候"的味道。

董公巷未及去拜谒，或可留点遗憾。曾经繁华盛极的炉桥古镇呢，也只得留待下次再感受了。

沈福美境　天上人间

江淮大地上的一个村落,开启最早的安徽新农村示范点,荣膺过全国文明村(镇)称号,吸引了德国时任总理默克尔前来参观访问。这样的村子,必定有它的非凡之处吧?带着这些好奇,我走进安徽省合肥市包河区大圩镇沈福村。

一

沈福村村头立有"沉福美境"四字的黑色大理石牌,意为将福气聚集沉淀。《说文解字》谓"沈"同"沉"。对沈福村来说,"沉福美境"是名下无虚的。

若从空中俯瞰,偌大的巢湖静静地拥着碧水蓝天,北岸的村落,像是从湖里跃出的一条游龙,龙冠夺目,龙眼晶亮,龙身矫健,龙尾似在摆动。这个"龙"形村就是沈福村。六百多年前,沈姓一世祖——科学家沈括后裔——从浙江徙迁巢湖岸边,相中这块藏风纳水之地,圈圩造田,从此定居繁衍,生生不息,世代过着农耕田园生活,忙时割麦收稻种瓜点豆,闲时搓绳结网下湖捕鱼,日子富庶殷实。

沈福村的美境得益于水的涵养。湖水,河水,塘水。水,滋润了土地,哺育了人类,创造了文明。在我们生活的地球村,诸多城镇临水而建,兴旺富足。两河流域的古巴比伦文明,恒河流域的古印度文明,尼罗河流域的古埃及文明,黄河流域的华夏文明,莫不如此。人类社会悠久的文明与水息息相关,世界历史或许可以说就是从河流开始的。

梅雨时节,天气或阴或晴,雨也是说下就下,一点商量的余地都没有。从花园大道转入东大圩区,便是一处静谧悠远的所在,高处是绿,低处是绿,远处是绿,近前是绿,像是一个绿的王国,绿的海洋,树木、庄稼、荷塘、葡萄园、芦苇湿地、瓜果菜蔬、花花草草,以及映入眼帘的水、吹到脸上的风,似乎都是绿色的。阳光从云层里洒下几缕金线,植物、泥土、水泽之气一股脑儿氤氲开来,尘嚣被挡在世外。远远地,一栋栋白墙乌瓦马头墙的民居,掩映在深深浅浅的绿色中。

二

新雨之后,河水泱泱,草木逐水泽而生,葱茏披拂,摇曳生姿。沟渠里植了莲藕,荷叶田田,花姿清逸,正是赏荷之时。

一条很长的河叫圩西河,村里人称作十甲长沟。十甲长沟与巢湖相连,可蓄洪,可排涝,可供村民日常生活所用。以前的村里人家,搭几块石阶,下河,便可舂米砧衣。我在村头一户人家的小河沿找块石阶坐下来,我走了很长时间的路,正适合放松一下双腿双脚。我将湿漉漉的脚伸进水里,一阵清风,头上身上落了些许粉白的花瓣,水里亦是,一朵朵,一簇簇,慢慢向下游漂去。我走过不少地方,像这样成片栽种合欢树的,不多。这条路上的合欢花开得真是极美极茂盛。合欢花别称马缨花,所以有诗句"马缨花下旧回廊,一缕红丝一缕情",乡下植被丰茂,种植合欢花的好处是可驱除蚊虫。沈福村在这个季节又多了一种合欢花绽放的气息。我手笨艺拙，否则，当鸡鸭鹅犬大摇大摆从树下走过，村民们扛着锄头劳作归来，采莲的女孩挎着一篮沾着露珠的荷，老人担着甜瓜菜蔬，休闲的小情侣们手牵手，蹦蹦跳跳的城里孩子指着满树繁花，欢快地笑着："妈妈，看，羽毛一样的花。"……我将用画笔一一记录下这些场景，多年以后，它们将成为对这个村庄美好的回忆。

圩西河蜿蜒流淌，像环绕村子的一条缎带，堤上筑桥六七座，名字都颇具古意：龙头桥、古井桥、王湾桥、青莲桥、祠堂桥、清泉桥、龙尾桥，都是石桥。它们显然不是明洪武年代建造的桥，但古色、坚实、沧桑，几百年过去，沧海桑田物换星移，悲乐愁喜都从桥上桥下经过了。人行桥上，似有长风从远古吹来，这风并不猎猎作响，而是温婉的、湿润的，是"平铺新绿水蘋生""阴阴夏木啭黄鹂"的徐徐之风，像杏花坞秋浦河一带的风，江南的风，但亦有一种内在的力量。

荷塘深处，有老翁临水垂钓，戴一顶圆草帽，坐在一只马扎上，端然凝神。他近前，一泓碧水，四周菱荷芦蒲却都挤挤挨挨，半亩见方的荷塘，其深若何？只见钓竿沉浮不定，老翁似乎意不在鱼，时而闭目，如老僧入定。此况此境，倒亦不觉意外。

三

村道四通八达，荫翳蔽日，路面都是黑色的沥青，干净得有些不真实。老屋围上栅栏，就别有一番天地，墙壁上爬满奇花异草，场院里种着玉米、芋头、花生、豆角、辣椒、茄子、芝麻、丝瓜、葫芦，十足的民间菜蔬，都长得那么好，花开得尤其好看，水淋淋的，洋溢着勃勃生机。

有家屋后种了许多向日葵。我故乡人叫它长年花，还有人喊它太阳花、日头转。秋天花籽成熟时用镰刀割下一个个圆转盘,用棒槌捶打,葵花籽就被震落下来。乡下差不多家家户户都晒过花生瓜子芋头干,它们是土地赐给小孩子们的恩物。有一年夏天,我在内蒙古遇见一大片金色的花海,翻过一座山,还是同样的金色花海,车子靠近一看,是向日葵,排山倒海般,花盘又圆又大,一律朝向太阳,那么明亮热烈,那么辉煌壮阔,像幻觉,像秘境。直至如今,我仍清晰地记得那时的场景。大青山下,我的一柄质量很好的绣花阳伞突然没缘由地折断,这是什么征兆?当下心里一惊。这年秋天,我那一生与土地相依为命的父亲永远离开了我们。

合肥现在不少地方栽种向日葵,牛角大圩、肥西、三十岗乡,都有,是袖珍品种,我是不大愿意去看的。昨晚散步,在罍街公园门口买了一束鲜花,因为摆摊的花铺中插着一大瓶向日葵,挑了几枝,我打算对着它写生,聊胜于无罢了。

在沈福小学校门口,我遇见一个老婆婆,挑着一担粪桶,正在给豆苗浇水。她站起来时,腰板很直,花白的短发,十分清瘦。我向她打招呼。

"老人家累吧?"

"不累。习惯了。"她对我笑,用衣袖擦着满头的汗。

"您种的蔬菜长得好呢!"

"土地肥啊!"

我要进校园,只能和老人告辞。这是一所具有六七十年办学历史的小学校,沈福村一代代的孩子就在这里接受启蒙教育。老合肥的文化人都知道有款墨,瓶子外包装"合肥墨汁"几个招牌字便是沈明初先生题写的。解放前沈先生是这里的私塾先生。

"我家住在东头第一家,你们来喝水。"

老婆婆的家是一栋漂亮的三层小楼,被一团绿雾笼罩着。

沈福村里还住着一些老人,他们将一生交给这片土地,吃这片土地上自己种出的粮食与蔬菜,喝清澈的未遭污染的水,生养的儿女像小鸟一样飞出去了,都过得不错。可他们仍执拗地坚守在这里,侍弄庄稼像侍弄神物一样虔诚,所求无多,一日三餐清简度日,外面的世界好像与他们没什么关联。他们原本可以过得更好,比如高楼华裳,比如现代通讯、交通工具,更丰富一点的精神生活。我用我所谓的"幸福"标准去衡量他们,回头再想又甚觉可笑:生命尽头人与人有何区别?追求的高远与简单地活着有什么区别?富贵与贫穷有何区别?知晓天下大事与不知晓天下大事有何区别?生命只是一段历程,穷尽一生心机夺拼来的幸福,与一个一生在土地里摸爬滚打无欲无求的人,到底哪一个更幸福?

有人说过:伟大的人对世界施加影响,普通人与草木同朽。可多少人能对世界产生影响?多少人不与草木同朽?

四

这阵子总是雨,噼里啪啦的一阵紧似一阵。天空湿漉漉的,圩区湿漉漉的,沈福村里湿漉漉的。想到宋人赵师秀的诗句"黄梅时节家家雨,青草池塘处处蛙",觉得很应景。

因避雨,我们走进村里一户人家。从外头看,房子建得极其阔大、讲究。他自报家门,倒插门,姓钟,名以德,做建筑多年。没进门之前,他家场院里的几棵大树吸引了我们,村里走过几回,还没有见过这么高大的树,并生,合抱,冠如华盖,大几十年或上百年是有的。树旁还种有一大片竹子,绿叶扶疏,苍翠欲滴。

大门敞着,雾霭飘忽,雨声簌簌。老钟敬烟,让茶。我们坐在八仙桌前的长条凳上,听雨,品茶。老钟六十上下,发疏,背微驼,很精干。听他谈吐,是个有见识的人。

老钟家的墙上挂了一幅黑白老照片,二十世纪五六十年代毛泽东主席和一群青年工人的合影。挂这幅照片,寓意何在?

"讲讲村里的事吧。"我提议。

"毛主席接见过我父亲。"老钟像突然醒悟。

老钟说,他父亲钟明友,曾在安徽省委机关钢厂(后改名为合肥市第三钢铁厂)工作,1959年作为工人阶级先进分子代表受到毛主席接见。照片上的毛泽东主席身影伟岸,面带笑容,正和一个青年交谈,那个青年,就是老钟的父亲。那时,他父亲刚三十岁。陪同在毛主席身边的,是当时的安徽省委书记曾希圣。

这幅照片的原作,如今悬挂在毛主席纪念堂。

老钟爱花草,爱奇石,爱读书,在城市北郊还有个石园。儿子承接了父亲的事业,老钟与妻在乡下种菜养花赏石,闲时看看田园里的风景。虽住在乡下,他家的生活设施已然现代化了。

告辞,出门,老钟说,院子里的树叫重阳木,近百年了。竹子是紫竹,又叫墨竹。紫竹?果然紫竿隐约于绿叶之下,甚为绮丽。

老钟妻子忽然接过话茬说:"我爹爹当过村里的私塾老师,我那时候小,没有太多印象了。"

"绿树浓荫夏日长,楼台倒影入水塘。水晶帘动微风起,满架葡萄一院香。"沈福村如今已经不是真正意义上的乡村,它早已城镇化了,但保留了农耕文明的一些元素符号,水车、锄头、犁耙、石磨、石碾,老旧而醒目,令人怀想久远年代农人劳作的艰辛。农具,是一个时代变化的缩影,是抹不去的乡村记忆。熟悉它的人们会唤起记忆深处那种久远的亲切感,对于不曾从事过农桑的人来说,他们在探索实践中增加了美的情感和认知。

自幼出生在乡下的我,谙熟乡村生活的各类细节,离家久矣,年岁渐长,对故乡越发怀有一种欲说还休的眷念。沈福村与我的故乡几无分别,其实七八十年代的中国农村都无甚分别。那是真正的乡村,像一幅久远的田园牧歌图。一日三餐袅袅炊烟,乡邻之间夜不闭户。春日载阳,有鸣仓庚。鸡栖于埘,牛羊下括。五月斯螽动股,六月莎鸡振羽。时光缓慢流淌,人们日出而作日落而息。木心的诗耐人品味:

从前的日色变得慢
车,马,邮件都慢
一生只够爱一个人

四十多年过去,对于乡村生活的诸多细节,依旧谙熟于心。张冲,孔石桥,唐岗,大唐店,孙岗,塘头吴,刘西小郢,小郭,牛子凹,梁河塘,平塘王,戴小郢……是我上学曾走过的一个个村庄;"猫洗脸,狗吃草,不三天,雨就到""人误地一时,地误人一年""万物土中生,人勤地献宝",这些农谚一代代在村里流传;锄头,木锨,镰刀,连枷,滚耙,杈子……这些农具当我还是一个小姑娘时已经用得熟练。我记得一茬茬庄稼的长势,一个个四时分明的季节,一季季披星戴月的"双抢"。

像许多人一样,少年时我们迫不及待地想把自己从故乡连根拔起,只希望逃离得越远越好。人到中年以后,疲惫的双翼已然承载不了更多的重荷,我们像倦鸟知返,希望时光可以倒流,重新回到故乡的怀抱。可是我们的故乡在哪里?

五

沈福村的古旧之处不在少数。一些上了年岁的老人还记得,沈福村那时叫沈福集,人群熙攘,极其热闹,是商贾云集的鱼米之乡。中心位置大约即现在的"龙身"之地。老街青石铺路,店铺林立,茶馆、饭店、缝纫铺、酒肆、染坊、烟馆、铁铺、水产杂货店、早点店、糕点店,应有尽有。东方现出鱼肚白,一扇扇门板就吱吱呀呀打开了,油灯亮起,人影晃动,从街对面的这家可以看见街对面的那家,人们趿拉着鞋,打着哈欠,不急不忙地刷马桶,洗漱,再点开一个个烟熏火燎的炉子。炉火旺了起来,磨豆浆,捶烧饼,蒸油糕,制点心,擀宽面,炸鱼丸,接着,去庙里烧香的人、赶湖的人、买卖的人、走亲戚的人相继来了,老街上摩肩接踵,闹气腾腾。桨声欸乃,日影西斜,老街变得慵懒而有声色,烟榻上的女子半梦半醒,迷离恍惚。它们与岁月渐行渐远,这些只是我走过老街口眼睛里幻化出的场景。

不过几十年,一切都陆沉到苍茫的时光里去了。老街还在原地,却没有几个人能找到当年的印迹了,仅剩半壁八角落地的鱼鳞小瓦屋。黄昏的光影照着朱梁上的蛛丝,被岁月和脚步打磨得明亮的青石路面去了别处,镂花窗棂和青砖灰瓦去了别处,门板咿呀咿呀的转动声响在了别处。在现代文明冲击下,一切蜕变得今非昔比。曾经的老街增加了岁月沉淀的厚度,增添了孤寂苍老后的深沉。据说此地将保留村子原貌,量身打造"金融小镇""生活高地",新的繁华将再度呈现,那将是一番什么样子!

沈福村里一口老井至今保存完好。老井在村落文化中的意义举足轻重,是村庄的另一种生命。哪个村庄没有老井呢?柴米油盐酱醋茶,有井才能安家乐业。鼎盛时期,村里六百多户,两千多人口,设想一年四季,老井排队打水的场景是何等壮观。老井与古桥已被列为市级保护文物。有说江南沈姓家族来此筑庐定居便挖此井,井深百米,通姥山岛底。沈塘拐、许贵、王嘴等四乡八邻皆来村里担过水,世世代代,井水未有枯竭过。两幢民居围成的一个院落里,老井兀自静默。石砌井台,圆口,青石围栏,四壁长满了青苔,井口间的勒痕又宽又深。

村里的老人们说,旧年里每逢年节,女人们会烧香祭拜水神,期盼国泰民安风调雨顺。喝老井水长大的沈福村的子子孙孙们,有出息了,他们没有忘记故乡,成立慈善基金会,互帮互助,以各种形式馈赠乡梓。

老井完成了它的使命,作为村庄历史的一部分,被永久保存了下来。到村里来的人,有的会停下脚步,到老井旁走走看看,有的骑着车或开着车,呼啸而去。老井旁,一株偌大的栀子花树,枝头缀满白色的花朵,兀自散发馥郁的浓香,走了很远都闻得见。

六

关于九磜桥鲢鱼滩,村里老书记对我讲了一个故事。

故事的开始总是很久以前。村南有块滩涂,状似鲢鱼,因而得名鲢鱼滩。春开百花,夏闻禾香,秋枕稻浪,冬飘白雪,鲢鱼滩四时风景如画。

村人乐业中有隐忧。汛期一到,湖水暴涨,十里长沟一片汪洋,水满为患,路桥垮塌,沈福、王嘴、塘拐人到田圩里做活,要么撑船,要么划一只腰子盆,风急浪大,船翻桨弃,时有落水死伤者。

可巧鲢鱼滩来了个生意人,专卖石器,碓窝、石槽、杵子、磨子、碾子、磜子,每天辰时雷打不动准时出现。他的磜子真是好,青石凿刻,纹理清透,大若盘鼓。老书记讲的石磜小时候我见过,牛套上轭,拉着它在场地上打场,麦穗稻穗靠石磜与土地的碾压很快脱离,比用蛮劲掼稻掼麦要省力得多。

村里一个叫王大夫的心里为之一动,天天去鲢鱼滩,也不与买卖人搭话,只是对着那些石磜摸摸,拍拍,试试。天天如此。

生意人不能再忍。于是有了下面的对话。

"作甚光看不买?"

"想买。"

"那咋个不买?"

"没钱。"

"一个碌子值几个钱?"

"我要九个。"

"要九个作甚?"

"铺桥。"

"……没听讲过。"

王大夫说,他要买九个碌子铺一道桥,让村民不再被水淹死。

生意人回味半晌,答应助其一把,但要约法三章,九个石碌只管拣大的扛,中途不得歇息,不得请他人帮忙,万一被碌子压死,责任自负。王大夫签字画押,满口应承。

那日全村男女老幼乡绅大士集中到鲢鱼滩。果见王大夫如壮士,过滩涂,跨长沟,飞奔而去,一口气扛走六个。到了第七个,第八个,眼看到了第九个碌子,围看的人群个个为他捏把汗,空气像凝固了一般,平时叽叽喳喳的鸟停止了鸣叫,人群中只听到喘息声。只见壮士艰难起步,脊背如弓,亦步亦趋,就在他放下碌子的那一刹那,眼冒金星,身子一倒,面如白纸,一张口,鲜血如注,将石碌染红。突然,西方的天空也一片血红,照得湖水、沟渠、滩涂都像洒了鲜血……人们惊骇万分。

王大夫死了。

村里人厚葬了王大夫。

沈姓大户出资买下所有的碌子,将石碌围成墩子,三组为一墩,共九道,人们为纪念王大夫,取名"九碌桥"。说来也怪,从此,不论多大洪涝,水都不没九碌桥。自此以后,沈福村六畜兴旺,五谷丰登。

某日,一紫衣长袍的道士从村庄上空隐隐飘过,村人隐约闻听其言:沈福村"上有九碌桥,下有鲢鱼滩",乃宝地福境也。

村人乃建庙以供奉王大夫。

讲故事的人叫沈训鲁,一个土生土长的沈福村人。

七

这几年,沈福村依托巢湖与圩区丰富的水资源优势,大力推进农村产业结构调整,发展现代农业,逐渐形成自己的特色:林沟龙虾养殖基地、无公害设施大棚蔬菜基地、苗木花卉生产基地、优质水稻制种基地、葡萄水果采摘园、农家乐休闲垂钓中心。两千多亩生态杨树林和六千多米绿色长廊,环绕村庄四周。沈福村声名遐迩,每年接待国内外宾客几十万人次。

前行的历史总在不经意间改变人们的生活、思想与观念。岁月更迭,古人遥远的背影在巢湖的湖光山色中忽隐忽现。行走在圩区里,格田成方,鱼虾成群。路林交错,白杨参天,荷香四溢,葡萄满架。早年艰辛的农耕岁月早已变成芬芳甜美的居家日常。

还是再回到村里吧。"沈福一号"在村子的最东头,女老板丽丽开了个"鼓动非洲"俱乐部,很时尚很前卫,也是个充满故事与情怀的地方。紧挨着"沈福一号"的是默克尔饭店,时令蔬果鱼虾不用多说了,自然还能品尝到祖国各地不同口味的葡萄。玩累了,吃醉了,蝉鸣声中,不妨感受一下在乡村书吧里阅读的情味。它们共同构成了村庄的迷人之处。

我想,不管时光如何流逝,沈福村,隐匿于城市边缘的安逸与幽静不会变,氤氲于烟雨中的葱茏与诗意不会变。

天色向晚,依河而建的一家家农家乐亮起了灯笼,水波潋滟。星星出来了,又大又亮,蛙鸣声惊天动地。

沈福美境,天上人间。

凤阳三题

一、钟离古城遗址

顺着斜坡往上走,不时需拨开一垄垄荒草与庄稼。有步履矫健者,三步并作两步,须臾站在一个连绵高耸的土堆上。这里,便是春秋时的钟离子国都城遗址。

一位老人在做遗迹介绍,他身边围拢了一群人,有的还在飞快地记录。我站在远处,一个字也没有听清。摄影师王世龙说:"我给你照张相吧。"我转过身,看到许辉先生也在土堆的另一处站着。土堆本来很高,他身材又高,愈显挺拔。他背着双手,目光看着远方,像在思考着什么。

在我们站立的地方,除了田野就是田野,玉米、粱黍一大片一大片的,发出窸窸窣窣的声响,像絮絮叨叨的低语,又像远古人们劳作的歌谣;像无数刀枪剑戟的厮杀,又像无数只小兽在里面奔跑。你定睛,你侧耳,草际鸣蛩处,白墙黑瓦的村庄,篱落飘香,绿叶正删芜就简,没有喧嚣,少有行人。我慢慢走下斜坡,走向一片金色的稻田,一辆收割机正隆隆碾过,那个坐在高高车顶上的人,他脸上的笑容像是风俗长卷里一幅生动的木刻。

古钟离城,当地的老百姓称之为"霸王城"。据传楚汉相争时,项羽兵败垓下,南渡淮河,曾于城外休憩,稍事便领数百骑夜驰阴陵(定远)。所谓"霸王城",大约是缘于人们纪念一代枭雄于此歇马的史实吧。

这真是一种朴素的热爱。朴素的热爱必来自朴素的民间。

钟离古国北临淮河,历史遗迹尚未彻底消失,废弃的城郭遗址依然十分清晰,延绵起伏的高大土垄早已改为陂田,走在风中,山野与庄稼成熟的气息一阵阵扑面而来。这里曾出土过战国乃至秦汉时的诸多文物,箭镞、瓦当、钱币、陶片、陶罐乃至汉封泥"钟离丞印",它们与蟠龙石础一道,陈列于凤阳县博物馆,正被越来越多的国人所关注。

时隔多日,依旧记得那天秋阳如酒,我们站在天与地之间,站在那个巨大的土堆上,耳畔朔风飒飒,像是对两千多年前的那段历史的诉说。

二、凤阳有湖

月明湖与花园湖距离钟离古城遗址都甚近,两座湖犹如两块碧绿的翡翠,给已经远去六百多年的大明皇城于雄浑厚朴之中增添了几许阴柔明媚。月明湖产蚌,每逢清辉泻玉,又圆又大的白色湖蚌便浮出水面竞相嬉游。"月夜蚌出明似霜,月明湖内水茫茫",月明湖产蚌亦产神话。偶一低首,却见岸边蓼花摇曳,蒲芦盛开,一湖的水草与芡实相勾连,月明湖,当然亦是可以生长《诗经》与《楚辞》里的许多植物的吧?

芡实因形似鸡冠,故俗称"鸡头米""鸡头莲"。《本草纲目》记载:"芡茎三月生,叶贴水,大于荷叶,皱纹如縠,蹙衄如沸,面青背紫,茎叶皆有刺。其茎长至丈余,中亦有孔有丝,嫩者剥皮可食。五六月生紫花,花开向日结苞,外有青刺,如猬刺及栗球之形。花在苞顶,亦如鸡喙及猬喙。

剥开内有斑驳软肉裹子,累累如珠玑。壳内白米,状如鱼目。深秋老时,泽农广收,烂取芡子,藏至困石,以备歉荒。其根状如三棱,煮食如芋。"

我在苏州老街见过刚采摘下的芡实,白花洁净如莲,紫花美艳无瑕。

花园湖北端的进洪闸即将竣工,很是壮观,它是淮河干流行洪区调整和建设的宏大建筑之一。人走在桥上,显得渺小极了。站在闸基上远眺,一片苍苍茫茫,成千上万只白鹤翔集于此,嬉水,觅食。花园湖浩渺六百余顷,水清草美,流云溢彩。

卧牛湖即凤阳山水库,有诗曰:"群山莽莽锁重关,碧水其间自在眠。"抵达时,正值正午,偌大的森林公园几无游客,除了鸟语、山峦、湖水、草木、阳光,一切皆极其安静而美好。车子在转弯处减慢了速度,隔着车窗,仍可见疏林如画,群山环抱的一汪大水,幽蓝莹澈,静若处子。遗憾的是,时间不够用了,我们只作远观而未及近睹。

卧牛湖位于韭山洞与禅窟寺之间,是一座大型的天然人工湖,凤阳人二十世纪五十年代兴建的,其中水面17000亩,山场2000亩,当之无愧的湖光山色中的一块美玉。

凤阳的湖,各美其美。

三、淮水汤汤

轮船驶入凤阳港时,斜阳已西斜,水天之间,光影浮动,瑞象万千。

"秋风淮水白苍茫","踯躅望朝阴","淮河任沿溯"。如果说观湖令人心旷神怡,游淮河则给人更多的回溯与思考。淮河,流经凤阳全境一百多里,若从空中俯瞰,它就是一条青碧的缎带,在北中原大地上蜿蜒流动。船行水中,浪花轻拍堤岸,仿佛是从水底传出的嗟叹之声。那嗟叹是为中华民族五千年的文明史,为淮夷大地古老的文明,为堤岸之间保存完好的梁城墙,为忙碌有序的凤阳港,为悠闲划着舢板的撑船人。

一湾逝水静静东流,行驶中的轮船有些微的颠簸,两岸景物在清晰与朦胧中不断交替。这样的情境,总会把人的思绪扯得很远。

人类逐水而居,河流也孕育和滋养了古代文明。古希腊哲学家赫拉克利特曾经提出过一个命题:"人不能两次踏入同一条河流。"老子说:"上善若水。"孔子感叹:"逝者如斯夫,不舍昼夜。"荀子说:"水能载舟,亦能覆舟。"世界文明长河中,这都是先哲们留给后人宝贵的文化遗产。而今,有多少人把"上善若水"挂在了自己的书房,有多少人将"天下难事必作于易,天下大事必作于细"铭记于心。

河风轻缓,这是上古的风吗?上古是老庄的时代,是孔孟的时代,中国最重要的哲学家和思想家,都产生于淮河流域。六百多年前,那个生于淮河边的苦寒少年,后来成了大明开国皇帝的朱元璋,面对这样的一湾逝水,是否悄然吟诵着"浪花淘尽英雄",继而一步步走向大明王朝至高无上的权力殿堂呢?当然,这一切早已消散在岁月的云烟中,我们无从知晓,亦无须知晓历史缝隙里的某些细节。

我想起凤阳的鼓楼上端挂的"万世根本"四个大字,太祖皇帝梦想他的江山社稷长存万世,那是怎样的一种痴妄?中都皇城早已沦为废墟,又三百年过去,内忧外患的大明王朝终被一个新的帝国所替代,是"天之道",却不是躺在陵墓里的朱皇帝所期望看到的结果。

城头变幻大王旗,各领风骚数百年,历史的车轮总是滚滚向前。

淮水岸边,面对斜阳下深静蜿蜒的壮阔河流,总让人怀想起一句前人的老话:"古今多少事,都付笑谈中。"

宁国路上的那些事儿

一、欲寻陈迹都迷

母亲年纪大了以后,就不想出远门,我自从迁居罍街,会时而带她去附近走走看看,走得最多的,当然是宁国路。母亲总会发出轻轻的喟叹:"都不认得了,盖这么多的高楼大厦。"于是,我们会慢慢忆起一些往事,时光深处的某些细节再度苏醒。

我从小生活在乡下,之所以很早就对宁国路有些印象,与我伯父一家有关。小时候每年的正月里,父母都会带我们姊妹去城里给伯父母拜年。伯父是纺织厂的技术工程师,一家子就住在宁国路。一大早,我们便会被母亲喊醒,穿戴整齐,"今天去包墩"——父母亲称伯父家的所在地为"包墩"。我们从一个名叫席井的小村庄出发,走上两三里的乡间小路到义兴镇,乘坐乡下通往城里的班车(汽车半小时或更久才有一趟,每逢年节,车厢拥挤,人像装在罐头里的沙丁鱼)到十二中学(现改名三十二中),再换乘市内公交车。宁国新村的几间平房里,住着伯父一家六口人。

宁国新村一点都不新,甚至黯淡破旧,房子密密麻麻,巷弄看起来都差不多，我还在此迷过路。有条小巷，叫前进巷，向东可通到宣城路。前进巷里有个前进小学，趴在铁门向里张望，有乒乓球台、滑滑梯、篮球架，这些，我乡下的学校都没有。我们在乡下玩跳房子、掼黄泥巴、掷石子、踢毽子、打陀螺等游戏。城里没有像乡下一样黏的黄土，我堂兄妹不会掼泥巴，捏鸟窝和小鸟，摔响炮。

宁国新村亦是我父亲的出生地，我爷爷奶奶去世得太早，伯父又比父亲年长得多，全权承担了照顾父亲的重任。听母亲说，父亲因被医院误诊从部队转业后，伯父已经将他在"包墩"的房子建好了，"但是你父亲非要去乡下安家"。说起这件事，母亲就心有戚戚。

前进巷附近有条很长的污水沟，堂哥叫它"二里河"，水边长满乌油油的水葫芦与红蓼，浊气逼人。有年夏天我婶婶生病，母亲带我和弟弟来探望，堂哥偷偷带我们去河里抓鱼，弟弟顽皮，掉河里差点淹死，我们吓坏了，幸亏伯父及时将弟弟灌进肚子里的浊水给逼了出来。

宁国路比我乡下的一条田埂长不了多少，路面还有些坑坑洼洼的，我们只是随便走走，就将一条路逛完了。傍晚算是热闹的，煤炉里冒着烟，洗澡花紫莹莹地开满墙角，小孩子们放学后就在巷子里追追打打。晚上呢，除了收音机咿咿呀呀的呢喃透过纱窗，路旁只有一两个小卖店闪着微光，偶尔会看见一个挑馄饨担子的老人，担头上的汽灯一晃一晃的，"馄饨哎……"悠长的叫卖声为夜晚更增添了一种幽寂，此外几乎听不到什么其他声响，整个宁国路是一片阒静。

八十年代的第一个夏天，我参加中考，考点恰是与伯父家一墙之隔的合肥教育学院，伯父母让我考试期间跟堂妹一起住，为的是节省时间好复习功课。当最后一门课的交卷铃声响起，我冲出考场，七月流火转瞬变成大雨滂沱，一路飞奔到伯父家，一身汗水一身泥浆。两天半中考完毕，堂兄堂姊一定要留我住几天，说考完了，放松一下心情，看看合肥城。

宁国新村有一个煤球厂，巷子里印着黑黑的车辙，还有一个很大的菜场，许多菜蔬与副食品我都没有见过，就东看西看，觉得好奇。彼时堂哥才拜师学画，画鸡，他就带我和他的弟妹们去菜市场，说是去观察鸡。他果真带了纸笔，他画的鸡只是寥寥几笔就很神气，堂哥说这叫"速写"。

但是从宁国路向北走就不一样了，芜湖路上青石铺地，又洁净又敞亮，两旁的梧桐树枝繁叶茂一地清凉。包河公园像画一样，荷花开得比乡下荷塘里的还艳。有回堂姊说："包河藕无丝。"堂哥说："真的？我扒一节来看看。"就做着鬼脸做下河状，我们都笑了。我们还去拜谒了包公祠，在蝉鸣声中我第一次走进省图书馆，蓝色的琉璃屋顶，雪白的粉墙，迷宫一样的藏书楼，数不清的各类书籍，迷人至极，亦令我惊愕至极，以至以后的很多年，没钱买书，我就揣着一张借书证，一次次往返于这座庄重典雅古朴的知识殿堂。

包河公园和省图书馆距离伯父家如此之近。

省体育场亦大，但日长悠悠，空阔的操场一片寂然。

表兄妹带我走了很远的一段路，去江淮大戏院看了一场电影，上演的正是彩色越剧电影《红楼梦》，到"宝玉哭灵"就近尾声了。因为是晚场，夜凉如水满天星斗时才走出戏院，身边是黑压压的一群人，人们唏嘘叹息窃窃私语，似乎还沉浸在剧情里。

"我一定要考进城里。"我听见另一个我对自己说。

香草冰淇淋的味道忽然不再甜美，变得幽深而不可捉摸。

二、多情还忆宁国路

二十世纪七十年代与八十年代，通过中高考跳出"农"门，圆了"城市人"之梦的乡村少年不可胜数，而中国的改革开放恰是从那个时候拉开帷幕,幸运的合肥六〇后们,更是亲历、见证和参与了庐州城波澜壮阔的大建设、大发展和大跨越。

宁国路算是我较早熟悉的一条路,它一点一滴的变化我都看在眼里、记在心上。宁国新村改造,伯父一家由老旧的平房欢天喜地地搬进了窗明几净的新高楼。2000年初,堂哥与堂姊联袂二次创业,自筹资金创办了一家颇具规模的豆制品深加工企业,为市民提供"安全、绿色、健康"的豆制品,很快赢得了市场的口碑,创立了企业的品牌,由建厂伊始的日加工大豆原料几千斤到如今的每天几十吨,在感恩社会的同时,也获得了丰厚的回报。堂哥堂姊先是搬离了各自的"福利房",到市中心繁华的路段买了观景房,为使孩子有个更好的成长环境,他们购了车,置换了书香氛围浓郁的学区房,再后来,事业如日中天时,工厂拓展迁址,堂哥堂姊重置了倚山临水的花园别墅。

合肥一环畅通后,开车时我习惯从北一环到东一环再到南一环,再驶往我出生的故乡,汽车呼啸而过时我甚至产生过某种幻觉。宁国路在悄然间变得平坦宽阔了,它向南延伸至南二环,漂亮的下穿桥,乌青的路面,整齐的行道树,花团锦簇的垂直绿化,彻底改变了逼仄破损的旧时容颜。才过了一些日子,马鞍山路南北一号高架已高高屹立,从南二环驶上包河大道高架,车子好像还没有开过瘾就到了滨湖。

再后来,宁国新村二次改造,前进巷变宽了,时尚了,充满现代与时尚的气息;前进小学择址重建了,迎接学生们的是一座环境优美教学设施先进的现代化新校园;二里河呢,地下修通了暗渠,上面建造了一条温情脉脉的小香港街。有一次我为了拍一张图片,特意去了趟省地质博物馆,它已迁往政务新区,那是一个规模宏大、藏品丰富、功能完善、独具特色的高科技地质古生物专业博物馆,位于美丽的天鹅湖畔。

1996年,长江路、屯溪路与合作化路交口的五里墩立交桥全线贯通时那种万人空巷争睹"五里飞虹"的场景仿佛没有走多远。弹指一挥间，到了2008年，庐州人只用了半年不到的时间建成了金寨路高架，它以市中心的芜湖路为起点通往经开区，这条交通大动脉从此翻开了合肥城市交通崭新的篇章。2016年底，合肥正式进入了"地铁时代"，道路、桥梁、高架、地下轻轨全方位的立体交通网络，昭示着合肥已朝着区域性特大城市方向阔步前进。"合肥速度"被庐州百姓口口相传。而滨湖新区的打造，使得合肥拥八百里巢湖烟波入怀，昔日的江淮小邑"一鸣惊人"，大湖名城实至名归。与此同时，宁国路与城市的其他区域一样，一幢幢摩天大厦拔地而起，高品质的配套小区亦如雨后春笋般——亮相于庐州大地。

合肥变大了变美了，六十年代生人都已人到中年，出生在这里的父亲与伯父去了遥远的天国，但宁国路仍是我魂牵梦萦的一部分。九〇后的儿子考取了合肥工业大学美术学雕塑专业的研究生，有一次我和他在合工大的老校园里散步，他与我聊起他很棒的研究生导师、他正在创作的一件作品的构思，他的毕业设想、他说起苏联的雕塑家，说起列宾美术学院的恰尔金……那时，我们刚步出合工大的西门，门口就是黄山路的起点，这里一直西行可直抵美丽的大蜀山脚下。一抬头，一轮金灿灿的落日挂在天际，映照着儿子生机勃勃充满美好愿景的青春面庞，突然间，竟有种莫名的感动。

有一年秋天，我频繁出入宁国路上的合肥工业大学出版社，那时我的一本名为《缓慢的雪》的散文集正在编辑之中。合工大附中有阵子名声大噪，因为那年这所学校出了个合肥地区的高考状元。

当不再阮囊羞涩时，我经受不住堂妹的蛊惑，在宁国路上的三星地矿珠宝行选购了平生唯一的一枚钻石戒指，谁知赴江城采风，不知遗落何方。

因缘际会，记得多次与友人为书画之事出入太宁花园紫兰苑那间斋号为"冷香居"的画室。陶天月先生应邀赴幼儿园给孩子们写字、画画，陶先生还为安庆路幼儿园桃蹊分园挥笔题写"桃李不言下自成蹊"，来表达对园丁的赞美。

而我再度置业宁国路，或许是命运的安排。那几年，几个文友开车几乎跑遍合肥东南西北大大小小的各个楼盘，最后圈定目标：枫林路与宁国路，一时难以取舍。搓了两个纸团，写上楼盘的名字，抓阄。几回，竟都是宁国路。巧合乎？天意乎？

我和先生各自拥有一间书房，我的不大，但是全家最好的位置，北面和西面两扇落地玻璃大窗，春夏之际，满园的绿要溢出眼帘，我想书舍干脆叫它"滴翠轩"好了。滴水之小，亦可笑青吟翠。我还在书房里像模像样摆了一张画案，私心是想退离职场时，我哪儿都不要去，就看看窗外景，读读眼前书，写写心中字，这个世界是自己的，与他人没有什么关系。

总是一趟趟从北城往返宁国路，其实也没有什么可搬的，老的东西都留在原处，它们还有它们的用处，要搬的就是书，一捆捆，一摞摞，一趟趟，一车车，书，书，书，除了书还是书，朋友戏谑，你们不是搬家，竟是搬书。我笑：为孔夫子搬家。

从北城往宁国路，依然是先途经环城路至芜湖路再转入宁国路。喜欢有翡翠项链之称的环城公园，四时之景犹如人生的不同阶段。时光飞逝，一个人、一座城，甚至一个国家都发生了巨大的变化，而这些变化，我们亲历、见证、参与，因而愈加感慨万端。

母亲更老了，我与她漫步在宁国路上，她像个孩子似的挽着我的手，不住地喃喃自语："要是你父亲还活着，该有多好……"一时语塞。这条路，我小时候步行过，青年时是骑着心爱的自行车，现在则是开着价值不菲的小汽车。

人事与岁华都远去，好在我们还能俯拾一些过往。母亲说，你还是回来了。是的,我们又回来了,回到了宁国路,带着我们天上的父亲。

三、龙虾醉

合肥的特色小吃,宁国路上的小龙虾绝对算是一景。

不错,夜幕低垂,华灯初上,"宁国路龙虾美食街"炫目的霓虹招牌老远就直撞人的眼帘,安静了一天的宁国路满血复活,资深吃货们从城市的四面八方拥向这里,街上车水马龙,人们摩肩接踵。"青砖黛瓦马头墙,回廊挂落花格窗",尤其是九华山路至靶场路段,古色古香的老字号餐馆一个接一个,盛装的服务生满面笑容,灯火辉煌的店堂内,几无虚席,"酒满金樽春满面,堂留瑞气齿留香""停车且饮三松酒,入座好尝一味鲜",廊柱上的楹联与堂内美食亦算相得益彰吧。

二十世纪七八十年代,乡下的荷塘沟渠里龙虾多得很,水草密集的地方都是一窝一窝的,小孩子们就找来竹竿,在丝绳前头装上诱饵去钓龙虾,半晌也能钓小半桶,拿回家洗净,葱姜辣椒爆炒,在清贫的餐桌上就是一顿美美的大餐。后来不知从哪里听到讹传,有两年,我家乡人不愿吃小龙虾,认为是不洁之物,说它们专门吃水里小动物的腐尸,嫌它们不干净。小龙虾不是我们本土的物种,它繁衍极快,会嚼断农作物的根茎,尖利的钳子能把田埂凿穿。

我住在三孝口的时候,路边摊开始流行,夏季的晚上,光明影都一带人声鼎沸,简易的餐桌上,红通通香喷喷的小龙虾香飘四方。那时龙虾便宜,一盘也就几块钱,龙虾去头多,头大螯大,胃口大的人,能一连吃好几盘,所以餐桌上的虾壳污渍多得惊人。台子是不断地翻,食客是一拨拨地来。人们在啤酒与嘈杂的氛围中大快朵颐,有滋有味地享用夏夜的凉风与价廉的美食。其实不只是三孝口,还有四牌楼、龙河路、双岗、东陈岗等许多夜市的大排档,都以经营小龙虾为主,有的摊位经营到凌晨三四点才打烊。合肥市民对龙虾的钟情由此可见一斑。

夜市突然消失了的时候,一些老饕们很是败兴。馋嘴的滋味不是人人都能体会的,他们四处寻找小龙虾的身影,宁国路龙虾美食街的创意,再次证明合肥人的智慧与眼界。《史记·郦食其传》有"王者以民人为天,而民人以食为天"。老子也说过"食者民之本也,民者国之基也"。对于这项自古以来即公认为人生首要之事,主事者自然心有所系,于是宁国路龙虾一条街应运而生,装修考究的徽派门楼,精致的包厢雅座,小龙虾由路边摊堂而皇之登堂入室。食客们一传十、十传百、百传千、千传万,不仅合肥本地的龙虾爱好者争相前往,甚至吸引了无数外地游客慕名而来。

小龙虾做成大文章,老合肥惊叹八方客。几百米长的一条街集中了近百家龙虾店,简直是个挑战味蕾的美食王国。清炒、麻辣、豆汁啤酒、油炸、红烧、白灼、手抓十三香……迷倒了多少优雅的食客和粗俗的吃货。"阿胖"是龙虾街的"原住民","老谢""周记""时代小雅""红虾馆"也都是较早一批进驻宁国路的龙虾店,如今都开了一家或多家的连锁店。"阿胖"从摆小摊起家,如今他在美食街和罍街各有一家门店,总面积四千多平方米,高峰期每天客流总量能达到五千人,"老谢"已经不叫"龙虾馆""龙虾店",而是被称作"龙虾城",日销售龙虾四五千斤是常事,可见食客阵势多么浩大。

将近二十年过去,一年一度的"龙虾节"像是一支熊熊的火把,点燃城市的热情,合肥人日啖龙虾三十多吨,几乎"承包"了夏夜的餐桌。市民何姐道:"一大家子聚餐,菜做得再多再好,没有龙虾就觉得不完美。"让人难以想象,小小的不起眼的小龙虾竟带动一个城市如此庞大的消费群体,节假日,"逛合肥,看滨湖,谒包公,品龙虾"成了外地游客合肥一日行的主打内容。真是"龙虾搅动三江水,美食招来四海宾"。

老合肥人当然知道，宁国路美食街所经营的不止小龙虾，既有CEO们需求的国际酒店，亦有传统美食，还有小资如布鲁维尔美式音乐餐厅，普罗大众便捷又实惠的卤味饭、牛肉面、老乡鸡、包子铺等，如果再寻求个性特色，澳门豆捞、螃蟹村、回民烧烤、鹅火锅亦是不错的去处。大约一切的消费阶层，于此皆可找到一款适合自己胃口的珍馐。

像合肥龙虾街这样的地方，全国还有许多。北京有个簋街，是京城著名的美食一条街，麻辣小龙虾是簋街的主打菜系，市民亲切地称它为"麻小"。盱眙素有"龙虾之都"之称，盱眙龙虾简直全国遍地开花。洞庭湖边的岳阳城不仅举办龙虾节，还隆重启动小龙虾产业博览会。在北上广，吃小龙虾更成了年轻人的时尚消费。躬逢盛世，百姓衣食无忧的今天，夏夜的餐桌，龙虾仍然是绝对的主角。

古城庐州，人口由过去的几万、几十万骤增到数百万，人们对餐饮业的要求早已由过去的填饱肚子，变成有特色有风味。竞争带动发展，竞争引来商机，宁国路逐渐演变为都市一条名闻遐迩的美食街，成为老城区的餐饮王牌和都市景观，绝非偶然。

宁国路的北端毗邻包公祠和省图书馆，那是一个静谧庄重的所在，知识的光芒与包拯的人格魅力具有一种恒久的穿越时光的生命力。它们与商业无关。而与其咫尺相连的美食街则给人更多物质与市井的味道，它在满足人们味觉欲望的同时，亦让人产生一种家园之思。它们共同构成了庐州城迷人的风景。

栀子花开了，夏天来了，宁国路美食街龙虾的狂欢季亦到了。

潜山漫笔

一、山谷寺

　　三月的季候真是极好的,绿苔空阶,柳色烟岚,尤其是行走在潜山各处,关隘、峡谷、平畴、村寨。喜欢山中,喜欢这样的日子,脚步可以或急或缓,思绪可以天马行空。

　　孤塔翩翩,山寺高耸。众人缘阶而上。我是第一次游览三祖寺。三祖寺又名"乾元禅寺",南朝梁武帝曾赐名"山谷寺",位于天柱山谷口下的凤形山上,周遭峰峦迤逦,林泉有致。《天柱山志》云,此山"峰无不奇,石无不怪,洞无不杳,泉无不吼"。丁酉春日,眼见为实,果是名不虚传。

　　山谷寺是个极清幽的所在,除了历经沧桑保存下来的古建筑,耐人咂摸的还有崖壁上的那一幅幅石刻。山谷流泉共集古今名人题刻近四百处,尤以宋王安石、李柬之、苏东坡、黄庭坚等骚人墨客的题刻最为人所称道。

　　临川王安石作《题舒州山谷寺石牛洞泉穴》诗二首。其一:"水泠泠而北出,山靡靡以旁围。欲穷源而不得,竟怅望以空归。"其二:"水无心而宛转，山有色而环围。穷幽深而不尽，坐石上以忘归。"此处镌刻的是第二首，朱红字铺黛青底，在一众石刻丛中，倒也醒目。也有刻"泉滚滚""止泓""一柱擎天"的。杜子美的《秋兴八首》镌刻在大门东侧的石壁上，深得冬心趣味，味厚神拙，古意盎然。好诗句，虽然并不匹配眼前的景色。

三祖寺门前有一放生池，一截古木残枝上，卧着一大一小两只龟，悠然自在。天上云影徘徊，水中嫩叶重生，一丛丛野花从石缝里探出纤细的枝条。梵音袅袅，夕阳垂在半空。

忽忆起林散之赠懒悟法师的诗："云树年年别，交游淡更成。人间懒和尚，天外瘦书生。好纸何妨旧，颓毫更有情。平生任疏略，墨里悟空明。"懒悟为佛门高僧，善丹青，工诗词，曾师从一代大家林风眠，与唐云亦有交谊。《懒悟画册》里的作品，闲雅澄净，清逸绝尘。懒悟作画毕，常在画上钤"二石而后"方印，"二石"即指明末清初的高僧石涛、石溪。光阴披沥，沙沉金露后，今人视其为画苑一杰，绝非偶然。

令我稍加疑惑的是，山谷寺为安庆乃至皖地名刹，懒悟自日本游历问道归国后，二十世纪三十年代常驻迎江寺，多次往返安庆、九华山等地，是否也曾修禅于三祖寺呢？

山谷寺这个名字似乎比三祖寺更让人喜爱。

二、卧龙听雨

卧龙山庄是我向往的一个去处，因为有诗词文赋里的小木屋，有地道的美食，更有叶稠荫翠、微月半天。

清晨从稻香楼启程，一天紧锣密鼓的走马游览结束，阅山居庭前的水泽已亮起潋滟的波光，极目远眺，山峦只剩下氤氲起伏的影子。车窗被雾气裹挟，竭力睁大眼睛，想看什么也是枉然与徒劳的。只晓得大巴车在陡峭的山道上盘旋，偶尔车体与从山崖伸出的树枝相碰擦，发出"吱吱吱"的声响。

汽车开了多久，也不大记得了，似乎很久吧。抵达卧龙山庄时，天已透黑，四周泼了墨一般，没有边际。"有些灯火是孤独的，在夜里，什么也不说"，诗人顾城曾有过如此梦游般的呓语。而此时来自山庄高高低低远远近近的木格窗栅里的灯火，却是温馨且可爱的。

山庄笼罩在夜色里。步出小木屋，呀，天上飘下蒙蒙细雨来了，如绵密的锦缎拂过面颊。在这海拔七八百米的半山腰，山风不复白天的温润，带有些微的凉意。有人抱着膀子，站在斜坡上，抬头看天，木屋半明半昧的灯光笼罩着他，他自顾自后悔没有带件薄袄子。作家书屋门口有搭好的戏台，长凳子一排排的，因为冷，人都躲到屋檐下看戏去了。演员三五个吧，女的粉面桃腮，水袖曳地，诡诡然小碎步走着圆场；男的俊眼修眉，鬓若刀裁，端坐在一方几案前。韵味十足的黄梅调，声甜字美，婉转娇媚，唱的哪一出却有些模糊了。

雨是不知不觉大了起来的。这时已曲终人散去，自然没有一钩新月天如水了。"噼噼啪啪""淅沥淅沥"，大颗大颗的雨滴瞬间连成一片，落在山庄里，落在木屋上，落在黑魆魆的草木间。

这样的时辰，喝茶、谈天、发呆，翻几页发黄的旧书，或者摆一桌牌局都是再好不过的。茶叶中上等便可，此地有涓涓的卧龙山泉，是不愁泡不出一壶好茶的。壶小乾坤大，山中日月深。说与不说，人生况味大抵都蕴含其中。周作人有《苦雨斋》，苏学士作《喜雨亭》，何哉？今人对古人，境遇与境界耳。

《陶庵梦忆》中有《烟雨楼》篇，虽无《湖心亭看雪》之大名，亦颇堪玩味。张岱道："嘉兴人开口烟雨楼，天下笑之。"烟雨楼因"南朝四百八十寺，多少楼台烟雨中"的诗意而得名。坊间有乾隆六下江南，多次登临烟雨楼,赋诗近二十首之传说,可见嘉兴人确有骄傲的资本。陶庵接着又言"然烟雨楼故自佳"。这"故自佳"自有一说,乃"楼襟对鸳泽湖,淙淙蒙蒙,时带雨意,长芦高柳"。可见,雨落何时、何处听雨皆是极有讲究的。

"雨夜好读诗"。可不是吗?"春水碧于天,画船听雨眠"。今日所见,杏花初绽,弱柳依偎堤岸,粉樱低垂,沃野土润苔青,潜山处处皆是灵动秀美的,天色溶于水中,水色蕴含天光,只是缺了"画船"勉强可算憾事。但于晓夜邂逅一场斜风细雨,或者明日的脉脉远山"林花著雨胭脂湿,水荇牵风翠带长",未尝不更添了些江南的韵致。至于"满目山河空念远,落花风雨更伤春""红楼隔雨相望冷,珠箔飘灯独自归"不说也罢。还有"竹杖芒鞋轻胜马""小楼一夜听春雨"给人一种淡淡的喜悦。其实,晴天与雨天,亦如人生的得与失、悲与喜、生与死,自然界的枯与荣、冷与热、夜与昼,都是再寻常不过的事情。

但春天的好是看得见的好,一场再一场溟蒙的春雨过后,枯涩饥渴的花朵便嫣然绽放,一朵接一朵,一片连一片。岂止花事呢?"夜雨剪春韭,一举累十觞""竹笋初生黄犊角,便是江南二月天"。又岂止食事呢?那山野的悸动,水的软,燕语的呢喃,草的蓬勃,天的青,孩童的笑靥,动物的觉醒,一切的一切不都是郁郁向上的吗?古诗中有"阳春布德泽,万物生光辉"之句,真是把春天描摹得绚烂极了。

在潜山,似乎总是与雨有缘。最近一次去登天柱山,是乙未新春正月初八,姑苏有雅君姊、德平兄,沪上有俞杰君,含山有蓝叶子,全力旅店只有我们几个,第二日登山也是漫山遍野不见游客,仿佛也只是我们几个。出发时是微雨,攀至半山腰,却是滂沱大雨夹着雪霰劈头盖脸地砸下来,气温陡然降至冰点。缆车是敞开着的,我们被冻得几近不能呼吸。时至今日,擎天一柱冰清玉洁的容颜,巉岩里的挂满霜华的玲珑剔透的苍松,依然历历在目。因概不能忘,后作《雨中登天柱山》记述斯情斯景。

此刻,天柱山就近在咫尺。

卧龙山庄上空的雨大约给即将涌动的晨曦赶跑了,"沙沙沙沙"的声音早已消散到无涯的虚空里。夜的酣醉,夜的清寒,似乎能听到醒着的几盏灯火的心跳。山庄在春夜里,在世界的一角,安宁而深邃。

耳畔似闻泉流汩汩,读几页《板桥杂记》,恰有"大雨打蓬窗,侧侧有声"之句。遂又想起昨日孔夫子旧书网有售曾宾谷的《赏雨茅屋诗集》,好名字,却不知是怎样的一个诗境了。

三、潜山之美

潜山的美,在三月。新燕春泥冉冉柳枝,芳草旖旎绿水柔波。油菜花性子烈,率先泼洒一地金黄,蚕豆花涂着淡紫的眼影,蔷薇的藤蔓上扑扇着蛱蝶一样的羽翅,竹篱茅舍旁不经意间斜出一两枝桃花,妖娆自在。这乡野,原来也是风情万种的!

远眺层峦叠嶂,云烟俱净。蜜蜂嗡嘤在各种草木间,惬意极了。人在软泥青苔的乡间小路上走,有说不出的亲切与欣喜。去往梅花鹿养殖基地的途中,粉墙黛瓦的村口竟铺着一大片似锦的紫云英。这身份卑微的草,承载了多少代人童年的记忆。阅山居的黄昏婉约如一阕宋词,竹筏漂流恍惚溯回少年时,更有林壑幽峭处,宛如世外桃源的童话小木屋。

乱花渐欲迷人眼,潜山美似紫云英。

天柱山,汉武帝时即被封为"古南岳",以"雄、奇、灵、秀",吸引历代文人骚客不畏险绝,快意登顶,吟咏题记,留下千古传诵之篇章。大乔小乔胭脂井,星流光璨。《孔雀东南飞》里,焦仲卿与刘兰芝的悲剧结局让人唏嘘扼腕。程长庚、张恨水、夏菊花、韩再芬,大师与名流,才子共佳人,谁不以他们诞生于此为荣呢?此地人杰地灵,山川风物俱美。

"忆往昔,峥嵘岁月稠",一段岁月,让人铭记,一种精神,凝成永恒。白马潭、卧龙峡、水吼、野寨……潜山,踏着先人的足迹走近你,原来你是那样的不屈与坚韧、丰富与庄严、慷慨与奉献。潜山的美,在于它拥有不朽的光辉历史。

　　潜山的美,美在人情,美在细节。山水瑰丽是天然,举箸珍馐属人情。米酒、香茗、戏曲乃至一把遮雨的布伞,都是那样恰到好处地呈现在你面前。潜山人以他们的热忱、细致、温厚、缜密,汇聚成一种叫人情味的东西,时时处处打动着八方来客。这种妥帖更体现在一日三餐的美食上。

　　食物文化的传承与汇聚非短时之功。地道的鱼鲜、山珍、农家土菜是不必说的,我至今挥之不去的却是餐桌上的清欢之味。《帝京岁时记》云,旧时北平有食龙须菜、香椿芽拌面筋、嫩柳叶拌豆腐的,谓之"时品","味极清美"。吾等比古人多有口福消受舌上滋味,此趟潜山之行的清美之物可谓餐餐奉诸席上,不仅有被青木正儿誉为"珍味中之珍味"的笋,还有野芹、香椿、地衣、莲花姜、马齿苋等纯天然的乡野佳蔬。

　　记忆中,野菜是旧时充饥之物,朱门绣户弃如敝屣,端上桌子的多是清贫人家,缺油少盐,滋寡味薄。忽忽几十年过去,今人对野菜重生出恳切与盼望之情来,盖因耽溺于繁华香艳饫甘餍肥久了,故多年后再见此物,不由得生出"听罢笙歌樵唱好,看完花卉稻芦香"的感觉吧!

　　记得还有一款毛香粑粑,以艾蒿、腊肉、米粉为主材,烹制后色泽清绿,咸香扑鼻,饶有风味。

四、兰花草

　　读朱自清的散文《白马湖》,就会想起潜山的白马潭。名字有一字之差,想来两地风土人情亦有大不同,但我私心里觉得白马潭是一点儿不逊色于白马湖的。

有山、有水,有暖律暄晴杏花如绣,再有粉墙绿柳燕舞晴空做了春天的背景,我是一次次想起白马潭的。想起白马潭,想起白马潭一位卖兰花的老人。

书房的矮柜上,端立一盆兰,素雅的影姿与一室书香是何等相宜。那高洁的幽芬,常常使我"辄于其间,少得佳趣",但更多瞬间我会陷入一种念想——它是我从白马潭带回来的。

"文艺聚焦,全国名家看潜山"第二天的行程中有嘉宾体验竹筏漂流的环节。要寻访的地点实在多,采风行程甚至精确到几时几分。七八十人的队伍,路途远,又多山路,真是难为了主办者。我们从黄龛村梅花鹿养殖基地分乘两辆大巴前往白马潭,那厢的接待人员已等候多时。顾不上欣赏湖光水色、莺啼芳树,宾主便纷纷穿上救生衣和鞋套,因为竹筏是粗毛竹制成的,贴着水面鞋子会渗水。

是丢在座椅上的相机使我重返了车子,待我取回相机,抬头,与众人已落下了一大截。就在我欲追赶队伍的当儿,一个挎着竹篮的老者迟迟疑疑走近前来。

"买兰花吗?"他局促地问道。

"多少钱一株?"我只是惯性地应答,并没有真的想买,明天还要登山,况且行李箱中如何装它回家呢?

"十块。"声音很轻地答道。

"十块?"这么贱价,简直疑心自己听错了。

"是十块一株吗?"再问。一边盯着队伍,脚步并没有停下来的意思。

"是的,十块。"再次很轻地答道。

我这才抬头看他,是个清瘦的老人,小小的个子,一顶旧草帽遮住了他半个面颊。他挎着竹篮,露出青筋的一双粗糙的手交叠在胸前,不停地搓着。

河岸水埠头,人们手忙脚乱地登筏、拍照。

略一犹豫,赶紧回答:"要。"

再看老人的篮子,天,竟然只有两株兰草,想多要一株也是不能的,来不及多想就把它们抓在手里。倒也是我喜欢的样子,墨绿细长的叶片,每株都有含苞的花箭。两株兰都用红色的塑料袋牢牢地包着大大的根系。我随身只带了手机,是云替我付了现钞。我三步并作两步,将它们丢进车里。

站在竹筏上回望,老人瘦小的身影不见了,来回逡巡,只见淙淙流水隐隐桃花,即使睁大眼睛,人群里亦再寻他不着。突如其来的不安骤然攫住了我。我不知道卖兰花的老人的名字,不知道他住在哪里,附近的村庄,还是别的什么地方?他一清早就去山里了吗?他走了多远的路,他费了多大力气,才在深山峡谷中寻到这两株兰的?这是他一天的生活吗?头脑里像突然飞进许多只蜜蜂嗡嗡嘤嘤在吵闹。我为什么没有多给他几块钱?我是贪图兰的便宜才买下它的吗?一刹那,我心里全然是抑制不住的岑寂和愧疚。

白马潭竹筏漂流结束返回大巴时,临时向导小朱发现了我丢在桶里的两株兰,"有眼力,好花啊!"他拿起来细细端详。他说此两株为深谷极品枝兰,"细叶、鬼脸、独箭",又是野生的,很多人想采而不得,是一种山里也难寻的珍品。

可是,可是我是多么贱价买下了它们!

幽丛不盈尺,空谷为谁芳?那一刻,我的心里陡然又增加了更多的岑寂和愧疚,为老人,为自己。

话说青藤书屋

青藤是我喜欢的一种植物。青藤亦是一个古人的名号,青藤书屋是他的故居。徐渭,字文长,号青藤、天池等。我此行转道绍兴,正是奔着青藤书屋去的。

喜欢这样删繁就简的秋日,一个人漫无目的地行走,何况又是拱桥卧波、粉垣黛瓦的江南老街。从前官巷踅进一条狭长的间弄,阒静无人,全不似适才人潮涌动的三味书屋。不起眼的弄堂尽头,两扇斑驳的乌漆大门向里敞开,一庭清幽的小园悉收眼底。青藤书屋到了。

在入口处五元购得一张门票,方细细打量这方小小的庭院,并不见得精致,却透着几分文人的古雅气息。老树倚壁,灌木蓬松,修竹芭蕉疏疏点缀在园角,叠石苍苔与青砖老井无意中又泄露出流年的讯息。从芭蕉和疏竹的缝隙间,犹见粉墙上镌刻的"自在岩"仨字,疑是徐渭手迹。

暖阳微醺,光影横斜,青藤书屋似脱俗于尘嚣之外。徐渭七十岁作《青藤书屋八景图记》,如今,青藤八景仅有天池、漱藤阿、自在岩三景守护着古藤和书屋,孕山舫、浑如舟、樱桃馆、柿叶居、酬字堂等早无踪迹。岁月流转,人世沧桑,青藤书屋几度易主,一度荒废,但总算保留住了部分名迹。

青藤书屋原名"榴花书屋",是徐渭父亲徐鏓的遗产。徐渭六岁便在此读书,童年的他聪慧超人,过目能诵,连塾师亦惊叹他的过人才华。在家塾读书期间,除了学习儒家经典,徐渭还拜师学习琴艺和剑术,幸运的是,又结交高人逸士,使其在文学艺术等多方面得到熏陶和滋养。在徐渭的一生中,这是一段值得怀念的有痛有泪有爱有欢笑的日子。

青藤书屋的牌匾是五十年后慕名来此旅居的大书画家陈洪绶题写的。徐渭的自撰联"几间东倒西歪屋,一个南腔北调人"可谓尽显世间情态,虽属自嘲自贬,思之却令人心绪复杂。我尤爱青藤的那卷狂草,惊涛骇浪般奔突于天地之间,字里行间有一泻千里的气势,不假掩饰地宣泄与呐喊,如颜鲁公《祭侄文稿》,将一腔悲愤尽泄书中。置身书屋,那些散发着陈年墨香的古旧字画仿佛活转过来似的,我直觉水墨淋漓,满室烟岚。

徐渭自题画像诗云:

> 吾年十岁栽青藤,
> 吾今稀年花甲藤。
> 写图写藤寿吾寿,
> 他年吾古不朽藤。

少年徐渭曾在书房南墙下植青藤一株,年年岁岁,伴着书声琅琅,这株生命力顽强的植物自在舒展,不屈不挠,直至枝干盘曲,大如虬松,覆盖方池。岁岁年年,朝观其景,暮度其神,因深爱其倔强孤傲之品格,遂将书屋取名"青藤",又以"青藤"作为自己的别号。四百多年来,青藤书屋成了各路文化大家顶礼膜拜的圣地。

被毛泽东称为"名士之乡"的绍兴,自古水秀山明,人文荟萃,古有王羲之、谢灵运、贺知章、陆游、陈洪绶,近有蔡元培、周氏兄弟、秋瑾等,他们璀璨夺目的名字和徐渭一样,永远与绍兴联系在一起,与中国的历史和文化联系在一起。像青藤一样,徐渭的一生注定是孤高超逸和不合时宜的。但是,有谁像徐渭这样坎坷跌宕、命运多舛呢?八次科考不第,七年身陷囹圄,九次自杀未遂。奇特的人生经历造就了徐渭超越常人的反叛个性,蔑视权贵,恃才傲物,即使终生布衣寒门,也不向命运低头。叛逆的人格表现在艺术上则是豪放不羁打破常规,卓尔不群独树一帜。唯其如此,在中国古代艺术和文学史上,才有我们现今看到的徐渭。

有史料记载,徐渭貌修而肥白,声音朗然如鹤唳,常夜中呼啸,有群鹤回应。亦听过徐渭流传在民间的许多滑稽逸闻,这些恰好印证了在常人的眼中,徐渭就是个狂人、奇人、疯子,像一个异数,一朵奇葩。正如其作品被人称为"奇恣纵肆,戛戛独造,每有逸出礼法处"。他的不拘礼法、奇崛狂怪、桀骜不驯都注定与世俗相悖谬。在《自为墓志铭》中,徐渭云:"……人谓渭文士,且操洁,可无死。不知古文士以人幕操洁而死者众矣,乃渭则自死,孰与人死之。渭为人度于义无所关时,辄疏纵不为儒缚,一涉义所否,干耻诟,介秽廉,虽断头不可夺。故其死也,亲莫制,友莫解焉。……"满篇狂狷之语,令人瞠目。晚年的徐渭索性将自己的传记直接命名为《畸谱》,他知道自己生或死的价值,一个"畸"字真是对社会现实的一种巨大而无情的讽刺。

其实,在徐渭抑郁不得志的人生履历中,也有一段较为自得与萧散的时日,那就是做闽浙总督胡宗宪幕僚的时期。当由徐渭撰文的青词《进白鹿表》上呈嘉靖帝,胡竟获上赐朝内一品大员的俸禄,胡从此对渭更是"宠礼独甚"。徐渭在胡府那段时日可谓踌躇满志。

另有一件料想不到的好事,胡宗宪主修杭州的镇海楼竣工,徐渭文采飞扬气势非凡的美文《镇海楼记》,因记叙胡的抗倭战绩令其称赏不已,遂赏银二百二十两。如今《镇海楼记》全文就影印悬挂在青藤书屋内。

彼时徐渭用此银两置地造屋，并作《酬字堂记》："买城南东地十亩，有屋二十有二间，小池二，以鱼以荷。木之类，果花材三种，凡数十株，长篱亘亩，护以枸杞，外有竹数十个，笋迸云。客至，网鱼烧笋，佐以落果，醉而咏歌。"新屋落成，徐渭时常邀约志趣相投的绍兴文艺名流高谈阔论诗酒酬酢，尽显狂士本色。

但是好景不常在，胡宗宪因严嵩案革职瘐死狱中，徐渭亦彻底精神崩溃，或引巨锥刺耳，或持利斧破头，头骨皆折，揉之有声，竟不得死，终导致误杀继妻银铛入狱，凡七年有余。牢狱之灾使徐渭暂时脱离俗世的羁绊，在诗书文画中获得一种生的逍遥，更获得一种精神的慰藉。自此到徐渭凄凉而终的二十多年，凡人眼中，是大不幸的桑榆晚景，却也是其文学艺术创作最旺盛、作品最辉煌的时期。他的天才大脑、学识素养、跌宕人生以及桀骜个性，经过发酵，都成了创作的催化剂，出狱后的他用一支恣肆汪洋之笔，将胸中的磅礴飞动之气、失意孤愤之悲均泼墨于诗画中。史学家黄宗羲评价，其才情睿智，韵语华章，彩墨精粹，放谈高论，无一不达到"光芒夜半泣鬼神"的巅峰状态。

徐渭一生可谓集人生最不堪于一身，可贵的是，我们在他的作品中看不到绝望，没有诅咒，不见呻吟，他把所有的悲苦不平都化为亦庄亦谐的诗句。诚如在《墨葡萄图轴》中的题诗云：

半生落魄已成翁，
独立书斋啸晚风。
笔底明珠无处卖，
闲抛闲置野藤中。

言浅意深，自成高格，读来却令人扼腕、辛酸。一生渴望"自在"，渴望拥有"一尘不到"淡泊情怀的青藤老人已垂垂老矣,他过了多少自在、淡泊的日子呢?晚年的徐渭更加落魄潦倒,甚至到了"忍饥月下独徘徊"的境地,不得已,将自己珍藏的数千卷图书"斥卖殆尽"。七十三岁那年,徐渭怆然离开人世,身上只裹着一床破席。

青藤书屋造就了诸艺冠绝一时的文坛怪才、画坛巨匠,后人尊徐渭为"青藤画派"之祖,谓其开拓了中国古代水墨写意画的先河,"小涂大抹,俱高古也"。他自况"吾书第一,诗二,文三,画四"。而与徐渭相从甚笃的梅客生说:"文长吾老友,病奇于人,人奇于诗,诗奇于字,字奇于文,文奇于画。"清人周亮工却说,徐文长的"花花草草"与《四声猿》一样,皆是最为卓绝的艺术创制。

徐渭去后多年,因当时文坛领袖袁宏道与徐渭穿越时空的"相遇",他的诗、书、文、画、戏曲名才渐为世人瞩目,继而终于光芒万丈。袁宏道谓徐渭的诗文"一扫近代芜秽之习","文长眼空千古,独立一时",应为明代第一,郑板桥以"青藤门下牛马走"而自豪,齐白石慨叹"恨不生前三百年,为之磨墨理纸"。石涛、八大、赵之谦、吴昌硕等艺术大师先后来此朝圣青藤,拜谒书屋,传为艺坛佳话。

青藤书屋真的很不起眼,两间瓦屋,一方庭院。正是在这间"东倒西歪"屋里,一个伟大的灵魂得以栖息。徐渭以他奇特罕见的一生,创作出了千古流芳的伟大作品。生前不被世俗承认的徐渭,终被历史认可,四百多年过去,那株青藤依旧虬曲盘旋独傲苍穹,徐渭的艺术成就愈加熠熠生辉,就像他诗中所说的那样:"他年吾古不朽藤"。

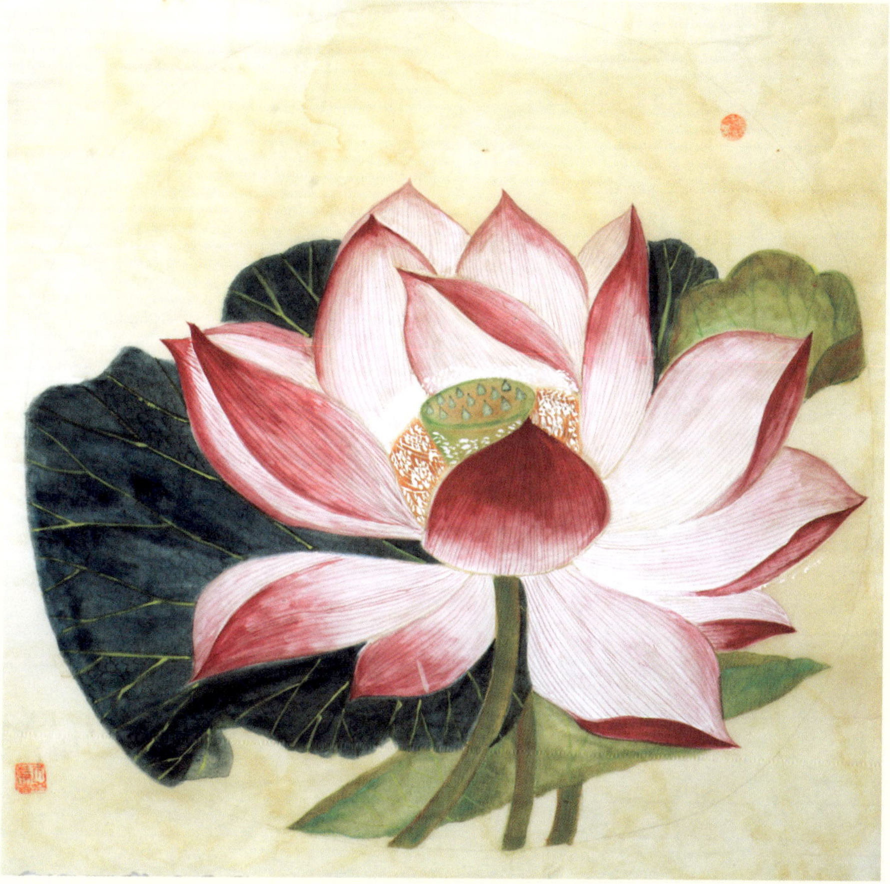

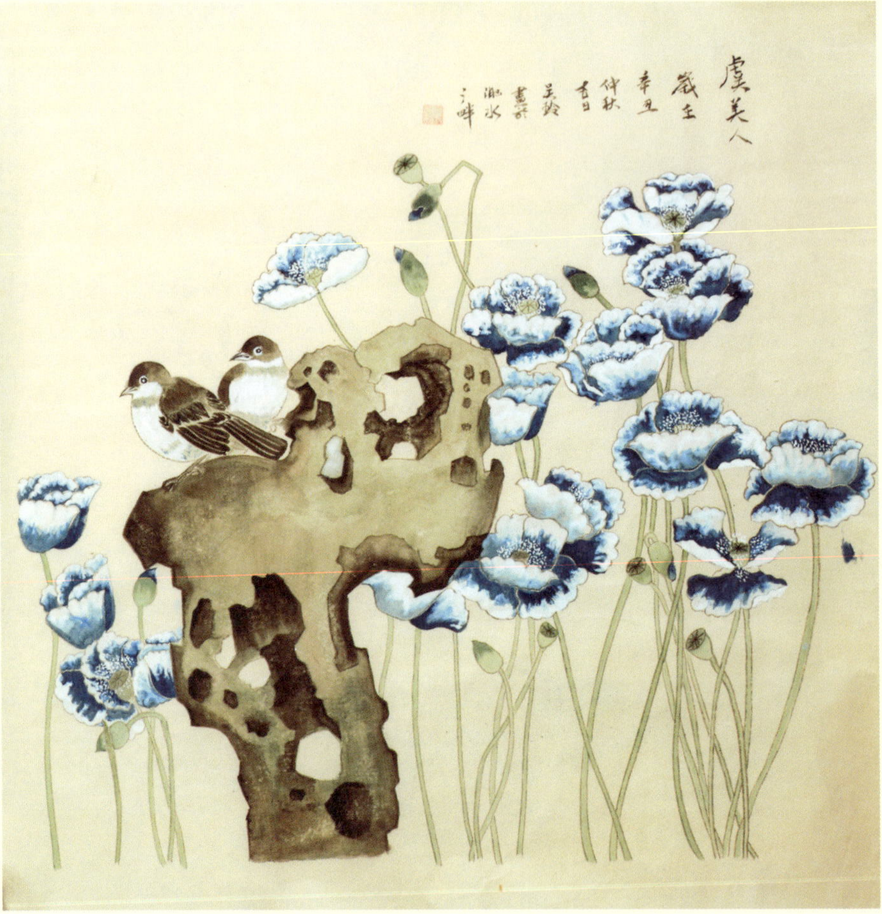
虞美人
歲在
辛丑
仲秋
吉日
吳玲
畫於
淞水
之畔

欲把西湖比西子

杭州之美，美在西湖。西湖是上苍对杭城人的垂爱，洪荒年代就将这颗璀璨的明珠投放在杭嘉湖平原上。

去杭城，在有限的时间内，必选之地必须是，而且只能是，西湖。

中国有湖的城市多得是，济南有大明湖，扬州有瘦西湖，江西有鄱阳湖，南京有玄武湖，可是哪一座城的湖如西湖这样具有如此悠久的人文历史、如此高向度的迷人魅力呢？

南宋时就有西湖十景之说。千年以来，随便跻身某个时空，湖光塔影、名人典故、帝王将相、庙宇楼阁，何处不是风景，何处没有传说？

你来看湖，春天有醉人眼帘的柳絮繁花，夏季有飘香十里的曲院风荷，白雪皑皑时，有多少人是奔着白娘子与许仙相会的断桥而去一睹白堤胜景的呢？你若早起，必不会错过春晓日出；你若迟来，斜阳正浓，耳畔犹有低沉的暮鼓之声；夜色渐起，湖面上微风轻拂，薄薄的云雾托起淡黄丰润的月亮，它有着白银一样的质地，倘若此时你在，必若置身于某个古典小说章节里，前朝旧事，不期然随湖水轻荡涟漪。

"欲把西湖比西子，淡妆浓抹总相宜"。因为苏东坡的诗，西湖从此有了柔媚绰约的别称，如此一喊就是近千年，并且还将一直喊下去。或许正因西湖独特的地理位置、饱含深情的湖光山色,才孕育了一批史书留名之人,其中不乏高僧、隐士、才女、名妓。

西湖,是思春少年的二八佳丽,是崔护踏青的遇艳之地,是高僧大德的修炼之地,是千古英烈的埋骨之地,是人仙眷侣的盟誓之地,更是骚人墨客吟咏诗词曲赋、泼墨挥毫的首选之地。历经岁月,西湖不老。

再次与西湖相遇,在一个婉约动人的秋日,满城桂子馨香袭人时。

从湖东乘坐一艘数十人的画舫至小瀛洲。无桨可划,舵手旋钮轻轻一拧,画舫便掉转船头,船尾犁开一匹缎子似的波浪。秋阳正好,岸边的柳还没有老到凋零。远眺绵延的群山,一远一近的西湖双塔,唯见塔尖高高耸立,塔身掩映在团团簇簇的缤纷浓荫里,保俶塔和雷峰塔留给今人多少沉思与遐想呢?

岛上的游客亦是团团簇簇,跟着导游的旗令,拍照留影,向东看,向西看,听着不带任何感情色彩的千篇一律的解说词。

迅速逃开这西湖上观赏三潭印月的绝美佳境,穿过一座曲桥,径自漫步一条沙堤,杂音远去,游客无几,别有一番幽意。夹道乔木伟岸高耸,岛中之湖碧波如镜,飘摇着脱离枝头的几片叶子,全然没有寒霜里的伤感,反衬出一种孤高宁静。

从御碑亭处去往苏堤,也就一眨眼的工夫。玉带一样的长堤静卧在潋滟靡丽的湖面上,西子湖因此更多了份楚楚动人的韵味。

西湖的古塔、斜阳、落日、印月自然是美的,断桥之美却是无可匹敌。断桥之美,美在它的诗意拟名,美在它的绝色留白,美在它的悱恻情事,更美在它的荒蛮意象。所谓"断桥荒藓涩,空院落花深"是也。

我在修葺一新的堤岸旁立住,满目川流不息的观光车,摩肩接踵的人流,旅游团队潮水似的一波一波,赶集一样风风火火,拍照,留影,再步履匆匆奔赴下一个景点。间或有全副武装的赛车手风驰电掣般地驶过身旁,让人惊吓出一身冷汗。

斜倚一株沙柳,漫漶的游客如我,到底是糟蹋了柳三变词曲中的"烟柳画桥、云树绕堤沙"烟霞长天秋水无穷的良辰丽景。那种月上柳梢人约断桥的景象也只能去诗词画境里寻觅了。

西湖二日,印象中最为简静幽逸的地方是孤山。孤山因林逋的"隐"而声名甚至超出西湖十景之上。试想,骚人墨客谁不想在现实中还原一下"梅妻鹤子"的生活场景呢？与熙熙攘攘的白堤截然不同,进入孤山,尘世的音响似乎戛然而止,石阶蜿蜒,林木深秀,一片郁郁苍苍。登至山顶,极目远眺,湖水苍茫,山岚隐约,四周风物尽收眼底。据说唐代诗人张祜曾来西湖游览,漫步孤山,被满眼碧色、一湖幽情所陶醉,流连忘返,遂作《题杭州孤山寺》:

楼台耸碧岑,
一径入湖心。
不雨山长润,
无云水自阴。

而八百多年前的林和靖先生,亦同样对孤山钟爱有加,认为天下没有比此地更可做隐逸结庐之地的了。他于此植梅养鹤,远离仕途,如此终了一生。林逋的放鹤亭临湖面山,与葛岭遥遥相望。四周依然梅林翳然芳草遍地,霜花点点不愁,秋树株株争妍。

林逋之墓紧邻放鹤亭,白墙青瓦围拢着墓冢,墓前的汉白玉石台上,有谁刚刚献上一束洁白的菊花。疏影横斜暗香浮动的夜晚,长眠在久远时光里的钱塘处士,终于达成终老孤山、生隐死逸的愿望。当然,也有吟罢"秋风秋雨愁煞人""八千里路云和月"的人,他们死得其所,也长眠于西湖岸边。

漫步孤山,无论山腰的敬一书院,还是山顶的西泠印社,均笼罩在一片梦幻般的晚霞中,除了偶遇几个悠游的长者,一个身轻如燕的长衫青年,别无他人。

相对于喧嚣纷扰的其他景区,孤山有如一处世外桃源般宁静。而建于孤山脚下、西泠桥畔的慕才亭,实为南齐名妓苏小小之墓。油壁香车与解囊相助的故事,或许为后人杜撰,但身份卑微却又妙龄早逝的她能长眠于此,足见杭州人对她的怜爱与怀念。

放鹤亭上刻有一副楹联:

湖山此地曾埋玉;
花月其人可铸金。

而我归时,斜阳已落,却正好印证如此良辰:

玉镜静无尘,照葛岭苏堤,万顷碧澄天倒影;
水壶清濯魄,对六桥三竺,九霄秋净月当头。

于湖畔居茶餐完毕后,华灯初上,黛蓝的湖水一片苍茫,天水相连处,却是璀璨的万家灯火。孤山如海市蜃楼,断桥如金色缎带。此刻,西湖碧波拥翠,风恬浪静,水月交辉。

诗话平山堂

这个春天,我于十多年后重游瘦西湖,特意去拜谒了维扬北郭的平山堂。

沈三白在《浮生六记》卷四《浪游记快》中说:"平山堂离城约三四里,行其途有八九里,虽全是人工,而奇思幻想,点缀天然,即阆苑瑶池、琼楼玉宇,谅不过此。"从瘦西湖的南门沿堤岸而行,湖的尽头,转上一个长长的高阶便到了。"两堤花柳全依水,一路楼台直到山",这里的"山"即是蜀冈,平山堂即坐落于蜀冈之上。

平山堂四周茂林修竹、清流激湍,很是幽静。北宋政治家、文学家、时任扬州知府的欧阳修,实在喜欢这个地方,便于此筑堂,意欲公余邀约同好赏景饮酒赋诗。他亦果真如此,流传下来的便有"坐花载月"的典故。平山堂不高也不大,但这里古刹雄踞,风景如画,"竹床跣足虚堂上,卧看江南雨后山"。站在宽阔的堂前平台上,向远处遥看,顿觉长风浩荡,气象万千,视野豁然开朗,瘦西湖宛如一条玉色的绸带,迤逦于绿肥红瘦之间。

平山堂敞口,面南,阔五间。敞厅正上方悬挂"平山堂"三字横匾,字体秀逸疏朗,十分耐看。当年欧公坐此堂上,但见"江南诸山,拱揖槛前,若可攀跻",故取名。平山堂名扬海内外,历代题咏的诗词楹联不胜枚举。堂前一楹抱柱长联夺人眼目：

衔远山,吞长江,其西南诸峰,林壑尤美；
送夕阳,迎素月,当春夏之交,草木际天。

此为清末民初程朱学派徐仁山的集句长联。

宋代"苏门六君子"之一的秦观赞叹道："栋宇高开古寺间,尽收佳处入雕栏。"

古扬州有三位"文章太守",最著名的便是在宋代文学史上开创一代文风的文坛领袖欧阳修。他一生官居高位,宦海亦几度沉浮。北宋景祐年间,欧阳修与其交谊甚厚的改革家范仲淹诸人共谋革新,以期整治社会弊端。庆历新政失败后,一代文宗远离权力中心。贬谪滁州时,欧阳修成就了其不朽名篇《醉翁亭记》,后改扬州太守又让平山堂天下扬名。"坐花载月"说的就是发生在平山堂的故事。夏天来临,邵伯湖里的荷花竞相盛开,花之美如人之好,焉能辜负？欧公命人采摘沾着露珠的荷,布置在平山堂的周围,与一干文人歌伎玩击鼓传花的游戏,陶醉其间,好不快哉,直至夜幕降临,载月而归。平山堂上的"风流宛在"匾令人好生疑问,"流"字少了一点,而"在"字多了一点。仔细琢磨,似乎不难理解,欧阳公慧眼识英才,宋代许多文学家、哲学家皆出其门下,他一生不恋官位,不贪厚禄,知扬州时间虽然短,史上也没有记载多少惊天动地的业绩,但是他为官清廉,忠于职守,光明磊落,对庆历党人无端蒙冤敢于向皇帝直谏,尤其晚年还自号"六一居士",欧阳文忠公的人品与文采算得上是"风流宛在"最好的例证。

平山堂北檐的一联匾额"远山来与此堂平"亦是极好,叶灵凤激赏一个"来"字。堂上朱漆红柱上还刻有大书家伊秉绶的一副楹联：

过江诸山到此堂下；
　　太守之宴与众宾欢。

上联以山喻人，再现当年高朋满座、谈古论今的盛景；下联则借《醉翁亭记》中名句，表现欧公萧散旷达的落拓情怀。该联语书法高古博大，被誉为平山堂楹联之冠。此外朱公纯题平山堂联：

　　晓起凭栏，六代青山都到眼；
　　晚来对酒，二分明月正当头。

亦为题咏平山堂之佳句。山堂建成后，欧阳修心情大好，一纸快书寄递前任太守韩琦："独平山堂占胜蜀冈，江南诸山一目千里。"故清代彭玉麟有"放开眼界"之匾。

"二十四桥明月夜，玉人何处教吹箫""天下三分明月夜，二分无奈是扬州"。扬州的美名，令诸多朝代的皇帝千里迢迢亲临游幸。康熙南巡广陵至平山堂，不仅亲题堂名以及"贤守""清风""澄旷""怡情"四额，还乘兴作《平山堂》诗一首。当然，最耐人寻味的，还要数欧阳公自己所作的一首《朝中措·平山堂》：

　　平山栏槛倚晴空，山色有无中。手种堂前垂柳，别来几度春风？
　　文章太守，挥毫万字，一饮千钟。行乐直须年少，尊前看取衰翁。

曾几何时，诗人琴棋诗酒，豪情万丈，不为世俗所羁，只与山水相酬。虽然时光如白驹过隙，但他对扬州的情愫仍萦绕于心。人生易老天难老，行乐须乘年少。即使旷达萧散如欧阳公，面对樽前衰翁，那一瞬间，他的

辑三　瓦盆风弄晚

伤感惆怅与普通人也没有分别。

扬州自古有吴头楚尾、江淮名邑之称,物产丰饶,文教昌盛,王安石、方岳、文徵明、吴敬梓、罗聘等都为平山堂留下佳美辞章,成为扬州诗咏不可或缺的一部分。

谷林堂处平山堂北,系苏东坡任扬州知州时为纪念他的老师欧阳修而建,堂名取自苏轼诗句"深谷下窈窕,高林合扶疏"中的"谷林"两字。这位文章太守仅在扬州待了半年,旧地重游,恩师早已仙逝,面对墙壁上遒劲有力的手书,不免发出"欲吊文章太守,仍歌杨柳春风"的嗟叹。谷林堂里展示的一幅《争座位帖》非常引人注目,为苏轼在扬州期间临摹唐代大书法家颜真卿的作品。此帖是颜真卿不满权奸的骄横跋扈而写给郭英义的直谏书稿,忠义之气充之于心、赋之于文、形之于书。苏轼的书写,笔锋姿态飞扬,字里行间洋溢着忠义之气,古语有"字如其人",《争座位帖》可看作东坡对自己为官节操的一种告诫。

与平山堂有关的第三位"文章太守"即是前文所说的清代大书法家伊秉绶。这位扬州知府同样腹笥丰赡诗书超绝,在任时不仅兴利除弊,还爱民如子,民间流传的故事有很多。某年扬州水灾,伊知府深入一线,"饥咽脱粟饭,渴饮浊流水",与百姓同甘共苦,民众无不称颂。他老家宁化城墙坍塌,他出千金维修。家乡遭遇饥荒,他不仅捐粮救济,还游说富商平价粜粮。他死后,扬州的百姓将他供奉在三贤祠里,和扬州历史上三位名贤太守欧阳修、苏东坡、王士禛并祀。

满地落花春醉醒,文章太守美名扬。扬州新近建成开放的"平山堂廉政教育基地",挖掘增添了三位文章太守的文化盛事和风流佳话。说平山堂是扬州地理坐标,是扬州文化、扬州精神的高地一点不为过。扬州何其有幸,不仅让天下人品味先贤们堪为人师的道德文章、逸闻趣事,还能令天下人在欣赏瘦西湖的美景时,凭吊当年文人的铮铮风骨。

辑四　碧草自春色

"庵"说

灯下汲粹,遇见名号中带有"庵"字的作者,或将自己的书屋、居所称为"某某庵"的,就有好几处。想到《负暄琐话》里张中行先生曾写过三位字"蘋香"的女史,不妨东施效颦一下。

查阅几部字词典,"庵"字约略可释为"圆顶茅屋",亦说旧时文人多用此字做号或书斋名。追根溯源,中国人取名字历来大有讲究,古人云身体发肤受之父母,姓名亦然吧。现代人读书识字以后,除用生养者父母赐予的名姓之外,而另择笔名,多少含有一点风雅或别有一番寓意也未可知。赘话少叙。

一

先说止庵。止庵,顾名思义是笔名,二〇〇〇年以前,我买过他的一本随笔《俯仰集》,记得是和车前子《手艺的黄昏》、鲍尔吉·原野《一脸阳光》等并列为"散文星座"丛书中的一种,由上海文艺出版社一九九八年出版。书中内容显得有些繁芜驳杂。驳杂的益处是于字里行间随处可见作者阅读的广度和思考的深度。全书四十九篇文章,大都作于二十世纪

辑四 碧草自春色 | 241

九十年代,有深植于记忆里关于故乡的《我的父亲》《故乡的话题》《我的哥哥》等;有关于形而上哲学思考的,如《来世与现世》《子在川上曰》《在死与死之间》等;有书序跋语,如《樗下随笔序》《〈关于鲁迅〉编后记》等;更多的是议论性文字,如《原壤孺悲》《迂阔之论》等。彼时,我对止庵的名字并不熟悉,他的著述我也知之甚少,却无意中将此书淘了回家。他的文章有知堂遗风,某些读书随感看似信手拈来,实则纵贯古今,穿透社会人生,抓住哲理闪光的瞬间,形诸笔墨,发人幽思。

忽忽一二十年过去,止庵的名气大了起来,不仅因为他是著名诗人沙鸥的儿子,不仅因为他和学工科的父亲一样"弃医从文",而且因为他"以著撰丰茂,声闻盛播,其编校功德或尤在著作之上"(谷林语)。《庄子·德充符》云:"人莫鉴于流水而鉴于止水,惟止能止众止。"止庵之名即源于此。他说,"止"是时时告诫自己要清醒、不嚣张、悠着点;"庵"是他想象中读书的所在之处,就是荒凉处的一个小草棚而已。迄今为止,止庵已出版《樗下随笔》《周作人传》《插花地册子》《远书》《沽酌集》《画见》《云集》《六丑笔记》等数部作品。他所编校的整套《知堂文集》《废名文集》《杨绛作品集》等,已让众多读者熟知止庵,而似乎忘记他原名王进文。

二

再说傅月庵,生于宝岛台湾。其名初看并不惊艳,但蕴含的那种内在的书卷气息让人迷恋。除了一代代锲而不舍逐梦文学的人,其中断不可忽略一拨资深访书、淘书、猎书、编书、写书人的功劳,他们爱书成痴,嗜读成狂。傅月庵便是其中的一个。他说这笔名来自英文 Who am I,这满地绿荫一片清凉的名字让人联想到古刹春意、唐诗宋词。傅月庵本名林皎宏,曾任台湾远流出版社总编辑,人到中年事业顺遂却毫不犹豫辞却出版社总编辑的重要职位,而去经营二手书店,可见爱书成癖并非虚言。

某年冬天,我几乎是一口气读完他的《生涯一蠹鱼》《天上大风》《蠹鱼头的旧书店地图》《我书》等作品。他的著述不算丰,几乎俱是书话文字,自言"逼稿成篇,非为稻粱谋,皆是趣味耳"。展阅《生涯一蠹鱼》,那一怀"浮生梦欺书不欺,情愿生涯一蠹鱼"的读书心情,让人生出诸多羡慕。喜欢傅月庵的文字,是因为淳素中见酣畅,绵邈中见情致,风行草偃,幽默有致。书人书事,一经落笔,便韵味深长,满纸生香。他藏书广,读书博,编书杂,在朋友圈内是人所尽知的十足的书痴。书痴尤其痴迷旧书,凡来大陆,都要挤出闲暇,熟门熟路地直奔北京的琉璃厂、报国寺、潘家园等旧书市场,怕是比老北京还老北京,古书、典籍、珍藏、善本,凡心仪的一本也不会逃出他的火眼金睛,从京津沪等地抱回台湾的好书自然不计其数。古人有语,"仆仆风尘缘何事,焦头烂额为买书",这样一个痴迷旧书且兼有藏、读、写、编等多种身份的台湾同胞,围炉听雪或者大风起时,我们倒是愿意读到他的诸如《藏书有福》《我的老师和他的书》之类快意恩仇、语淡情深的美文。

三

出家后曾给自己的居所取名"绿天庵"的,便是唐代大书家怀素。怀素俗姓钱,少年为僧,酷爱书法,家贫无纸,故摘蕉叶练字,于是在寺旁空地遍植蕉树。数年后,蕉叶飒飒,绿波浮动,染绿天空。"绿天庵"之名便由此而来。

喜欢怀素的书法,于是知晓他诸如"盘板皆穿""秃笔成冢"等故事,亦知他一生好酒,每每酒至半酣时,凡衣服、被物、寺壁、院墙,无不书之,时人遂有"狂僧"之称。杜甫有"李白斗酒诗百篇,天子呼来不上船"傲视贵胄的狷介,而怀素饮酒则更到"忽然绝叫三五声,满壁纵横千万字"的境界。如此看来,这些醉酒而成的传世杰作中,酒神的作用竟是不可低估了。

于书画鉴赏,笔者是门外汉,但偶尔品读怀素的《自叙帖》《千字文》《食鱼帖》《北亭草笔》等各种名帖,犹如谒见绿天蕉影里,一袭僧衫的素师,酒酣兴发,墨气纸色精彩动人,奥妙绝伦犹有不可形容之势。《苦笋帖》的内容尤为可爱,文字不多,仅十四字,即"苦笋及茗异常佳,乃可径来。怀素上"。雨过天晴抑或积雪涣然时,观此类书,对王僧虔"书之妙道,神采为上"忽然间若有所悟。

某年,途经古永州,凡"砚泉""笔冢"一片苍茫都不见,仅有一块《千字文》残碑存永州城内高山寺后的一座五角亭内。千年后,一代草圣算是荣归故里。

这么看来,古人今人还是多喜用"庵"字的:蜀人张岱即号陶庵,又号蝶庵居士;明末学者兼诗人冒襄的书斋名即为影梅庵,董白亡故,冒辟疆撰《影梅庵忆语》,轰动当时文坛;再如,追随孙文多年,曾任大元帅府财政部长的叶恭绰先生,字誉虎,号遐庵,著有《遐庵谈艺录》;1946年秋,从战时的重庆应聘到台湾大学的台静农先生也曾将自己的书斋名为歇脚庵。如此等等,不一而足。因篇幅冗长,故略去另谈。

他将大自然变为不朽的艺术
——读《渴望生活:梵高①传》

法国诗人夏尔·波德莱尔在《麦田里的乌鸦》一诗中写道:"他生下来/他画画/他死去/麦田里一片金黄/一群乌鸦惊叫着飞过天空。"可以说这是对梵高短暂一生的最好注解。

《渴望生活:梵高传》,今天才读它,我感到惭愧。读这本书缘于儿子在疫情期间临摹梵高的一幅油画,那幅画的名字叫《麦田景象》,一八八八年在阿尔所作。

通往艺术之巅的路上,他一直是个苦行僧。梵高一八五三年出生于风车之国荷兰北部一个美丽的乡下小镇,兄妹姊妹五六个,父亲是当地的牧师,母亲知书达理。少年的他性格孤僻,缄默而腼腆,兄弟姊妹中与他交好的唯有提奥。梵高一生只活了三十七岁,他是在最后十年才开始正式创作的。一个被载入世界艺术史册的荷兰农民画家(梵高一生似乎与城市无缘)是如何只用了十年时间,便从一个绘画爱好者跻身于世界一流绘画大师行列的?《渴望生活:梵高传》塑造了一个真实可信的梵高,描绘了一个"疯子"艺术家短暂、艰辛而又宝贵的一生。

---

① 本篇采用与《渴望生活:梵高传》中的相同译名。

梵高家族在欧洲称得上是首屈一指的经营美术用品的富豪型大家族,亦颇有名望。但是和十九世纪欧洲许多艺术家一样,梵高徘徊在命运的边缘,一生穷困潦倒,无法获得完整的人生和完全的爱。非科班出身的他,绘画技巧总是被其他画家嘲笑诟病。在艺术上,他总是孤军奋战,繁华与热闹始终与他无缘,他像一个孤魂野鬼,游离于大地与天堂之间。梵高直到死前也没有卖出几幅画,是做艺术品交易的弟弟一直在资助他,可以说,正是提奥对他在物质与精神上的支持,才成就了伟大的天才艺术家。梵高在叔叔古比尔公司做职员时就养成了阅读思考、写日记的习惯,这里琳琅满目的艺术作品拓宽了他的眼界,提升了他对艺术作品的审美品位。同时因工作关系,他结识了很多艺术家。这些都为梵高以后从事创作奠定了坚实的基础。

欧文·斯通不愧为世界级传记文学大师。他很会讲故事,他用极具感染力的一个个细节刻画了一个鲜明生动、有血有肉的梵高。读书的过程,其实是我们在感受梵高卓尔不凡的艺术生命创造与再现的过程。他努力,他挣扎,他被怀疑、被指责甚至被囚禁过,一生都在与命运做抗争,但他没有被磨难打垮,低下他那颗高贵的头颅。他内心始终充满对光明与美好事物的渴望与赞美。

梵高一生中的最后几年,越发缄默、孤独,绘画是他对世界唯一的表达方式。后觉的人们在他死去后,透过画布方读懂他那颗滚烫的心:朴素、善良、执着、热烈、高贵。他在给提奥的信中说,"我对艺术的爱远胜过一切"。他爱土地,爱农民,爱大自然,爱土地上生长的一切。他的油画,色彩浓烈厚重,线条简洁有力。他喜欢暖色,他的许多画光辉灿烂;他也擅用冷色,画作像他多舛的命运,沉郁凝重,具有非凡的震撼人心的力量。

梵高的艺术成熟期亦是在生命的最后几年,他只身去了法国南部的阿尔和圣雷米。阿尔的人们称他为"疯子"。那些日子,他每天除了可怜的几个小时睡眠,其他的时间都用来作画。阿尔的太阳、果园、土地、河流、植物,一切有生命的东西都赋予了梵高不可遏制的创作激情。阿尔的太阳拯救了他,也毁坏了他的健康。他的创作灵感喷涌而至,没日没夜地挥舞画笔。他陶醉在阿尔的烈日里、大自然充满生命力的色彩中。他没有朋友,或者他也不需要朋友,因为没有人能够懂得他。他没有食物,仅用可怜的一点点黑面包维持着他的呼吸就够了。他在极度的绝望与痛苦中,明白了自己终极要追寻的东西,他要表达,呈现,碎裂,疯狂……而最好的媒介就是手中的画笔。

法兰西南部辉煌浪漫的色彩与壮阔缤纷的土地令梵高兴奋、激动、紧张不安。他拼命地工作,只有这样,才会忘却饥饿、疾病及世间一切的痛苦。他知道他距离成功不远了。"直到将生命的元素注入其中,你才会看到它的磅礴与充沛",但是他支撑不到那一刻了,他神经错乱了,肉体也被毁坏得千疮百孔,他割去了自己的一只耳朵……梵高不是用笔和色彩在画画,而是用生命做底色,完成他的每一幅作品。正如斯通所言,他的画之所以异于常人、具有不朽的生命力,是因为他捕捉到了那正在消逝的事物中存在着的具有永恒意义的东西。

他写信对提奥说:"人们总有一天会看到我的作品比绘画的花费更有价值的,那一天终会到来。"在阿尔和圣雷米,他画出了《向日葵》《红色葡萄园》《星光灿烂的夜晚》《乌鸦飞过麦地》《收割者》《开花的果园》《夜晚的咖啡馆》等一大批杰作,何其美好,何其不朽!但他走到了绝望的尽头,他燃烧了自己。

没有欧文·斯通,便没有《渴望生活:梵高传》。斯通在六个月里写完这本书,阅读中,我们仍然能感受到他内心汹涌的情感波涛。他走遍梵高生前到过的每一寸土地,遍访梵高生前的每一位故人。他具有与生俱来的创作才华,他对梵高精神世界的领悟、艺术灵魂的追溯,都让阅读者身临其境。博里纳日煤矿的苦难生活,巴黎沙龙里的一群狂热的艺术家,精神病院里真正的精神病患者,阿尔美丽的金黄色的麦地与向日葵,圣雷米星光灿烂的夜晚,他对梵高绘画艺术的深刻领悟与解读……都很难令人相信它们出自当时才二十六岁的斯通之手。我们只能说,或许是上天的恩赐,使得一个天才画家在他死后遇到了一个天才作家,他使他的伟大艺术为世人知晓,散发光芒,并永存于世。

《渴望生活:梵高传》让我们对梵高苦难、伟大又辉煌的艺术生命有了更深层次的理解和认识。最后要说本书的中文译者常涛,他的文字简洁优美,诙谐幽默,深情动人。

三十七岁的梵高与弟弟提奥一起长眠于奥维尔小镇的麦地里。梵高说过:"关于死亡的最好方式是带着辉煌死去。"他做到了。

映阶碧草自春色

——尹玲玲散文随笔集《其实很爱你》序言

玲玲：

　　承蒙不弃，嘱咐为新书作序，真是诚惶诚恐。诚惶诚恐之后还推辞不得，一则你我皆为六十年代生人，从懵懂的青年时代便从事古人所言的"传道、授业、解惑"之职业，惯于甘为人梯、诲人不倦，大约终其一生是不会再改变了。二则我们相距甚远，竟是毕业于省内同一所师范学校的同一专业。若以年齿计，我痴长你几岁，枉让你喊了多年的"师姐"。三则你我有许多共同的成长背景。童年的乡下，天蓝水碧却寂寞贫困，"人生识字忧患始"，小小的人儿眼眸里栖满荒芜与渴望，一任忧伤的心灵在文字的后花园里凌空翔舞……

　　曾对你青眼相看。试问：长丰基础教育界，谁人不知、谁人不晓你的鼎鼎大名呢？但当我陆续拜读完大作，在业界洒脱大气、叱咤风云的"女汉子"，渐渐被隐匿到记忆深处去了，文字中的你有一颗玲珑心，仿佛薄施粉黛后翩翩然执一柄纸伞，刚从一阕宋词的意境里走出，雅致、婉约、妩媚、多情。

　　在《其实很爱你》这本新书里，你忆故人从前，叙职场人生，读山水文章，品曼妙心香，行文轻松惬意，温婉有致，又带有几分优雅闲适和静观身边物事的智慧。

实在地说,你我都错过了吟风弄月的最美韶华。但文字可以直抵一个人的内心,它表达着对事物的态度,一种独特的个体生命体验。《爱忆留痕》辑中,你写歌声、写季节、写月光、写梦中的婚礼、写不惑之年的愿景,均是"我手写我心",如涓涓细流,娓娓道来。令人难忘的是有不少篇幅看似不经意,实则情之所至,缅怀和追忆父亲的文字,没有大开大合的情感喷泻,俱是平素直白的淡语,却内敛伤怀,有一种心痛到绝望的姿态、欲说还休的无奈,冷静中蕴含深情。

"栀子花开呀开,香气慢慢地渗过来。那悄悄堆积的心伤让我看到了十三年前花香中你的笑脸。满脸的慈爱,满眼的眷恋,就那样笑着、笑着。慢慢地、慢慢地,你的脸上有泪,缓缓地流了下来,流下来。——这样一个初夏的日子,好熟悉!麦儿黄,花正香,鹧鸪鸣叫,万物葱绿,蓬勃地生长。我站在这儿,从早到晚,漫无边际地遥望,只想看到那熟悉的身影慢慢走来,我要拉着你——我亲爱的父亲的臂膀紧紧不放。"

"如果一切可以重来的话,我宁愿把每一个和父亲在一起的日子都当成节日。"何其清简,何其悲伤!让我感同身受。我也没有了父亲,十载春秋过去,哪一次梦魇里不是心如刀绞、泪流满面?脑际里哪一天没有幻显过至爱亲人的身影?

你在《泡桐花又开》中写道:"这是我老家房后的那株泡桐树吗?!或者是那树的亲亲小妹?!那春天的一树繁花,那盛夏的一树绿叶,摇曳着我几许童年的美好时光。无数次,我为花的绽放而击掌,为花的陨落而忧伤,我觉得我就是她前世的神灵,袅袅婷婷地穿越在紫气缥缈的晨雾之间,为春而生,为爱而死。许多时候,我想象自己的前生一定是那朵最大最美的泡桐花!"幽幽的怅惘渗透在字里行间,隽永了记忆之味。尽管故乡的人与事在岁月的长河里渐行渐远,但是你的根仍然深植在这里,你仍是故乡最美的女儿花。

往事流光,怀旧是文学作品中永远的母题,所有的作家似乎都不能绕开去。童年时父母康健、姊妹其乐融融的景象,时隔经年依然历历在目。如你笔下的扫尘过年、看大戏、露天电影、中秋节庆、故乡的茅屋、少年读书的尹祠小学校等等,无不笼罩着浓郁的怀旧氛围。岁月如白驹过隙,仿佛昨日还是睁着天然妙目、乌发及腰、不谙世事的小姑娘,青春到暮年仿佛只是一步之遥,今天的"我"外表"已沧桑得宛如一张斑驳的年画"。"斑驳的年画"深具意味,亦值得珍爱,但我认为更为可贵的是,俗世的红尘并没有磨灭你天性中对于真、善、美的追求,"一直保持自己纯净的内心",清洁的精神世界一直如"一枝腊雪红梅孤独却又热烈地娇艳绽放"。捧读至此,肃然起敬。

有一句前些年很流行的时尚语:要么旅行,要么读书,身体和灵魂,必须有一个在路上。我想读书和旅行,早已变成你生活的方式。为此,我羡慕你有江南女子看似纤弱娇媚的外貌,实则良好的身体素质。《旅途悟语》里,真喜欢你描述的《西藏行》与《俄罗斯印象》,两地截然不同的风物地貌、人文景象、文化源流,曾吸引多少你我这样的"文青"们。尤其是西藏,多少朝圣者的身心经年累月匍匐在通往雪域高原的道路上。遗憾的是,因为诸多原因,两处胜地至今我都未能成行。

心气如兰的女子,你穿越北国边境,肯定想尽情领略异域风光,尤其是极其辉煌灿烂的俄罗斯文学艺术以及东欧建筑的魅力。俄罗斯之行因行程短暂,故而显得有些浮光掠影,但已足够像满汉全席过后的一道迷人的甜点。"虽不能至,心向往之",我恨不得来一场说走就走的旅行。

神秘的西藏太具有诱导魅力。十多天的探险之旅,刺激、挑战,充满太多的不确定因素。这个距离天堂最近的地方,给人无尽的遐想:圣洁巍峨的雪山、古老宁静的湖泊、虔诚善良的教徒、空灵高亢的牧歌;青稞、酥油、牦牛、布达拉宫、大昭寺、阿里、八角街……都何其令人向往！

"傍晚，只见五彩的经幡在风中猎猎作响，天山相接处的晚霞五彩斑斓，玛旁雍错湖就像一颗硕大无比的蓝宝石熠熠闪光。微微起伏的波浪，显得生动、神秘。不远处的雪山、白云衬托得湖水更加深邃湛蓝，让我们找不到确切的词来描述那时候的震撼，那种震撼远远超过途中瞭望海拔7095米冷不岗日山峰时那种莫名的惊诧。"

"突然你的车前方或者车畔出现一群藏羚羊。当车子一靠近，它们便飞奔起来，优美的线条、娇美的身躯，小巧的耳朵清晰可见，甚至能看到它们那宝石样的眼睛。一只、两只的野驴、野马和天空中翩跹的乌鸦、翱翔的苍鹰也是能经常遇见的。它们是这片神奇之地的主人，成了藏北最生动的风景，成了藏北最婉转的歌。"曾看过陆川执导的电影《可可西里》，美丽的藏羚羊惨遭盗猎者们的屠杀，那血腥的场面至今让人难以释怀。但愿类似的悲剧绝不再重演。

阅读《西藏行》时，我的心情是愉悦而又难以平静的。只在影视或者书本中出现的那么多神圣又熟稔的名字：突击拉山口、冈底斯山脉、神山冈仁波齐峰、圣湖玛旁雍错、神秘消失的古格王朝、雪顿节、闪耀着黑宝石一样眼睛的藏羚羊——在这个多雨潮湿的炎热夏季，我游历在你的文字里，这块美轮美奂令人敬仰的神奇之地，你的惊喜、慨叹、欢欣、忧伤，或者亦有恐惧，仿若过屠而嚼，我都身临其境，一一路过。

你我皆从事教育管理工作，你麾下几百号教师、数千名孩子，身为一园之长兼教体局基教科副科长，我理解你肩上担子的分量，我赏识你诗意地享受工作的状态。你勤于思考，勇于探索，爱护属下，关爱孩子，为长丰县幼教事业的发展与腾飞栉风沐雨殚精竭虑。《前行欢歌》可看作忙里偷闲的教育随笔，你用心撷取工作中芬芳的蓓蕾，并珍藏在自己心灵的谷仓里，使其变成人生的财富。你深爱你的校园和师生，"我知道，我度过的每一天都不会再有了,所以每一寸光阴,每一天的时光我都非常珍惜","在一年又一年中,那些打动我的老师们,那些感动我的孩子们,我都会记录在我岁月的日记里"。

你承载了荣耀,成就了自己,先后获得"全省学前教育工作先进个人""安徽省巾帼建功标兵""长丰县明星校长""合肥市教育十大新闻人物"等殊荣,令同行刮目。你说功名富贵如浮云,唯有夜阑人静,伴着温暖的灯光与书香,那才是最真实可爱的自己。

是的,滚滚红尘让人到中年的我们身心俱疲,柴门远望、雪夜归舟那种恬静的境界、萧散的生活只可在诗词中找寻,因而于书香墨香中煮字为药才能润泽我们的精神、慰藉我们的灵魂。

光阴披沥,沙沉金露。或者,当我们老去,世间的一切皆会随风而去,唯有这伊甸园里的歌唱——文字的光华——可以留驻人间。

丁酉年夏月

给 ST 同学的一封信

ST 同学：

久没有你的讯息，甚是惦记。想来你通过较长一段时间有规律的作息、劳作、读书与运动，身体应该比原先更加康健了吧？你充满幻想的头脑在思想上亦有一些新启发与新认识了吧？是否觉得读书学习亦是一种有趣而有意义的事了呢？真想知道你的近况啊！

ST 同学，在没有与你认识之前，我对未戒所里的孩子是陌生的、未加关注的，或者说从没刻意去主动想象和关注过。我在学校工作多年，身边围绕的都是花朵般的笑脸，他们是父母的掌上明珠、公主王子，家中的太阳与月亮，集父母祖父母百般宠爱于一身的。说起来真是惭愧，我竟是忽略了像你和你同伴这样境遇的孩子们。

记得那次是世界读书日前夕，因参加安徽作家团组织的"红丝草大讲堂"活动，来到了这里，于是遇见了你。记得那次我来得早，将车停驻，便在巷子内徘徊，等候作家们的到来。巷子里几无行人，因是仲春，路旁叫得出叫不出名字的花草在阳光里自由摇曳、翩跹起舞，白、粉、红、黄的野花儿开得灿烂明媚。抬头，却是深墙高院，丝网密布，铁门紧闭，那一刻，我若有所失，更若有所思，于是迫切地想走近你们，了解你们，期待为你们做力所能及的事情。

你是个善良温和、有点腼腆却也健谈的孩子。在交谈中,你告诉了我你的名字,告诉我在你幼年时父母即离异,他们的形象在你头脑中已逐渐模糊;告诉我你小城不多的亲人及祖父母对你的担忧;告诉我所里有很好的教官,他们指导你们训练、学习、劳作、锻炼,还会经常邀请社会上的一些名家、爱心爸妈来所里开展联谊活动;你还说你长高了,也胖了点;你说你好后悔,不该迷恋网吧,结识你曾经崇拜的讲义气的哥们儿,从此染上毒品。

说到动情处,你红了眼睛,说太对不起养育你的爷爷奶奶,他们又病又老,还让他们牵挂,你好想早一些回家……我,也是一个母亲,也有一个儿子,我的儿子也曾经像你这般大小,虽不说锦衣玉食,却是在父母百般呵护中成长的。听着你的叙述,我真是心疼又心焦,但同时亦是略感欣慰的,因为我与你的谈话是自然顺畅的,你的倾诉,何尝不是对我的一种信任?

回想起来,我似乎对你说了一大通大道理,不知你听进去了没有?诸如吸食毒品不仅是违法行为,更会对身体造成很大的危害,轻者让人丧失学习和劳动能力,内脏各功能器官会逐渐衰竭,严重的则会精神分裂,产生幻觉,危及自己和他人的生命安全等。我知道我的语言很苍白、很无力,可是,亲爱的孩子,我比你年长得多,我阅读过相关书籍,听说过如你一样的许多案例,尤其是影视作品中那些触目惊心的画面简直让人不忍目睹。到了那样的时候,精神和肉体的双重崩溃,只能让他独自饮恨、痛苦和绝望,连上天也不能挽回他最宝贵的生命。

ST同学,我为你感到庆幸的是,在警察叔叔阿姨的帮助下,你及时醒悟并得到有效的救治,没有滑向更黑的深渊。你已痛定思痛,下决心拒绝"白色"的诱惑。我为你点赞、鼓劲、加油!

你是这样的年轻,朝露一样的清晨。人生就是一场漫长的马拉松赛程,你好比在向前的跑道上摔了一跤,但是不要紧,跌倒了,爬起来,人生的赛程远着呢,还有许多美好的风景在前头等着你。ST同学,为此次摔倒你付出了代价,就算是成长路上的一次深刻的教训吧。我们每个人都要对自己的成长和行为负责任。真期望你能明白其中的道理。

日子过得真是快,一周、一月眨眼工夫就过去了。那次见面因为时间有限,我还有些话未对你说,于是,想起来给你写封信。

父母给予我们的生命是珍贵的。来到世间的每个人的生命都是珍贵的、独一无二的,我们自当爱惜。我们这代人在你这个年龄的时候,都熟悉一部外国小说,叫作《钢铁是怎样炼成的》,书中的主人公叫保尔·柯察金,他有一段名言:"人最宝贵的是生命,生命对每个人只有一次,人的一生应当这样度过:当他回首往事的时候,不会因为虚度年华而悔恨,也不会因为碌碌无为而羞耻。这样,在临终的时候,他就能够说'我已把自己整个的生命和全部的精力献给了世界上最壮丽的事业——为人类的解放而奋斗'。"今天的你读到这段话会漠然置之吗?请你仔细想想:如果我们失去健康,失去自由,失去起码的生存能力,那我们将如何追求自己想要的生活,实现自己渺小或伟大的梦想呢?

真希望你能读读这本书。"人应该怎样活着?"当你读完了这本书,对于这个既是人生最大的哲学命题,也是摆在我们普通人面前最最现实的问题,你会有新的思考和答案。

ST同学,那天在会上发言的你的同伴说:"我走错路就是因为不读书,不懂法。今天听了那么多作家说了知识改变命运的例子,给了我极大的启发和震动,我决心从阅读、从书本中汲取知识、力量,好好规划自己的人生,做个对社会有用的人。"他是否也道出了你的心声?

是的,人在漫长的一生中是极少一路平坦的,尤其在青少年时期,犯这样那样的错误在所难免,我想,经历过成长挫折的人会更加珍惜自由美好的明天。历史上鼎鼎大名的一些人也做过错事,但是他们痛改前非了,悔过自新了。因为他们认识到如果继续错误下去的话,他们的一生就完蛋了,遭人唾骂了,名字被钉在耻辱柱上了,不仅自己无颜见家乡父老,连自己的父母祖宗也要遭到讪笑和指戳。他们是热血男儿,你也是;他们不愿意,我想你也同样不愿意。俗话说得好,浪子回头金不换。有时,挫折会变成人生的财富。

"黑发不知勤学早,白首方悔读书迟。"ST同学,我赞同你同伴的话。读书是获取知识的重要途径,也会帮助人们明晰活着的价值,帮助人们形成高尚的道德情操,抵御诱惑,远离低级趣味,也会提升自己的生活品位。喜爱阅读是多么美好的生命体验啊!优秀的文化不仅对于你们青少年,对于我们成人来说,也同样是一种精神营养。《安徒生童话》《爱的教育》《美德书》《苏菲的世界》《渴望生活:梵高传》《追风筝的人》《窗边的小豆豆》……真希望你能喜欢上它们。它们会教你热爱生活,热爱生命,热爱真理,热爱世界上一切美好的事物。通过阅读,你会获得丰富而重要的人生。

古人说:"三日不读书,便觉得面目可憎。"犹太人在《圣经》上滴上蜂蜜,让孩子去舐食,就是让孩子从蒙昧时就感受到"字是甜的",书本会带给人快乐、幸福、智慧。ST同学,你是聪明的,人也长得帅气,相信你看到这封信时,会有一点思考和感悟。或许你已经认识到作为一个社会上的人,你的人生不仅属于自己,也属于生了你的父母,养育你的亲人,以及社会上所有关心你的人们。你的人生之路会一直牵绊着他们,也牵绊着与你只有一面之缘的一位母亲的心。我相信你会坚持,会努力,会成功。随信寄上上述书籍。最后,祝福你的将来拥有美好的生活、不再后悔的人生。

擢擢當軒竹青青重歲寒
辛丑清穐吳玲寫

附录

诗意的情怀　城市的乡愁

许　辉

　　我与吴玲相识很早,那是二十世纪八十年代后期,我在《希望》青年文学杂志社做编辑,吴玲在合肥闹市区一家重点幼儿园当老师、做管理。那时的吴玲正处青春花季,少女的心与诗歌的情比翼齐飞。她人长得灵秀,诗写得清纯,梦幻般的青春和旺盛的生命活力从她的身上四散飞溢,很能体现那个一往无前、憧憬明天的热烈美好的时代。

　　时光荏苒,白驹过隙,吴玲人生的足迹,透过《囚禁的风》《盛妆》《紫陌红尘》《缓慢的雪》等诗歌集、散文集让人看得好清晰。吴玲的人生面貌,也由青涩而成熟,由单一而丰饶,由情意澎湃而话题丰富,既美好如初,又充盈着心性的不懈追索。

　　由吴玲的诗文看,她的心路历程既是一以贯之的,又是时而跳跃的。一以贯之的,是她的清纯、她的空灵、她的天空和梦想;时而跳跃的,是她的诗意、她的性情、她的诗与现实的不期而遇。一位心理学家说得好,不一样的心理动力,造就不一样的人生现实。吴玲的心性是诗意的,吴玲的文笔是诗性的,读她的散文,恍然中有她的诗心,读她的诗歌,又蕴含了她散文的关切。她的诗意的情怀,贯穿了她诗歌的始终、散文的始终,或许还有人生的始终。

转眼读到了吴玲最新一本散文集《比梨花白》。这本书写她的村庄，写她的乡愁，写她的城市，写她的读书，写她的远方。虽然还是她常涉及的题材，童年、乡村、过往、旅途和与书相会，但诗性中浸染了几抹坐想，描绘间生发出些许远意，读来让人感念不已。人生对他人而言，都寻寻常常；人生由自己经历，皆惊涛骇浪。"以为一生一世都会待在这里，谁知过着过着，我们都生活到了别处，只留下年迈的父母。母亲独守老屋，父亲长眠于青草覆盖下的另一个村庄。"这是吴玲的亲情和乡愁。而最让人动情的是她生命中那几处痛彻心扉的切口：生子、生病、亲人的远逝，虽岁月等闲度，却刻骨最铭心。

这本书的新特色是吴玲的城市乡愁，曾经的城市，曾经的街道，曾经的人物，曾经的气氛，曾经的文脉，曾经的岁月，曾经的怀想，"窄窄的巷道内住着男人、女人、老人、孩子，有钱的、没钱的、身份尊贵的、出身卑微的，他们同样不可避免地经历着人生的生、老、病、死"，纵然面貌已改，但是记忆永在。对许多人而言，城市是我们的新归宿。乡村的旧乡愁正如期袭来，而城市的新乡愁却还远未勾起我们心中那最柔软的一处。

吴玲是合肥知名才女，她的作品悠然而走心。祝贺吴玲的新书面世，也期待她有更多的好诗、好文诞生！

2018 年 6 月

岁月的醉红

苗秀侠

开始对文字有洁癖感是近几年的事。每每从自身检索,对敲出的每个字都觉得赘,反复比衬,颠来倒去组装,仍显无味平庸。

吴玲的文字却让我猛一激灵。这些字带着与岁月缠绵悱恻嘈嘈切切后的饱满鲜活,执着地跑到跟前,与我眉目传情。这是吴玲用汉字串出的岁月的醉红,而这香糯酥软流光溢彩的醉红,萦绕在她行走天下的脚步里,她回眸故乡的乡音乡愁里,她品味天下美食的柔甜软酸里。这醉红漫过她家乡扑地撒娇的老鸹眼、地捻子,带着母亲手工制作的年糕的醇香,辉映着赤阑桥畔汤汤的流水,融入安庆路、六安路、长江路、桐城路的流年碎影里……

吴玲给我织布出一幅文字的锦绣,让我眼波流转,心地如镜,让我重新对文字生出爱惜之外的迷恋。

我开始计这些字来暖我,来补贴我日益贫乏的作文写字能力。仿佛,我又走进了竹海,于细碎的竹叶间享受山风的清凉;仿佛,我又赤足和海滩相遇,让温软的沙粒与脚趾纠缠;又仿佛,我回到绿皮火车抵达的故乡,听着村里童子笑问客从何处来。

吴玲文字氤氲的醉红,先将我灌醉,再将埋没的时光一一拾起,让每一寸迷失的光阴,回归到我的手边,让我重新流连。"一直不愿意相信村庄要夷为平地……以为一生一世都会待在这里,谁知过着过着,我们都生活到了别处。"这是吴玲文章里的金句,碰疼了我的乡愁,也碰疼了生活在别处的读者的乡愁,这带着执念的文字,引领着大家跟随作者,一起叩问一座村庄的一生到底有多远,一个人的一生又有多远。吴玲文字蕴藏的内力,直把人心生生拽住,拽得生疼生疼,却仍旧不肯放手。吴玲把花草和稻禾,把清亮的水流、坚硬的粮食,把懵懂的鸡鸭和倔强的老牛,都装进文字的魔袋之中,变幻出一幅山远地阔的图画,给活着或死去的乡村,给日渐凋敝的旧光景,奏响一曲和着袅袅炊烟的笛音。这是吴玲文字中属于乡村的醉红。

而属于城市的醉红,则多了一些诗性和小女子的娇艳。那是属于城市人的乡愁。男人街、女人街、步行街,面店、米店、裁缝店、修伞铺、配钥匙铺、洗衣铺,贵妃凉皮、麻辣串、炸米糕、炒蚕豆,这是弥漫在小街小巷里的人间烟火,是流年时光里的城市记忆;长春藤茶楼、青松咖啡屋、茗典茶轩,皆盛装着青春和爱情的味道,而赤阑桥、包公园、月潭庵,则是城市的文化符号。吴玲用纤纤素手,牵着柔绵的青春丝线,将这些城市的醉红,串成金圆玉润的珠串,给被时光埋没的平庸日子一份惊艳。

关于亲情和成长的文字,是吴玲最温柔痴情的表达。她这样写母亲:"母亲蹲在菜畦里,地上已经堆了许多择干净的生菜、芫荽、大蒜。这是母亲的习惯,每次回家,车里装着的不是母亲收获的山芋、玉米、花生,就是各种时令蔬菜。"母亲以独有的方式,向女儿表达着爱和亲情。而父亲的爱则是含蓄的:"不记得你温暖的大手是否牵过我曾向你遥遥招着的小手,像我为人母后牵着小儿的手一样。"而女儿对父亲的爱,则让人情不能抑:"我甚至没有抚摸过你的脸,而现在,我一遍遍抚摸你带有几分微笑柔软的一点点冰凉下去的脸颊,可你再也感觉不到。憋了太久的泪,才突然倾泻。""父亲,如果我知道我们在人世间的缘分只有四十年多一点的时间,我必会舍弃一切,竭尽全力完成你的心愿。"如诉的低语,唤起世间痛彻心扉的和鸣。"已将百年之后的墓地择好,那里山环水抱,春暖花开",只寥寥几句,即勾描出一位孜孜不倦的教书先生的淡定形象,这是写亲戚的文字;"记得小人儿穿一双雨鞋,撑着一把鼓着两只大眼睛的青蛙伞,啪嗒啪嗒踩着积水玩。站阳台上,看他小小的蹒跚的身影,突然就泪湿眼睫",为人母者,谁不会为这牵心扯肺的话抚到软弱?吴玲描述亲情的醉红里,漫漶着富含维他命的滔滔爱河,淹没了每一颗读它的心。

　　读书作文之余,吴玲喜欢走山看水,每到一处,她即能抓住要点书写那里的景致并适时表情达意,很令人钦佩。周游世界的人多了,而把足迹问候过、眼睛抚摸过的地方活色生香地记录下来,把个人缜密的思虑融入文字之中,却非常难得。吴玲无疑做得很到位。北京的胡同、皖南的山水、台北的老街,等等,这类放眼看天下的醉红,浸润着自然湖光山色的水汽,弥漫着作者独到的文气。散文里的文气尤其重要,她会赋予文本以超拔的气质,让读者感知到气质带来的灵秀和睿智。吴玲的文字已经达到这样的境界,给读她作品的人带来不一样的馈赠和"艳福"。

　　窃以为,散文是所有文体中最自由、妩媚,最调皮、灵动的文学形式。散文具有极强的亲和力和日常性。尽管词汇是公共资源,但如何以散文的形式消费它,写作者各有各的招数。可以说,有什么样的文采、胸怀、学养和修为,便会生成什么样的文章。对词汇的合理使用,会使散文呈现出多姿多彩的式样,呈现文化的明媚饱满。这正是我阅读吴玲散文时获得的真切感受。

　　吴玲是大家公认的才气美女,也是我的好朋友。她的散文,一如她娇俏的身材和清丽的样貌,美感和动感十足。这位集诗、文、书于一身的美才女,让我惊讶文如其人的真实性时,更叹服她多才多艺背后的勤奋和友善。

这里借用她的诗句,再给我醉醉人的机会:

指尖起伏,平原辽阔/谁的怀抱端坐太阳和风/跋涉者,你聆听的姿态倾倒了/丰收之后的麦芒/散落的珠玑铿锵/时隔多年/当我站在春天之岸/却是山川俱美/唯一树海棠深谢……

2019年1月

眺望远方的村庄

刘政屏

几年前见证过吴玲的新书首发和签售,也知道她出过好几本书,但是我并没有注意到她之前的那些书都是诗集或者童谣专辑。而《缓慢的雪》则是她的第一本散文随笔集,这倒让我有了兴趣,看看作为诗人的吴玲写散文是一种怎样的感觉。

书很厚,字很小,拿在手里很有些分量。看罢全书,我想了想,给我印象最深刻的,还是吴玲回忆童年的那些文字。

吴玲的童年是在农村度过的,童年生活的记忆经过这么多年的沉淀和发酵,已经成为她笔下流淌出的一首首略带那么一点惆怅的歌谣,抒情而流畅。从《童年的野菜》《记得那些年味》,到《乡村理发师》《露天电影》,我一边读一边在想,童年农村生活的经历的确是一笔财富啊,记得和认得地上那么多的花草、枝叶,那些经济作物、粮食作物,可真是一件让人羡慕的事情。

当我读了《我的小学·我的老师》《恰同学少年》《我的中学·我的老师》之后,我发现我最羡慕和佩服的是吴玲的记忆力。那么多的细节和姓名,她咋就能记得那么清楚呢?是那些人那些事着实让她难忘,还是女性的特性使然?我不清楚。但有一点是明确的,那就是乡村校园记忆真的很是生动、有趣。当然，如果从我个人的偏好来说，《时光彼岸的家书》《饮茶犹知春味长》《外祖父·外祖母》这几篇要更多一些沧桑和深度。母亲牵挂着四处奔波的父亲，外婆牵挂着当兵在外的小舅，那么真切、那么大度，特别是外婆骨折卧床数月，为了不让儿子担心，不让家人透露一丁点儿信息。多年之后，早已为人母的吴玲终于"逐渐理解一颗做母亲的心，只要子女安好，所有的苦难自己吞咽"。

在吴玲的人生中，祖母对她的影响是独特而深刻的，祖母实际上是父亲的远房姑妈，从上海退休后回到乡下，因为早年长期生活在上海，有一份稳定的退休工资，祖母保持着一份迥异于乡村老太太的生活方式，喝茶便是其中之一。祖母的见识和修养，潜移默化地影响着身边的每一个孩子，而吴玲应该是这群孩子里受益最多的。祖母的一言一行、一举一动，她不仅记得清楚，恐怕更沁入骨子里去了。

第一章节《故人旧事》里的最后一篇《老井何时映秋月》，一篇以水井为线索的回忆文字，写得挺顺畅，可我读着读着禁不住笑了起来。"冬天来到的时候，鹅毛大雪整天纷纷扬扬，小田鼠儿、小青蛙儿、小刺猬儿都躲进洞里睡觉，麦苗、油菜和池塘都盖上了一床巨大无比的绒毛毯子。田野里安静极了，一两只小兽偶尔跑出来寻觅，他们以为草垛儿是一个雪白的大馒头，可是他们什么也吃不到，垂头丧气地走了。"——这样的文字，分明就是一篇童话嘛！一不留神，职业特点和语气都出来了。

读过不少的书，有着不错的文字功底，热爱诗歌，长期从事幼教工作，再加上女性的特性，这些使得吴玲免不了写着写着或者就文绉绉起来，或者就抒情小资起来，或者就童话世界起来，真是很有意思。由此可见，个人所受的教育、经历及喜好对其作品的影响是很大的。

在这本书里写人物的只有两篇，《父亲》《印象·马丽春》。但这仅有的两篇写得很好，自然放松，情真意切，颇见功力。从"父亲，这么多年了，何以你就是这样放心不下,一次次那么荒凉那么惆怅地走进我的梦中?你离去已经这么多年,何以一想到你,我竟还是这样,心如刀割,泪流满面",一直写到"现在,父亲,这么久了,我把我从来没有说过的话说出来,我把我从来没有说过的爱说出来,把我对你、对此生的遗憾说出来。我知道,我在说,你在听"。吴玲尽情地宣泄着自己对父亲真挚的情感,我相信写完最后一句话的吴玲,一定是放下了,而作为读者,也是长长地松了一口气。"我在说,你在听",吴玲说出的,是自己,也是一个做儿女的内心想说的话:"父亲,你给我你生命的一部分","我知道,父亲,我笑时你肯定是笑的","父亲,我把你的中年遗失了","父亲,这么多年,我回到你身边有几次呢?原谅你粗心的女儿啊,父亲","父亲,你是一个没有福气的人,总以为我们还有太多的以后,太久的将来,却原来,一切都来不及了"。我想,这样的文字,这样的情感,一定是可以打动读者的。

写到这里,忽然想起一个问题,那就是一篇文字或者一本书,名字究竟应该怎么取?是朴素平实,还是标新立异?是紧扣内容,还是海阔天空?我想答案肯定不会只有一个,因为无论是哪一种,都有成功的可能,不胜枚举的标题党成功的案例,也促使我们思考如何赋予书名和标题更多的意义和内涵,怎样才能为辛辛苦苦写就的文字起一个准确、抓人的名字。循着这个思路,我在想,或许"父亲"这个名字可以改为"我在说,你在听"。

《谢岗村的秋天》和《通向远方的田野》,是吴玲描写景色类文字中具有代表性的两篇。前一篇文字的开头是这样写的:"谢岗村的秋天和别处的村庄的秋天,其实没有什么两样:太阳从西边斜射过来,照在门前的栅栏上、美人蕉上、菜畦上、庄稼上,照在高过村庄的大树上。蓝天白云下,一种安静又从容的气息缓缓弥散着。"准确的描绘,有很强的画面感。后一篇的结尾,则又是一种感觉:"现在,当我站在秋风里,眺望远方的村庄,看风吹尘世,风吹尘土,仍能隐约看见那些多年前被埋没的事物,跟新的一样。"

  眺望远方的村庄,其实是一种不舍,一种频频回首,怅然若失。

2015 年 6 月

梨花白后果实丰

张建春

采风途中,得吴玲《比梨花白》(黄山书社 2019 年 10 月出版)一书,求题签不得,就启封安心读了。

好书令人欣喜,《比梨花白》令我欣喜,欣喜中有叹赏和共鸣。吴玲的文章有厚度,文字有密度,拿起了很难放下。一路读去,沉浸在她营造的氛围里。吴玲的文字带入感强,读着读着我便走了进去,成了她文中人、文中事、文中景,甚至和她一起抒情、一起反思。

陆陆续续读过吴玲的一些文字,主要是在报刊上。她能将一篇不长的文章增加厚度,这厚度是内涵和哲理,更是吴玲自身的修养和思维向度。《比梨化白》所收录的文章几乎都是如此,她为草木点睛,为清欢之味捣鼓心跳,为旧时的故事增加新意,为一本书、一首诗抹上鲜亮的色泽,为深爱的事物和人添加怜悯的态度……文如此般,三两句或洒洒千言,都厚重得要搓揉和透视了。

吴玲的文字美,或许和她写诗有关。她的诗耐读、关情、飘逸,而她的文像诗,自然通篇洋溢诗意了。能写出诗意文字的人,心中一定是诗意的。吴玲是诗性的,这诗性着落在她的文字中。比如,《比梨花白》中的篇什《夏天》《我家曾住赤阑桥》《卧龙听雨》等,是可以当作诗来读来理解的。我所说的诗是诗心、诗性，吴玲文字中的诗心、诗性俯拾皆是。

我极推崇《我家曾住赤阑桥》一文。吴玲抓住了一些物事，放纵了一些物事，不断地张扬放大，路、巷、桥、车，甚至是一句句吆喝声、一片片落魄的黄叶，都赋予它们以生命和悄声慢语的禅意，没有悲悯，有的只是深深的爱怜。有些物事消失了，却成了她萦绕心中又化为笔下的愁绪。按著名作家许辉所说，这愁绪是吴玲的"城市乡愁"。"当我们记住并熟悉这条街巷的时候，和它们日渐疏离的时刻就到了。"我以为此街巷非彼街巷，"疏离"是必然的，包括物事和时光。城市的变化比农村更凶猛，城市的记忆更容易抹去，吴玲用心用情记下了，并让愁怨打上了时光的烙印。

实际上我更喜欢吴玲写乡土的文字，乡土、乡亲、童年、亲情，小切口，却有着"乡愁之滋，清欢之味"。吴玲十五岁离乡，可心似乎从没离开生她养她的乡村，她无法不怀乡愁，无法不在文字中自然地流露。《蚕豆往事》说透了一粒老而弥坚的蚕豆的故事。蚕豆花如蝶，可永远飞不出绽放的枝头，是花，也是人。"祖母还会用盐水煮蚕豆，或者煮饭时在饭锅里撒上些许粒大饱满的蚕豆，这样煮熟的蚕豆又糯又香。待凉透，再用针线把蚕豆一粒粒串起来。记得上学路上，许多孩子的脖子上都挂着一条蚕豆项链，大家玩着、吃着、比着，个个神气活现。"我记得，我的脖子上也挂过，是老祖母串的。这样的文字平实、有趣，不引起共鸣才怪呢。吴玲的绝妙处是善于粘连，她把乡村的蚕豆和城里"一毛嘞，吃热的——"蚕豆勾连在了一起，蚕豆成了城与乡共同愁怨的触发点，元气满满。

我在阅读中，常对一些作家笔下的文字有似曾相识的感觉，其主要原因是他们文章中的元气和我生活中的元气接近，所谓气味相投，声息相融。事实上，我和吴玲相识较早。十多年前，一个雾雨蒙蒙的夜晚陪一位作家去拜访她，话没说多少，倒是回家后，找了她的诗文来读，这一读就断断续续读了十多年。今读《比梨花白》，大胆设想，如若之前不认识，读后也一定会视为相识的。

  一直以来,我对女作家们抱着大尊重,她们才气充盈、情感丰富,为文为人都极具张力。吴玲当然如是。兀自想起《诗经·蒹葭》中的句子,"在水一方"或者"宛在水中央";亦如钱锺书先生所言,所体现的是一种可望而不可即的"企慕之情境"。吴玲为文正是这种浪漫主义的美学情境,至少她在努力追求。

  碎片化的时间读《比梨花白》是种享受,也是一次美好的历程,串联起来,足以大把地梦呓、大声地称道。梨花白后,小梨挂枝,之后就是果实丰硕,饱满甜蜜了。

2019 年 11 月

吴玲之玲

程耀恺

在省城,吴玲向来以诗名世,受到广泛称赏。没想到吴诗人别张一军,咏吟之余,吐纳珠玉之声,便出版了这本《缓慢的雪》,令人心倾神驰。

坊间有一种颇为流行的说法:诗是跳舞,散文是走路。此言大概指的是文人的行文姿态吧?以我的经验与体会,散文不是叙事文,散文家不是讲故事的人,散文家是文字的手艺人,能把瞬息生活场景与感受,进行有限或无限放大的人,是为高手。

诗也好,散文也好,贵在一个"真"字,真则精金美玉,伪则瓦砾粪土。在诗与散文两类文体之间无碍游走,吴玲自是得益于这个"真"字。

文学艺术之"真",貌似高高在上的蓝天,遥不可及,然而,只要你不在纯金上镀金,不给百合花上色,不为紫罗兰洒香水,庶几近之。我们现在从《缓慢的雪》中挑出三篇文章,看看吴玲是怎么向"真"靠拢的。

《父亲》一文,可以浓缩为"忆父迢迢隔仙凡,梦魂不到青山远"两句话。情节虽可节略,情感却不可遏抑。哀哀父母,生我劬劳。四十多年的生养、抚育、护佑之恩,欲报之德,我独不卒,这是怎样的人生悲情啊!全文语浅情真,言直意切。时而思前虑后,不厌其烦;时而声促调急,确如哭诉。

《也说"风雅茶室"》是一篇令读者心眼陡然一亮的妙文。吴玲的笔触,不离家庭琐事,不外琴瑟和鸣,然而没有情话绵绵,没有软语絮絮,却也是回文织锦,满纸温馨。灯下砚茶,花前诗酒。室雅何须大,茶香伴书香。作者一路写来,文理自然,手笔舒展。

　　《老井何时映秋月》是一口水井的兴废史。吴玲笔下那口井,其实算不上什么"老井",若论年龄,差不多比吴诗人要小十来岁,玲与井,就算作姐妹吧。这位妹妹,给全村带来甘甜,带来欢乐。可惜这位妹妹正当豆蔻年华,生命竟寂然而止了,原因是同村患有羊角风的女孩小玉落井而亡。从一开始,这口井就在作者的心里播下带有恐怖色彩的神秘种子。惨痛的事终于发生了。世事苍茫,命运飘忽,谁能逆料?

　　《父亲》以情之真见长,《也说"风雅茶室"》以事之真取胜,《老井何时映秋月》以理之真别具特色。情之真,感人;事之真,吸引人;理之真,启迪人。

　　读《父亲》,因沉痛语,不忍卒读;读《也说"风雅茶室"》,则是畅快语,不忍移目;只有《老井何时映秋月》,本是凄婉语,却令人浮想联翩。

　　在《缓慢的雪》中,吴玲几乎用一半文字记录近年来她的旅痕。写游记,天下文人乐此不疲,然而,写着写着,就有人显得才窘力屈了,于是诔山诔水诔假古董的游记充斥报纸杂志。这好比唱《霸王别姬》,虞姬要舞剑,名家来演,是人舞剑;洒家来演,只能是剑舞人了。好在吴玲懂得尺有所短,寸有所长,她知道写游记时,如何借重诗的魔力,并让诗的灵气浸润散文。旗亭向酒,萧寺寻茶,一篇篇带有吴玲印记的游记,恰如清泉一般汩汩而出。欲知吴玲游记魅力,不妨细读《踏歌桃花潭》。为了描绘自己胸中的桃花潭,吴玲请来十二位古诗人助阵,还时不时将若干古诗词之玉屑,镶嵌到山光水色之中。文章出炉,不显堆砌冗繁,反觉波俏可喜,端的是"奇花瑶草难尽数",端的是"大珠小珠落玉盘"。

吴玲的文笔很朴实，很清新，也很雅致，没有老生常谈之腐笔，也没有一本正经之庄笔，更没有腾挪跌宕之纵笔，在淡淡的客观书写中，饱含了一腔深情。她的文字和她的人一样，给人的感觉是温和，善良，从容，柔情似水，整个儿如春风化雨一般让你感到滋润与温暖，感到亲切与愉悦，甚至是倾慕。

现在，我要特意说说书名。《缓慢的雪》，从表面上看，那是取自书中一篇文章的标题，实则大有玄机。我试图破解其中的奥妙，却始终找不到门径，还是在某个场合，听马孔多说吴玲绝对是个"冰雪聪明"的人。一语点破解谜人，我便转而从吴玲之"玲"入手了。

《说文》释"玲"为"玉声也"，然而这个"玲"字，历来无从单独使用，必与相关的字组合，方才生义。比如，状水石相激之清响，要用"玲玎"，有皮日休"石响高玲玎"为证；又比如，形容玉之声，须用"玲琅"或"玲玲"，前者有刘子翚《听詹温之弹琴歌》"玲琅一声万象春"为证，后者有刘勰《文心雕龙·声律》"玲玲如振玉"为例。当然，使用最频繁的搭配，要数"玲珑"。"玲珑"有三种意思：其一，金玉之声。如班固《东都赋》中的"和鸾玲珑"。其二，明彻、空明之状。如左思《吴都赋》中的"珊瑚幽茂而玲珑"。其三，代指梅花或雪。例如韩愈《春雪间早梅》诗中的"玲珑开已遍"，以及王安石《次韵王胜之咏雪》诗中的"玲珑翦水空中堕"。此外，"玲珑"接续"剔透"，构成一个成语，表示器物细致、孔穴明晰、结构奇巧如太湖石之类的艺术品。——梳理至此，书名里的"雪"，与作者名字里的"玲"，两者间的内在关联就不言自明了。一言以蔽之，其人，玲玲如振玉；其书，缓是玲珑慢是梅。人是一本书，书是文字的吴玲。

最后我想说的是，在物质至上之外，还有另一种真正的美丽与极其质朴的境界：那就是一边坚忍地面对现实，一边静静地为自己构想的世界而写作，就像"合肥姐妹丛书"作者们那样，留意文字，怡情翰墨。身在名场翻滚,心在荒村听雨。至于生命之水,则任其流淌,流下悬崖成瀑布,落入深谷为渊潭。

2015 年 4 月

诗人吴玲

马丽春

写诗人是有压力的，因为语言原本便是诗人的利器，散文家妄图拿语言做武器挑战人家，像唐吉诃德挑战风车一样，颇有点不自量力。

好在，诗人普遍又具备另一特质，某种歇斯底里和偏执的意念，让诗人在生活中处处留下一些笑柄，散文家完全可以以哲人的姿态，白描诗人的白天与黑夜、疯狂与爱恋。这样看来，诗人又是散文家笔下最好的写作素材。

可是，我眼下想写的这个诗人，颇有点高大上，让我很抓狂。

她和我在一起，我像小家碧玉，她则大家做派；出门去探访老画家，她像个学生，不轻易说一句话，而我呢，则像个出道不久的小记者，紧抓话题不放，且针针见血；去她私家茶室聊天，她像个贤淑主妇，言语温婉，招待极周，而我们一干老茶客呢，颇像进出自己家门，洒脱自在。这当然是因为这诗人营造的氛围让你极其放松的缘故。

我们偶尔也在一起打牌或出游，这时候只要吴诗人驾到，她必定备有丰富的吃食和茶叶，甚至还备上水果。那种细心和周到，真让你很惭愧。

不过呢，她也不全是高大上，女人在一起闲聊的时候，那真是什么事情都八卦，一个不擅八卦且无趣的女人，极有可能会渐渐淡出朋友圈。你想想看,这年头,人活着总归都有些不如意或怅惘事,如果你只会说那些让人郁闷的事儿,说上十分钟,还有人听着;说上一个钟头,所有人恐怕都已生厌烦心。这也不能怪别人,只能怪你很无趣,且无聊,还缺乏眼色,按北京话说就是有点二。一个人,总是有处理不好的私事和问题向人倾诉,那你的任何魅力指数都统统下降为零了。吴诗人在这种场合,那也是极具风情的。你们说笑她也说笑,你们倾诉她也会共鸣一下下,端的是知心姐妹一个。举手投足磊落又大气,除了个别时候,穿衣打扮有些花姑娘样。不过,我见很多大艺术家,比如韩美林女公子韩月,名门闺秀一个,那穿着打扮也是很花的。人家说,杨丽萍的衣服她都帮着设计过,一个女人着装大红大绿,颇具民族风,倒也很流行呢。很多次,吴诗人那一身装束闪亮登场的时候,真有艺术家的范儿,你不赞美反而就奇怪了。

在2014年春天我和台湾老作家吴心白合出的《白马集》一书中,吴诗人写我洋洋洒洒三千多字,是十六篇写我的文章中最具深度和广度的一篇。这之前,她并没说要写我。我记得有一晚我们在QQ上聊了好几个来回,她次日就要出远门,事后回想起来,她那个聊天就是为了写我做准备。她把我的文字几乎看了个遍,旧文章新文字都看了。如此用心写我,那出手的东西真是没话说。这样谨严的写作态度,正是我所欣赏的。

吴玲在2013年冬天和2014年春天写了很多篇文章。她这段时期的文字出奇地好,文采飞扬,才气纵横,文字典雅,是我朋友圈中越写越好的那一位,有好多次看了让人倒吸一口凉气:她文字终于发力了,文字活真是越来越老到了。这段时间我写字画画耗费时间太多,几乎难得登录别人的博客,吴玲的文字很多时候都是在新浪微博上看到的。我就拿着手机,一页页刷着看,虽然费点眼神耗点时间,但她那种唯美文字,大概也最配我画余品味了。我一边品味,一边感叹:文字还能这么玩。她笔下涉猎的领域也还算深广,不论是早岁乡村的那些温暖记忆,还是一些雅致物事的有情描摹，甚至是过往生活的一抹痕迹，她都写得那么从容优雅，真心让我喜欢。

我跟她一起去过名画家陶天月先生的家，也多次去她的饭桌上做食客。朋友中，吴玲请客次数最多，经常是她一呼我就到。她的很多朋友后来也都成了我的朋友，比如即将出书的蓝叶子，我有幸为她新书题写扉页；我的朋友也都变成了她的朋友，比如木槿和野草地、杨修文，当然还有读书沙龙搭档刘政屏君、作家苏北等等。最后，不管是谁引荐进来的，因为共同爱好，都成了朋友。我们甚或还有"御用"摄影师木桐。那也是个资深文青。因为她的出现，带给我们很多快乐，许多温暖的故事也因此不断生发出来。

在《白马集》中我写吴玲那个风雅的茶室，写得自己也有些得意。时隔一年后，吴玲自己写了篇文章，叙述茶室设计的由来和始末，风趣雅致得紧，文章才气毕现，比我那篇文章还要鲜活诱人。因为有个研究茶文化的丁以寿教授做夫君，这执掌幼儿园二十多年的诗人，在忙里偷闲之余，也泡够了茶香，过足了风雅瘾。近一年来，眼见着吴诗人跟着丁教授在各种雅集里频频出没穿梭，出品的文字越发地风雅了。有一晚，书家卢红星请客，来了一位皖北篆刻名家。那名家一见面就说起刚和丁、吴夫妇告别，他们早上还在某深山里鉴赏名茶，无意中说到了我，居然都是老熟人。这皖地的文化圈也就这么个大小，爱好书画和爱好茶艺的人，不期然撞上并成为好友，也是十分寻常的事情。

我和丁教授其实已混得很熟了。在微博上，丁教授的风采那绝对盖过吴诗人。他的博学和品位、热情和正直，很多时候见他比见诗人还方便。诗人呢，还是惯于博上征战，微博上的事她是不太熟悉的，看她有微信但也不见她上来，有微博却偶尔才点评那么一下。在这方面，丁教授绝对是微博上的牛人一个，且不说粉丝吧，光征战微博的能力，得算大 V 一个。他的文学品鉴能力出众，茶文化只是他的一道主菜而已，别的方面他也涉猎深远。从这个角度上说，我这个微博客更熟悉的恰恰是丁教授。我曾引荐丁教授去"咖啡书语"做过几次茶文化讲座，也经常引荐一干文化牛人进出丁教授那个私家茶室。这时候，女主人通常都是在的，笑眯眯地摆好一干水果招待我们。她家挂满了字画，我最喜欢出没的就是她这个家。喝茶客一通嬉笑喧哗，最后还会赢得女主人的宴请。这样的风雅事，我就做过好几出。直到我搬离市区后，再去丁府骚扰颇有不便，这样的举动才渐渐减少。不过，那样一个风雅所在，满屋书香，是我在这个城市温馨的记忆之一。这一对夫妇，也让我这样一个异乡人备感亲切。

人生里总有一些理由，让我们活得很舒坦；也总有一些人物，和你有些温暖情怀。

2014年4月

伊甸园里的回眸　生命在这里歌唱

梁小斌

诗,原本是伊甸园里的歌唱。可是,因为蛇的点拨,人类走出了伊甸园,在童年。但是,伊甸园并没有离开人类,它依然守护着人类的童年。幼儿园,应该就是那人类童年的伊甸园。

我对幼儿园有一份独特的感情,我的儿子曾在那里度过了一段最美好的时光。每天清晨,我的儿子对爸爸妈妈满腹牢骚,像一只小刺猬,可是,当我把他交给幼儿园的老师时,儿子马上变成了一只小羊羔。幼儿园的门楣永远是属于小白兔、小羊羔、小喜鹊、小蚂蚁的路标。

我常常逗留在幼儿园的门口,长久地凝视着,幻想着幼儿园的老师就是隐身人间的仙女,所以总是希望能看到她们从窄窄的衣袖里,拿出一根可以把青蛙变成王子的小小魔杖。

幼儿园的老师,即使不是隐身的仙子,也真是童真伊甸园里的守护神。她们护卫着童真不被风霜雨雪雷电野兽毒虫侵凌。吴玲老师就是这众神中的一位。与众不同的是,吴玲老师还会写诗。

我们经常以崇高的社会身份来论人,每一个崇高的社会职业,比如说幼儿园的老师,在向孩子们献出了爱心之后,还会干什么?我以一个孩子家长的身份,总以为天使般的微笑是她的全部。这样导致我对人的判断失误。吴玲老师的诗歌是她自我生命的重新创造。她有足够的时间,以全神贯注来塑造自身,但她的诗歌绝不是休闲时光的产物。可以猜想她曾经照料过孩子们的起居生活,她也踩着风琴和孩子们一道唱歌,她也把需要的孩子们抱在臂上……在付出了这些全部的努力之后,她接下来并没有休息,而是坐下来写诗。

吴玲老师的诗带有明显的自白派诗人的痕迹。大凡自白派女诗人的作品,其情感世界有如急促的喘息。而吴玲老师的诗却是一种生命的歌唱,意象里呈现的都是童话式的惊恐和忧伤、断裂与迷茫、肃杀与仓皇、挣扎与战栗、凌厉与悲鸣。这曾经令我百思不得其解:她把那些毛茸茸的动物玩具和构筑乐园的大大的积木,还有圣诞树,都藏到哪儿去了?她为什么要把黑色的血液、妖艳的罂粟、狞笑的魔爪、病态的树杈、张牙舞爪的虎狼……藏在自己的诗集里?

于是,我又站在了幼儿园的门楣下。笑容可掬的吴玲老师在孩子们中间,就像白雪公主和她的小矮人。这时,天边飘来了几朵乌云,一旋疾风掠过,围墙外面的尘埃扑向孩子们的乐园,欢笑嬉闹倏然逃遁,孩子们都拥向吴玲老师的身畔,她尽可能地伸长自己的手臂,俯下身躯,护卫着惊恐的队伍,像一朵蘑菇云,缓缓飘向室内。

至此,我终于明白,吴玲老师就是这座幼儿园的墙和伞,她把一切的侵凌都阻挡在园外,仍觉不安全,于是,她把藏在窄窄的袖笼里的魔杖拿了出来,用咒语和祈愿来封箴。这些咒语和祈愿都来自蓄满了爱意的心灵,是震颤的音频,也就成了诗。

特别要指出的是,组诗《风·霜·雨·雪·雷·电》集中表达了吴玲老师的心声,她惕惕于心的是,祈求春天的温馨与安宁,永远守候在她的园门口。

最后的解答是,伊甸园里的守护神对喧嚣大千的回望。

依然是爱,一份让蒺藜扎伤心房的别样的爱。

适逢吴玲老师诗集出版,谨以一个读者的名义表示祝贺。

2002 年 3 月

一位诗人园丁的飘逸诗思

何素平

当见到这本《囚禁的风》时,我诧异于它那种朴素的空灵——清清爽爽的封面上,是一片一览无余的洁白,"囚禁的风"四个字仿佛裹着无尽的情思在纯净的心空里悄悄吹拂,要唤起你的许多遐思,又要遣散你的种种俗念,而将你带进一个纯粹的精神世界。这便是吴玲的诗歌自选集《囚禁的风》令我产生的第一印象,不只是清新雅致,也不只是过目难忘,在如今满眼繁花似锦、图书极尽招摇的风气中,还会有人出这么一本飘逸沉静的书,实在是太少有了。

形式优雅,内容更是阳春白雪。《囚禁的风》收集了作者创作初始以来的一百多首诗歌。全书共分四个部分,分别是"往事如昨""寂寞秋窗""闲情偶寄""凭栏独箫",俨然景点的名称,加上画家叶家和先生画龙点睛的插图,更容易激发起读者探幽的兴致。轻轻翻开书页,就有这样的句子跳进眼帘:

其一:

你,被灵魂囚禁着
不得已,做奇形怪状的梦

我的嗓音喑哑

我的手势挂在树上

夜夜,为你释渴望远踱的倦怠

其二:

冷。冷。冷

十五的桂树坍塌于你沉淀的目光

我泣血的手指被迫抛在半空

狂草血淋淋的自白

其三:

在远离冬季与白雪的村庄

你拒绝曾经的允诺与诱惑

与流萤为伍

铸一座茅草青青的宫殿

让不死鸟居住

其四:

在黑色的坚固的椅子上方

空气如蛇般游动

曼弗雷德,你醒了

把你毛茸茸的枪口对准我吧

我,从来处来,往

去处去

不必辨东西南北

　　……

　　仿佛一叶小舟沿着心之河顺流而下,很多飘落到河面上的花瓣、树叶及倒映在水中的美景全被舟中人捞起晾干,精心保存,久而久之就成了岁月的见证。吴玲把她潮起潮落的心路历程、消化青春的生命体验、尽阅悲欢的人生感悟,用一种特殊的语言记录了下来。几乎每一个句子都充满着情绪的张力,又带有理性的思考,饱含着作者对生活的热爱、对生命的尊重、对人生的执着,有快乐,也有忧伤;有压抑,也有疯狂;有恬静,亦有沧桑,是一颗玲珑的心在摔打、碰撞的过程中对身外世界的过滤。

　　诗似乎早已在不知不觉间远离了人们的生活,写诗和读诗的情绪也在头上这片天空中消散殆尽,能够甘守清贫、坚持写诗的人难免就常常会产生悲壮的感觉。然而,多年诗思不断、写下过许多抽象感十足诗句的诗人却是一个温情的园丁,她并不曾为诗歃血盟誓,而是以一颗平常心从事着教育工作。她在写诗的岁月里,从一名普通的教师成长为安徽省特级教师、省内外知名的幼儿园园长、教育专家。许多年的历练,使她学会了在两个世界里徜徉,爱心教给孩子,诗情留给自己。

　　诗人就是这么从容、执着与优雅。正像她诗中的句子:

　　多少年后
　　孤独的狩猎者
　　你是否记得我
　　拈花一笑的美丽?

2002 年 5 月